전율의
환각

조선을 뒤흔든 예언서,
《귀경잡록》이야기의 시작

전율의 환각

초판1쇄 인쇄 | 2021년 8월 27일
초판1쇄 발행 | 2021년 9월 3일

지은이 | 박해로
펴낸이 | 박영욱
펴낸곳 | (주)북오션

편 집 | 권기우
마케팅 | 최석진
디자인 | 서정희 · 민영선 · 임진형
SNS마케팅 | 박현빈 · 박가빈

주 소 | 서울시 마포구 월드컵로 14길 62
이메일 | bookocean@naver.com
네이버포스트 | post.naver.com/bookocean
전 화 | 편집문의: 02-325-9172   영업문의: 02-322-6709
팩 스 | 02-3143-3964

주 소 | 서울시 마포구 월드컵로 14길 62
이메일 | bookocean@naver.com
네이버포스트 | post.naver.com/bookocean
페이스북 | facebook.com/bookocean.book
인스타그램 | instagram.com/bookocean777
전 화 | 편집문의: 02-325-9172   영업문의: 02-322-6709
팩 스 | 02-3143-3964

출판신고번호 | 제2007-000197호

ISBN 978-89-6799-606-2 (03810)

박해로 SF 호러 연작소설

조선을 뒤흔든 예언서,
《귀경잡록》이야기의 시작

전율의
환각

Bookocean

序
귀경잡록(鬼境雜錄) 그리고
원린자(遠麟者)

　　세종 20년(1438년), 건국신화를 부정하고 백성들을 미혹시
킨다 하여 금서 처분을 받게 된《귀경잡록》은 당대의 악명 높
은 도참비서(圖讖秘書, 미래의 모습을 예언과 그림으로 담은 비밀스
러운 책) 가운데 하나였다. 시간을 초월하고 공간을 오로지하는
무변유일극존신(無變唯一極尊神) 육십오능음양군자(六十五能陰
陽君子)가 우주 삼라만상의 진정한 창업자이며, 그가 부리는 이
계 별천지의 원린자(遠麟者)들이 호시탐탐 인간세상을 노린다는
해괴한 예언서는 세상의 질서를 어지럽히고 전대미문의 공포를
전염시켰다.

　　'뱀 껍질의 선비'로 알려진 저자 탁정암은《귀경잡록》에서 조
선이 가장 경계해야 할 적을 '원린자'라고 예언하고 있는데, 후

대의 사학자와 과학자들이 밝혀낸 바에 따르면 이 원린자는 오늘날의 외계인과 같은 존재라고 한다. 이들이야말로 밤하늘을 이부자리 삼아 3천 년을 잠들어 있는 육십오능음양군자의 근왕병(勤王兵)이며, 하늘 바깥에서 천하 대지로 끊임없이 침략을 꾀하는 이계 오랑캐들이다.

탁정암의 의도는 궁극적인 인류의 위기에 눈을 뜨게 하려는 우국의 발로였지만, 그의 진심과 상관없이 영악한 인간들은 이 책을 악용했다. 육십오능음양군자라는 지존 앞에서 왕후장상의 씨가 따로 없음을 깨우친 반항적인 백성은 이 책을 혁명반란의 기치로 삼았고, 탐욕에 눈먼 세력가들은 권력형 범죄를 숨기기 위해 보이지 않는 원린자에게 자신의 혐의를 뒤집어씌웠다.

원린자, 즉 외계인의 실존 여부는 첨단 과학 기술이 범람한 오늘날에도 분명하지 않지만 이성과 논리로 설명할 수 없는 초현실적인 사건은 지금도 세상 어딘가에서 발생하고 있다.

보국안민과 계몽적 이성의 기치 아래 탁정암은 혹독한 국문(鞠問)을 받아 끔찍한 최후를 맞았고, 이단 서적으로 낙인찍힌 《귀경잡록》은 남김없이 수거되어 불태워졌다. 그러나 수많은 왕조의 교체에도 귀경잡록의 필사와 유포는 끈덕지게 이어져 저자보다 유구한 천수를 누렸다.

이 희대의 금서는 가는 곳마다 죽음을 몰고 왔고, 상상을 초월하는 괴사건으로 평온한 세상에 풍파를 일으켰다. 무자비한 학살과 불가사의한 파괴가 지나가도 《귀경잡록》은 살아남았다.

천박한 세속은 《귀경잡록》을 대안적 희망으로 맹신케 했고, 혹독한 관법은 《귀경잡록》을 신세계 건설의 돌파구로 삼게 했다. 죽지 않는 불멸의 책, 그것이 바로 《귀경잡록》이다.

이제부터 소개할 이야기들은 조선에서 실제로 일어난 일종의 야사인데, 읽다 보면 어느 이야기든지 《귀경잡록》과 연관이 있다는 사실을 알 수 있을 것이다. 분명히 강조하지만 귀경잡록은 허구의 저서가 아니다. 하워드 필립스 러브크래프트의 《네크로노미콘(Necronomicon)》처럼 《귀경잡록》도 실제로 존재했던 책이다.

차례

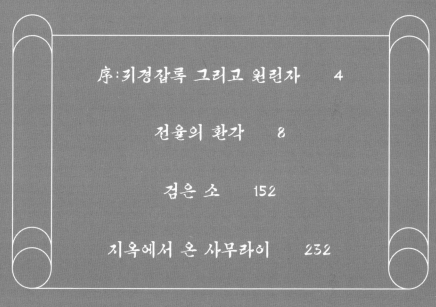

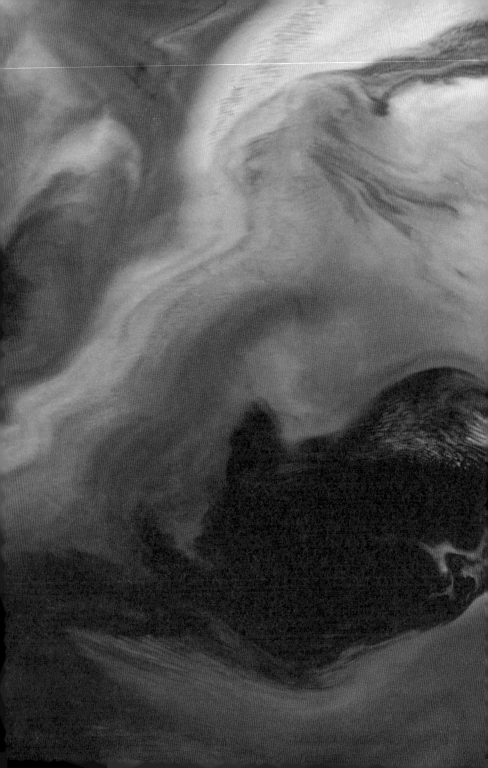

전율의 환각

1

한성부 좌윤(左尹) 구현담은 임금에게 간신을 멀리하고 충신을 가까이하라는 상소문을 올렸다가 사헌부의 탄핵을 받았다. 그가 말한 간신이란 갓 보위에 오른 임금과 더불어 조정을 장악한 신진세력이었다. 그들은 바깥으로 청렴을 부르짖으면서 안으로는 부정부패에 손을 대 막대한 사익을 취했다. 관직을 팔고, 남의 땅을 빼앗고, 부녀자를 건드리고, 규정 외의 세금을 거두었다. 그 모두가 힘없는 백성이 짊어져야 할 멍에로 연결되었다.

권신들은 구현담에게 벌을 주라며 공세를 퍼부었다. 임금은 구현담이 강직한 신하임을 세자 때부터 알고 있었으나 '삭탈관직 후 유배' 호소가 워낙 커 모른 척할 수 없었다. 유배의 사유는 '무고'였으되 실제로는 '괘씸'인 셈이었다.

유배죄인의 집 주위에 가시 울타리를 쳐 그 안에 가두는 위리안치(圍籬安置)를 당하게 된 구현담은 유배지인 해남까지 함거(檻車)로 이동하게 되었다. 함거란 나무 감옥이 널빤지 위에 얹

흰 수레를 황소가 이끄는 교통수단을 말한다.

한양에서 해남까지 구현담을 동행 계호(戒護)하는 관원들은 금부도사 하나에 젊은 장교 세 명이었다. 차역된 농민인 나장(羅將) 대신 훈련원 군관 셋을 금부도사의 보조 호송자로 지정한 것은 구현담의 죄가 가볍지 않음을 시사하기 위함이었다. 즉 구현담은 새 조정에 반항하면 이 꼴 난다는 '시범 케이스'였던 것이다.

땅끝마을까지 걸어야 하는 임무는 목숨을 건 강행군이기도 했다. 죄인과 연계된 세력, 산적, 자연재해, 역질(천연두), 산짐승 등 위험요소는 여정 중에 숱하게 널려 있었다.

세 군관 중 가장 젊은 장소규는 이번의 해남행이 신경 쓰였다. 그는 출세지향적인 관리여서 윗선에 잘 보일 직무를 마다할 일이 없었으나, 며칠 전에 입은 상처는 걱정거리였다. 산악 훈련 도중 처음 보는 독초에 허벅지를 찔린 후 고열이 나고 어지럼증이 멎지 않았다. 그는 호송 임무에서 배제될까 봐 이 사실을 숨겼는데, 단골 주막의 여주인이 사정을 듣고 의원 하나를 소개했다. 특정한 거주지도 없이 이 지역에서 몇 달, 저 지역에서 또 몇 달 사람들을 치료하고 사라지는 그 '비공인' 의원의 이름은 정유현이었다.

남의 눈을 피해 장소규를 진맥한 정유현은 독이 빠질 때까지 쉬는 것만이 치료법이라 했으나 장소규는 먼 길을 가야 하니 약을 지어달라 졸랐다. 부작용 때문에 그럴 수 없다 거절하자 장소규는 숨어서 의원 노릇을 하는 당신의 행적을 뒷조사하겠다고 말했다. 이 협박 아닌 협박이 먹혀들어 정유현은 약 몇 첩을 지어 주었다.

이야기가 잠깐 옆길로 새지만 정유현은 《귀경잡록》에 물이 든 사람이었고 그 책에 등장하는 외계 존재인 원린자(遠麟者)를 연구하기 위해 팔도 방방곡곡을 떠돌아다니는 중이었다. 연구 방법은 원린자를 직접 해부하거나, 동물의 육신에 그들의 내부 장기를 넣어 의사소통을 시도하거나, 조선의 약초와 이계의 약초를 배합해 신약을 개발하는 것 등이었다. 표면적으로 의원 노릇을 하는 이유도 연구에 드는 비용 때문이었다.

정유현은 장소규에게 약을 지어주면서 말했다.

"건갈(乾葛, 칡뿌리)에 삼을 배합한 이 탕은 독성을 다스려 천리 길 행군에도 지장이 없게 할 것이나, 독초와의 상충 효과로 정신은 더 어지러워질 수도 있소. 이상한 광경이 보여도 두 눈을 크게 뜨고 속지 말아야 하고 틈나는 대로 쉬어야만 하오."

장소규는 그러겠다고 약속했다. 정유현의 약은 효험이 있어 열과 현기증은 가라앉았다. 하지만 가슴이 두근거리고 마음에 불안이 생겨났다. 환청이 들리고 환각이 보였다. 다시 주막을 찾았으나 이미 정유현은 사라진 뒤였다. 장소규는 두 번 다시 그를 만나지 못했다.

해남으로 출발하기 직전, 평소 알고 지내던 무당이 장소규에게 경고를 했다. '객사의 살'이 보이니 이달에는 무슨 일이 있어도 먼 길을 피하라는 것이었다. 젊은 장부답지 않게 그는 미신을 믿었는데 나름대로 이유가 있었다.

10년 전, 지방 관아의 하급장교였던 그의 아버지는 30일 동안 물을 피하라는 무당의 말을 잘 지켜 29일까지는 아무 일도 없었다. 하지만 30일째, 단오절 씨름판에서 우승한 그가 기쁨에 취해 냇가에 뜨거운 몸을 담글 때 사신은 찾아왔다. 산 몸으로 물에 뛰어든 장소규의 아비는 죽은 몸이 되어 건져졌다. 사람들은 시합 도중에 마신 술이 원인이라 말했지만, 가족들은 무당의 예언을 더 믿는 눈치였다. 그 아버지는 평소 소규를 보고 입버릇처럼 말해왔다.

"아비는 온갖 굴욕과 차별을 당하며 살아왔다. 넌 수단과 방법을 가리지 말고 출세해야 한다."

몸도 완쾌되지 않았고 무당의 경고도 신경 쓰였다. 하지만 대죄인 구현담을 호송하는 일은 충절을 알릴 절호의 기회였다. 차출된 그가 병을 핑계로 거절한다면 기회는 두 번 다시 오지 않을뿐더러, 어명을 우습게 아는 반골로 낙인찍힐 수도 있었다. 그는 사흘 후에 한 첩을 더 달여 마시라던 정유현의 충고를 무시하고 하루 만에 약을 음용했다. 그 결과 정신적인 고통은 더 심해졌지만 육체적인 통증은 거의 사라졌다. 그는 혼란스런 정신으로 이번 호송을 기필코 출세의 길로 닦겠다고 다짐했다. 무당을 졸라 노랑 바탕에 붉은 한자가 새겨진 부적을 받은 후 품속에 잘 간직했다.

죄수 구현담과 금부도사 나인철, 군관 장소규, 이호정, 안도협 그리고 소몰이꾼 한돌쇠까지 모두 여섯 명이 해남으로 출발했다. 장소규가 독초에 찔리고 검증받지 않은 약까지 복용한 사실은 아무도 몰랐다.

호송대장 나인철은 책임자답게 시종일관 무거운 존재감을 과시했다. 이호정과 안도협은 훈련원의 위의를 뽐내며 걸었다. 곤장을 맞은 구현담은 나무 감옥 안에 비스듬히 기댄 채 도성 밖 백성들을 바라보았다. 그의 애민사상을 아는 백성들이 많았다. 황소는 죄수를 보고 우는 백성들이 눈에 들어오지 않는지 앞만 보고 수레를 끌었다.

한양을 벗어나자 인적은 끊어지고 따뜻한 봄날의 시골길이 이어졌다. 이들은 단조롭고 느린 걸음을 옮기다가 해가 지면 역참에서 쉬고 날이 밝아오면 또 이동을 계속했다.

2

이틀이 지났다.

한양을 출발한 그들이 원주, 단양을 거쳐 풍기를 지나칠 때였다. 아직 하늘은 밝았으나 축축한 바람이 비를 예고했다. 고목 너머로 등장한 먹구름을 비슷한 색깔의 둥지로 여겼는지 까마귀 한 마리가 날아올랐다. 장소규에게 푸드득거림은 태풍 소리였고 검은 날갯짓은 흑봉황의 비상과 같았다. 독초의 잔여 성분과 용법을 무시한 탕약의 조화 때문이었다. 그의 상태를 모르는 금부도사와 일행은 앞만 보며 걸었다.

풍기 다음에 나오는 곳은 섭주다. 어두워지기 전에 섭주를 통과해 예정지인 안동 역참에 닿아야만 했다. 섭주에서 묵기는 곤란했다. 섭주는 인간의 오관을 초월하는 괴사건이 빈번해 지방관조차 발령을 꺼리는 지역이었다. 소몰이꾼 한돌쇠가 황소를 다그치자 수레의 바퀴가 조금 빨라졌다. 덜컹거리는 나무 감옥 안에서 구현담은 멀어져가는 풍기를 바라보았다.

"신재 선생께서 백운동 서원을 지으신 게 풍기 군수를 역임하셨을 때요. 이보오, 금부도사. 그대는 신재 선생을 알고 있소?"

나인철은 답하지 않았다. 세 군관도 답하지 않았다.

"진정한 목민관이라고 백성들은 그분을 향한 칭찬을 아끼지 않았소. 허나 요즘 관리들은 자리값을 못하오. 오직 그 자리까지

오는 데 바친 돈을 몇 배로 회수하려는 생각밖에 없소."

"주세붕 선생의 존함은 이 몸도 들은 바 있소이다. 장 맞은 몸이 아직 성치 않으실 텐데 말씀을 아끼시지요."

"너는 죄지은 놈이니 입 다물라 이거요?" 나인철을 바라보는 구현담이 기운 없이 웃었다. "맡은 바 소임을 다하는 도사의 모습이 좋소."

"갈 길이 머니 앉아서 쉬시지요." 안도협이 말했다.

"그대들은 천 리 길을 걷는데 내 어찌 편히 앉을 수 있겠나?"

"앉으세요. 명을 들으세요."

이호정이 칼집으로 나무창살을 툭 치자 구현담은 짚단깔개에 앉았다. 장소규는 속히 안동에 닿고 싶었다. 인기척이 너무 없는 거친 길의 연속이었다. 민가라도 나왔으면 싶었으나 약초 캐는 백성도, 새끼 거느린 산짐승조차도 보이지 않았다. 불안할 이유가 없음에도 불안했다. 그가 품속의 부적을 만지작거리는 사이 수레는 잡초가 무성한 길을 덜컹거리며 나아갔다. 장소규가 무심코 옆을 바라보다가 외쳤다.

"아니! 저게 뭐죠?"

모든 이의 눈이 장소규가 가리킨 왼편 비탈길로 쏠렸다. 사실은 소가 제일 먼저 보았고 반응했다. 수레가 요동치자 구현담이 일어섰다. 네 발 달린 거대한 짐승이 팔딱팔딱 뛰면서 비탈을 내려오고 있었다.

'내 눈에만 저 괴수가 보이는 건가?'

놀란 장소규의 귀에 안도협과 이호정의 증폭된 목소리가 들려왔다.

"개구리잖아?"

"저렇게 큰 개구리가 있나?"

장소규는 자신이 본 것을 그들도 봤다는 안도감에 가슴을 쓸어내렸다. 하지만 괴수의 생김새가 워낙 재수 없어 안도는 일시적이었다. 쑥갈색 껍질에 축축한 큰 눈, 쉴 새 없이 부풀다가 줄어드는 턱, 틀림없는 개구리였다. 그러나 몸집이 고양이만큼 컸다. 네 발을 이용한 뜀뛰기가 점차 함거와 가까워지자 수레가 덜컹거렸다. 흥분한 황소가 앞발로 땅을 쿵쿵 찧었지만 거대 개구리는 경고를 무시했다. 한돌쇠가 고삐를 잡았으나 역부족이었다.

"소가 흥분했어요! 저걸 못 오게 하십시오!"

개구리가 격렬한 기세로 뛰어오자 소가 콧김을 뿜으며 연거푸 발을 쳐들었다. 함거가 위태롭게 삐걱거렸다.

"죽여요! 수레가 뒤집히면 큰일이오!"

한돌쇠의 고함에 나인철이 칼을 뽑아들었다. 안도협과 이호정도 용감한 무인이었지만 처음 보는 짐승에 놀라 반응이 늦었다. 장소규는 부정탄다는 예감에 홀로 칼을 뽑지 않았다. 나인철이 개구리 앞을 막아설 때였다. 언덕 위에 누가 나타났다. 개구리 얼굴처럼 생긴 탈을 얼굴에 쓰고 개구리 무늬를 흉내 낸 누더기를 걸친 기이한 인간이었다. 구현담이 급히 소리쳤다.

"아뿔싸! 주인이 있었구나! 저 짐승을 죽여선 안 돼!"

개구리가 비탈을 다 내려왔다. 코앞까지 다가오는 거대 개구리에 황소가 길길이 날뛰었다. 수레의 왼쪽 바퀴가 찌그러졌다. 나인철의 칼이 개구리의 등을 꿰뚫고 땅에 박혔다. 개구리는 뻘건 입을 벌린 채 몸을 버둥거렸으나 쉽게 죽지 않았다. 소의 앞발이 개구리의 머리를 터뜨리면서 왼쪽 바퀴도 완전히 박살났다. 이 충격에 소와 분리된 함거가 전복되었다. 머리가 터진 개구리는 그래도 뒷다리를 움직였다. 비탈길을 내려오던 사람이 데굴데굴 굴렀다. 장소규의 눈에 그 모습은 사람 크기의 개구리로 보였다. 그는 아픈 줄도 모르고 개구리 앞으로 기어가 오열을 했다.

"안 돼! 금와(金蛙)신이시여! 금와신이시여!"

구현담은 '금와'라는 명칭을 듣고 눈살을 찌푸렸다. 개구리 탈을 쓴 남자는 몸통만 남은 개구리를 안고 한동안 통곡했다. 호송단은 그가 어떻게 나올지 몰라 긴장했다. 울음을 그친 남자가 개구리 눈으로 나인철을 노려보았다.

"네 놈이 금와신을 죽였어!"

"물러서라! 이분은 의금부의 도사 나리시다!"

안도협과 이호정이 나인철의 앞을 막아섰다. 남자는 죽은 개구리를 품에 안고 일어섰다. 흙에 붙은 개구리의 피와 내장이 끈적하게 이어졌다.

"너희들은 천지신명을 욕보였다."

"네 이놈! 요상한 짐승을 신이라 일컫다니 사교(邪教)에 물든 이단이 틀림없으렷다!"

이호정이 칼을 겨누자 개구리 탈이 뒤로 물러섰다. 그는 상체가 뭉개진 개구리의 몸집에 귀를 대고 고개를 끄덕였다. '알겠습니다, 알겠습니다' 연신 혼잣말하다가 고개를 들었다.

"금와신의 명으로 나는 잠시 물러간다! 너희가 감히 옥체에 칼을 댔느냐? 금와신의 벌이 너희를 기다릴 것이다! 어디로 가든지 너희는 도착하기 전에 죽을 것이다!"

"감히 조정의 관헌을 협박하다니! 곱게 보내주려 했더니 관가에 넘겨야겠구나!"

안도협이 허리춤에서 오랏줄을 꺼내자 개구리 탈이 뒷걸음질 쳤다.

"너희들은 돌아가지 못한다! 너희들은 돌아가지 못한다!"

흙바닥과 붙어 늘어나던 내장이 툭 끊어졌다. 개구리 탈이 등을 돌려 달아났다. 비탈길을 올라 언덕 너머로 사라지자 안도협도 추격을 멈추었다.

우르릉 하고 마른 하늘에 벼락이 쳤다. 개구리 탈이 사라진 곳에서 원한 서린 고함이 메아리로 돌아왔다.

"너희들은 돌아가지 못한다! 너희들은 돌아가지 못한다!"

투툭 하고 빗방울이 떨어지더니 요란한 소나기가 쏟아졌다. 금부도사와 세 군관이 앞다투어 비를 피해 나무 아래로 몰려들었다. 그들 모두의 생각은 같았다. '요상한 짐승이 나타났는데 그것을 함부로 죽였고, 그 짐승을 신으로 모시는 자가 못 돌아간다고 악담을 퍼부었다'는 사실.

장소규의 생각은 한 걸음 더 나아갔다. '신격화된 짐승이 죽자마자 거짓말처럼 비가 쏟아졌다! 개구리라면 비를 부르는 동물이 아니었던가! 게다가 그들이 진행하는 길은 악명높은 섭주다! 길은 아직 멀었는데 수레는 박살 나고 비까지 퍼붓는다!'

"한돌쇠! 대감을 이리로 모셔와라!"

나인철의 음성이 장소규를 일깨웠다. 뒤집혀진 함거 안에서 구현담은 꼼짝없이 내리는 비를 맞고 있었다. 황소를 나무 아래로 끌어온 한돌쇠가 다시 달려가 함거의 빗장을 풀고 구현담을 끌어내렸다. 이호정이 그를 도왔고 안도협은 부러진 수레바퀴를 살폈다.

"나리! 함거를 못 쓰게 됐습니다!"

"할 수 없지. 버려두고 갈 수밖에."

육중한 교통수단이던 수레는 이제 골칫덩이 폐기물이 되어 있었다. 바퀴가 부서져 옮길 방법이 없었다. 두 사람의 부축을 받아 구현담이 나무 아래로 왔다. 나인철이 예를 갖추었다.

"아직 갈 길이 먼데 타고 가실 것이 파손되어 면목이 없습니다."

"덕분에 나는 걸어갈 수 있게 되었잖소?"

"안동 관아에서 새 함거를 빌릴 것입니다."

"나는 걸어도 상관이 없소. 그보다 조금 전의 불청객이 신경 쓰이니 이곳을 벗어나는 문제가 시급하오."

"저의 생각도 같습니다."

비가 채 그치기도 전에 구름 사이로 태양이 모습을 드러냈다. 거짓말처럼 퍼붓던 비가 멎고 태양이 쩽쩽한 빛을 내렸다. "호랑이 장가가는 날이군" 하고 한돌쇠가 말했다.

'개구리를 죽여서 그런 건지도 몰라.' 장소규는 불안이 차오르는 가슴을 쓸어내렸다. 나인철이 서둘러 지시했다.

"자, 수레는 버려두고 이동한다."

3

여섯 명의 바쁜 걸음에 무성한 잎이 들썩거렸다. 점점 거친 길은 진행 방향과 일치하는지 의심스러울 정도였다. 불길한 낌새에 곤충들까지 이들을 피했다. 황소를 모는 한돌쇠가 앞장섰고, 구현담과 안도협이 그 뒤에, 장소규와 이호정이 좌우를 지키며 걸었다. 나인철은 맨 뒤에서 따라왔다. 그들의 눈은 쉬지 않고 주위를 살폈다. 구현담과 나란히 걷게 되자 장소규가 침묵을 깼다.

"그걸 죽이는 게 아니었어요."

구현담은 땅을 보며 걸었다. 장소규가 목소리를 높였다.

"아까 대감께서도 그러셨지요? 주인이 있으니 죽여선 안 된다고."

구현담은 계속 말을 걸어오는 젊은이를 고개 들어 바라보았다. "그랬지."

"처음부터 그 짐승이 신이란 걸 알고 계셨습니까?"

"신?"

구현담의 미간이 좁아졌다. 나인철도 곁눈질로 장소규를 보았다. 장소규의 이마에서는 땀이 흘러내렸다.

"금부도사가 죽인 건 틀림없는 신이었습니다. 탈을 쓴 그 자는 신을 받들어 모시는 교주였고요."

장소규는 열기를 뿜는 입으로 빠르게 이야기를 늘어놓았다.

"옛 삼한시대부터 오늘날까지 동물을 형용화한 신은 다수였습니다. 용, 금시조, 해태는 상상의 동물이 아닙니다. 다른 사람은 안 믿을지 몰라도 저는 신격을 부여받은 동물의 초월적인 권위를 믿습니다. 그러지 않고서야 사람들이 속세의 모든 걸 버려가면서까지 믿음에 몸을 던지겠습니까? 신수(神獸)가 사람의 운명을 실제로 지배하기에 믿는 것이 아니겠습니까?"

"그렇다고도 할 수 있겠군."

"금와신을 죽이는 게 아니었습니다! 불길한 살생입니다!"

"죽이는 게 아니었지. 하지만 알아두게. 그건 '불길'한 살생이 아니라 '불필요'한 살생이었네."

"무슨 말씀이십니까?"

"그건 신이 아닐세. 개구리일 뿐이야. 자네 눈에나 탈 쓴 남자의 눈에는 천상(天上)의 동물일지 몰라도 그건 틀림없는 개구리야."

"그렇게 큰 개구리는 이 세상에 없습니다!"

장소규의 언성이 커지자 사람들이 돌아보았다.

"있네."

"어디에 있단 말입니까?"

"2년 전 청나라에 사신으로 갔을 때 그 개구리를 본 적이 있네. 그건 신격화된 짐승이 아니라 별종일 뿐이야. 뿔이 하나 난

송아지나 꼬리가 없는 강아지처럼 말일세."

"소규, 그만해."

이호정이 장소규의 어깨를 툭 쳤다. 그러나 장소규는 이글거리는 눈을 구현담에게 바짝 들이밀었다. 믿어주는 척하다가 안 믿어주는 죄수에게 반감이 생겼다.

"저는 청나라를 가본 적이 없으니 대감의 말씀에 전면 수긍할 수 없습니다. 다른 걸 물어보겠습니다. 불길한 살생이 아닌, 불필요한 살생이란 대체 무슨 뜻입니까? 함거가 뒤집혀 대감의 목숨이 경각에 달린 판에 우리가 잘못 대처했다는 말씀입니까? 아니면 숭유억불의 유학자이신 대감께서 불타의 가르침에 물이 드셨습니까? 불교 역시 조선에서는 이단 취급을 받고 있지요."

"그 개구리는 무엇이든 잡아먹어 냇가의 생물들 씨를 말린다고 하네. 하지만 배고픈 백성에게 고기를 제공해 주는 효용성도 있다네. 무슨 말인지 알겠나? 그건 살집이 많은데다 독성도 없는 획기적인 식용 개구리란 말일세. 어떻게 저 개구리가 우리나라에 들어왔는지는 모르겠네만 암수 두 마리만 있어도 인위적으로 번식을 시켜 굶주린 백성들에게 고기를 먹일 수 있지. 불필요한 살생이란 이를 두고 한 말이었네. 모든 사물은 현실적으로 봐야 하네. 공자의 가르침도 부처의 가르침도 아닌 실사구시의 가르침 말일세."

"그럼 조금 전의 탈 쓴 남자는 거짓 신을 모시는 것입니까?"

"신격화된 짐승을 믿는 이들이 속세의 모든 걸 버린다고 했나? 속세의 부를 버린다는 건 그만큼 그 부를 슬쩍하는 자가 있다는 말도 되네. 교주라는 이름을 가진 사기꾼들은 흔히 이렇게 말하지. '신에게 모든 것을 바치고 참다운 진리를 얻으라!' 재물은 가짜 신에게 바쳐지는 게 아니야. 사악한 의도를 가진 인간들에게 바쳐지는 거지."

장소규의 눈에 핏발이 곤두섰다. 강박적인 불안이 자꾸만 몰려왔다. 개구리 탈이 악운을 몰고 올 거란 예감을 멈출 수 없었다. 구현담의 태연한 대꾸가 마음에 들지 않았다.

"이봐, 소규. 그만하라니까."

안도협도 충고했지만 장소규는 구현담에게 쏘아붙였다.

"그럼 그자를 붙잡아 식용 개구리가 더 없는지 물어볼 일이지 왜 가만히 계셨습니까? 지금은 왜 도망치듯 걸음을 빨리 하십니까? 이 도망도 실사구시의 한 방편입니까?"

"그 탈 쓴 작자에게 추종자가 있다면 무시할 수 없으니까! 미신 따윈 두렵지 않아도 미신에 혼백이 넘어간 폭도는 무시할 수 없지. 자네는 보기와 달리 미신을 믿는 모양이지만 새겨두게. 그런 미신보다 우리가 처한 현실이 더 위험하단 사실을."

'미신에 혼백이 넘어간 폭도'가 자신을 향한 비아냥거림처럼 들렸다. 장소규가 뭐라 대꾸하려는데 나인철이 어깨죽지를 잡아당겼다.

"장소규! 평소답지 않게 왜 그래? 그 입 좀 다물지 못하겠어?"

나인철은 허옇게 변한 뺨에 눈은 충혈된 장소규를 보고 놀랐다.

"땀을 왜 이리 흘리지?"

"금부도사. 이 군관은 어디가 아픈 것 같소. 흥분, 조급에 불안까지 보이니 말이오."

"전 아무렇지도 않습니다!"

장소규는 나인철과 구현담을 뿌리치고 황소 곁으로 가서 걸었다. 황소가 가끔 집채만 한 개구리로 보이는 현상은 비밀로 숨긴 채. 구현담과 나인철이 시선을 교환했다. 장소규가 좀 이상하긴 하나 일단은 이곳부터 벗어나고 보자는 눈길이었다. 안도협과 이호정은 덩치가 산만 한 동료 군관의 낯선 모습이 꺼림칙했다. 장소규는 장소규대로 고민을 안은 채 어지러운 걸음을 옮겼다. 사물의 원근감이 뚜렷하지 않고 귀에서는 윙윙 소리가 났다. 농축된 독성분과 복용법 무시한 한약의 배합은 아직도 그의 내부에서 이상변화를 일으키고 있었으나 그는 알지 못했다.

4

햇볕이 희미했다. 풍기를 벗어난 그들에게 섭주가 가까워졌다. 민가는 나오지 않았다. 일행은 벌목현장 같은 소나무 숲으로 들어섰다. 베다가 만 나무들이 군데군데 있었으나 사람은 보이지 않았다. 나아갈수록 숲이 울창하고 천년고목들이 무리를 지었다. 밀집한 가지가 햇살을 막고 그늘을 드리웠다. 한 폭의 그림 같았지만 범죄를 허용하는 방관의 기분도 있었다. 매복이 있어도 눈치채기 어려울 만큼 울창함의 기세는 대단했다. 모두가 한 덩어리로 붙어 걸었다.

안도협은 앞에서 걷는 장소규, 나인철, 구현담을 보고 이호정에게 말했다.

"저 셋은 미신을 믿는 이, 중립인 이, 현실만을 믿는 이일세. 안 그래?"

❧

안도협의 말은 사실이었다.

몸속의 이상변화 때문인지는 몰라도, 장소규의 성향이 미신 쪽으로 기울어졌음은 이미 보았다.

반면 구현담은 백성의 어려움을 파고든 진정한 현실주의자였다. 유학의 근본을 토론하던 사대부들은 입으로만 백성의 어려움을 논했지 행동으로 나서진 않았다. 고충을 이해하려 들기보다는 형벌부터 강화했다. 신분질서의 유지는 그들의 바뀌지 않는 기조였다. 반면 흉년과 풍년에 따른 조세의 경감, 포악한 수령을 고소할 수 있는 법의 신설, 공납을 지역 특산물로 대체하자는 의안, 반상(班常) 가운데 상에 유리한 군역 등 백성에게 유리한 발상은 모두 사대부인 구현담의 머리에서 나왔다. 이 제안들은 하나도 받아들여지지 못했는데, 신분제도의 질서가 사라진다는 양반들의 극렬한 반대 때문이었다. 반골로 찍힌 구현담은 곳곳에 적을 만들었고, 결국 한성부 좌윤에서 고령 현감으로 강등되었다.

구현담은 좌천에 동요하지 않고 고령의 영농법과 백성들의 생활상에 눈길을 돌렸다. 그는 유난히 더운 고령의 날씨와 풍부한 강수량에 주목해 서과(西瓜, 수박) 농사를 장려했다. 집집마다 씨앗을 나눠주고 약정, 풍헌을 시켜 고온재배를 가르쳤다. 주로 벼농사를 짓던 백성들은 처음에는 신임 사또의 시도를 탐탁치 않아 했다. 그러나 여름의 절정기에 수박의 대풍을 직접 확인하고 나서는 사또를 농업을 주관하는 천지신명처럼 떠받들었다. 무엇보다 그들이 감동한 건 구현담 사또가 수확의 날, 나라의 진상품을 따로 선별하기에 앞서 백성들에게 먼저 수박을 배불리 먹인 점이었다. 수확물은 '그 누구보다 수확을 위해 가장 피땀 흘린 주인공이 먼저 누려야 한다, 주상전하라도 예외는 없다, 고생한 만큼 보상을 해주면 수확량은 저절로 늘게 되어 있다…' 이것이 구현담의 현실주의였다.

이 애민사상에서 빚어진 불충한 행동은 반대편의 간자(間者, 간첩)에 의해 조정의 귀에 들어갔고, 그는 임금을 능멸한다는 누명을 썼다. 그는 고령 현감에서 다시 한성부 좌윤으로 복귀했으나 이는 그를 감시하고 처벌할 함정일 뿐이었다. 다음에 등극한 왕이 간신들에게 휘둘리는 모습을 보자 그는 바른 소리를 했고, 기다렸다는 듯한 탄핵으로 해남 유배를 받게 되었다.

상처받은 구현담에게 몇 배의 고통을 주기 위해 치사한 방법이 동원되었다. 사상이 불손하다는 이유로 고령 백성들이 더 많은 조세 부담을 떠안게 되었다. 새로 부임한 고령 현감은 임금의 눈에 들기 위해 백성들을 쥐어짜고 또 쥐어짰다. 수박 농사는 대규모로 행해졌지만 더 이상 그들에게 돌아가는 것은 없었다. 자연히 농사에 태만해진 백성들에게 날아든 것은 따뜻한 격려가 아닌 인정사정없는 매질이었다. 이 소식을 들은 구현담은 가슴이 찢어지는 듯했다.

금부도사 나인철은 중립주의자였다.

원래 그는 출세가 삶의 목적인 전형적인 관리였는데 최근에 겪은 사건 하나가 성향을 바꿔놓았다. 이름하여 '서린방(瑞麟坊,

현재의 세종로) 흡혈선비' 사건이 그것이다.

해남 호송 이전에 그는 포도청과 연합하여 범인을 잡아내라는 의금부의 특명으로 연쇄살인사건을 수사하고 있었다. 서린방 전옥서(典獄署, 죄수를 관장하던 관서) 뒤에 부군당(府君堂, 서울 경기 지역에서 마을의 수호신을 모신 사당)이 하나 있었는데, 옥사한 죄수의 혼백을 달래는 제를 이곳에서 올리곤 했다. 죄지은 자들의 기운이 뭉쳐 있다 하여 아무도 이곳을 가까이하려 들지 않았다.

작년 초겨울, 11월이 시작되던 첫날부터 당집 안에 시체가 나타났다. 시체는 하나같이 미남자 소리를 듣던 명문 가문의 후예들로 강시처럼 허옇게 된 채 죽었다. 별순검의 검시 결과 몸속의 피가 남김없이 사라졌음이 밝혀졌다. 나이 든 사람, 부녀자, 미천한 신분은 없었다. 오직 양반 가문의 남자 후예들뿐이었다.

높은 담벼락을 훨훨 뛰면서 피를 빼는 귀신이 있다는 백성의 신고를 나인철은 무시했다. 이러는 사이에도 시체는 꾸준히 늘어만 갔다.

부군당에 여섯 번째 시체가 던져지던 날, 의금부 제조(提調)는 무슨 일이 있어도 범인을 잡으라 명했다. 나인철은 무예가 뛰어난 포교들만 따로 뽑아 부군당 주변에 복초(伏哨, 매복초소)를 만들어 잠복수사에 들어갔다.

아흐레째, 집요한 잠복은 보상을 받았다. 시체를 양팔로 안은 남자가 나타난 것이다. 추운 날씨에 두루마기도 입지 않은 그는 맨 상투 차림이었다. 양팔에 안긴 시체는 얼굴이 허옜는데 마침 실종신고된 형방승지의 아들 이민구의 용모파기와 흡사했다. 나인철은 수풀로 위장한 복초에서 끈덕지게 기다렸다. 그러자 남자는 높은 담을 메뚜기처럼 뛰어넘어 부군당 안으로 들어갔다. 나인철은 눈을 의심했다. 백성의 신고가 거짓이 아니었던 것이다! 직접 겪은 목격은 그의 현실감각에 처음으로 균열을 냈다.

"젠장, 빨리 명을 내리십시오! 우린 어떻게 합니까?"

포청 포교들이 수사 지휘권을 가진 그에게 독촉했다. 정신을 차린 나인철은 신호를 보냈고 무장한 포교와 나장들이 일제히 당집 문을 박차고 들어가 정체불명의 선비를 포위했다. 선비는 천천히 시신을 땅에 내려놓고 모여든 이들을 둘러봤다. 그가 눈을 뜨자 올빼미처럼 노란 바탕에 검은 점을 찍은 듯한 눈이 드러났고 입을 벌리자 늑대의 송곳니가 드러났다. 그는 순순히 범행을 자백했다.

"내가 그랬다. 내가 이놈들의 피를 빨아 죽였다. 나는 한평생을 글공부에 매진했지만 농부의 아들이라는 이유로 과거 응시에 차별받았다. 불평등한 학문을 버린 나는 대신 신비의 묘법을 연구해 불로장생의 몸을 얻었다. 이 불멸불사의 몸은 피를 빨아야만 유지될 수가 있다. 허나 나는 아무나 죽이지 않았다. 이 세상에서 사라져도 될 놈들만 처치한 것이다. 이놈들은 아무 노동도 하지 않은 채 하층민의 피땀을 뺏고 순간순간의 쾌락에만 몸을 맡긴 고관대작의 2세들이다. 날 때부터 황금수저로 밥을 떠먹는 놈들이란 말이다. 그래서 내가 정화를 한 것이다.”

나인철이 칼을 뽑아들었다.

“이놈! 어디서 요망한 이야기로 관을 속이려 드느냐! 세상에 불로장생이 어디 있고 피를 빠는 인간이 어디 있다더냐? 노란 눈과 맹수의 이빨을 어떻게 꾸몄는지는 몰라도 너를 체포하면 서린방의 연쇄 살인도 이제 종지부를 찍을 것이다.”

나인철이 신호를 보내자 포교와 나장들이 선비를 에워쌌다. 흡혈선비는 당집의 무화를 향해 동굴에서 울려 나오는 듯한 음성을 발했다.

“교령(交靈)의 문외나한(門外羅漢)이여! 동심원의 만월이여! 전능한 육십오능음양군자시여! 천추(天樞, 북두칠성의 셋째 별)의 왕좌로부터 조선땅의 근왕병에게 비답(批答)을 내려주소서! **파술일 뒤세굴 에헤라 허이야, 중가 천궁월 수추라 처시야……**.”

선비의 입에서 주문이 흘러나오자 맑은 날씨에 한 줄기 바람이 불었다. 당집의 병풍과 오색 깃발이 한 방향으로 휘날렸다. 나인철은 장군들을 묘사한 무화 뒤편에서 노랗게 번득이는 거대한 두 눈을 보았다. 바로 그때 꽈배기처럼 비비 꼬인 금빛 섬광이 천장을 뚫고 내려와 사람들을 내리쳤다. 부군당 건물은 화포에 맞은 듯 폭발했고 몸이 튕겨나가 동심원의 빛 속에서 회전하다 추락한 나인철은 정신을 잃었다.

그가 눈을 떴을 때는 아침이었는데 그를 따랐던 무관들 대부분이 팔다리가 분리된 시체로 변해 있었다. 허옇게 죽은 이민구의 시체는 있었지만 흡혈선비는 자취를 감췄다.

그는 있는 그대로 사건 경위를 보고했다. 하지만 혼자만 살아남았다는 점과 겪었던 사건을 제대로 기억 못하는 증상으로 의심을 샀고, 결국 징계를 받고 수사에서 배제되었다. 책임질 사람이 필요하다는 윗선의 판단에 의한 것이었다.

시간이 지나도 더 이상 흡혈선비가 나타나지 않자 나인철은 복직되었다. 의금부 제조는 비밀 엄수를 다짐받고 그에게 특별 수사 대신 죄인 호송이라는 임무를 맡겼다. 나인철은 전옥서 부군당에서 겪었던 꽈배기 형태의 폭발 섬광으로 특유의 현실주의가 상당히 흔들렸음을 스스로 인정했다. 그러나 그는 흡혈선비 정휘문이 어딘가에 살아 있다는 믿음을 버리지 않았다. '반드시 내 손으로 검거하리라, 그래서 내가 목격한 것의 실상을 파헤치리라' 하는 것이 그의 야심이었다.

❧

"잠깐만."

나인철이 손을 들었다. 일행이 멈춰 섰다. 구현담이 그를 바라보았다.

"왜 그러시오, 도사?"

"매복이 있는 것 같습니다."

숲은 울창했다. 쨍쨍거리던 벌레 울음이 여기저기서 잦아들었다. 솔 내음을 실은 한 줄기 바람이 나무 사이로 불어왔다. 나인철은 소나무 뒤에서 펄럭거린 하얀 천을 보았다. 구현담은 동백나무 옆으로 삐져나온 낫을 보았다. 나인철이 눈짓을 보내자 군관들은 칼집에 손을 올렸다. 한돌쇠는 황소를 안심시키려 등을 쓰다듬었고 장소규 혼자만이 숨을 헐떡였다. 구현담은 걱정스런 기색으로 그를 바라보았다.

독이 오른 기운이 그들에게로 몰려들었다. 모두가 보이지 않는 분위기에 위축되어 움직이질 못했다. 이제 나무 뒤의 천 조각은 모든 이의 눈에 보였다. 장소규의 가슴이 뛰었다.

'여러 놈이야. 무리하게 행군할 게 아니라 풍기에서 묵었어야 했어.'

천 조각의 주인공이 모습을 드러내자 스무 명 가까이 되는 사람들이 나무 뒤에서 튀어나와 호송단을 에워쌌다.

"산적입니다요!" 한돌쇠가 소리쳤다.

"아니야! 개구리 교주의 잔당들이야!" 장소규의 목소리는 더 컸다.

나타난 자들은 수염이 덥수룩하고 때가 꼬질꼬질한 누더기

차림이었다. 손에 든 무기는 호미나 낫 곡괭이 등 농사에 쓰는 도구들이었다.

"이 사람들은 굶주린 백성들이야!"

구현담이 말했다. 나인철이 칼을 겨누자 몰려오던 군중이 움찔거렸다.

"네놈들은 누구길래 길을 막고 행패냐? 우리는 어명을 받아 나랏법을 집행하는 관리들이다. 냉큼 물러서라!"

천 조각의 주인공인 애꾸눈의 사내가 도끼를 쳐들었다.

"소만 내놓으면 돼. 그럼 길을 비켜준다."

"하늘 높은 줄 모르는 놈들! 당장 무릎을 꿇지 못할까!"

"소를 안 주면 너희들은 다 죽는다."

세 군관들도 칼을 뽑았다. 애꾸눈을 제외한 폭도들 사이에서 약간의 혼란이 있었다.

'싸움에 익숙지 않은 자들이로구나.'

나인철은 승산이 있겠다고 희망을 걸었다. 구현담이 옆으로 다가왔다.

"그냥 소를 주고 지나갑시다, 금부도사."

"무슨 말씀이오? 소를 주다니요? 그럼 어떻게 해남까지 간단 말씀이오이까?"

"지금까지도 잘 걸어왔잖소?"

"안동 관아에서 새로 함거를 마련할 것입니다."

"저들은 배가 고파 눈이 뒤집힌 상태요. 상투 꼭지 대신 폭탄 심지가 머리에 붙은 백성들이란 말이오. 그대들 무예가 아무리 뛰어나도 터지면 다 죽어요. 그러니 소를 주고 갑시다."

"저 소는 나라의 재산입니다! 지금 범법을 옹호하십니까!"

"어차피 저 소의 주인은 백성들이오. 아사(餓死)가 아니라면 저 농기구를 흉기로 삼지 않을 사람들이오. 내 말 들으시오."

"그따위 나약한 생각이나 하니 귀양을 가지!"

나인철의 의지는 확고해 보였다. 구현담은 절망만을 보았다. 눈앞의 굶은 백성들은 이미 무덤 속에 허리까지 묻힌 반 시체나 마찬가지였고, 소를 얻지 못하면 나머지 모두 묻혀 시체가 될 처지였다. 이들에게 국법 따위가 통할 리 없었다.

안도협과 이호정은 최대한 냉정을 유지했지만 장소규는 팔을 떨었다. 그는 원근이 구분되지 않는 눈으로 군중들을 둘러보았다. 그의 눈에 비친 비쩍 마른 해골들은 누가 누구인지 구별할 수 없는 얼굴이었다. 구현담이 몰래 한돌쇠에게 다가갔다. 상황 파악이 빠른 소몰이꾼은 고개를 끄덕였다. 구현담이 협상하자는 듯 애꾸눈에게 한 손을 들어보였다. 한돌쇠가 호응해 황소의 고삐를 흔들었다.

"지금 뭐하는 게요!"

나인철은 호통쳤지만 막지는 않았다. 구현담과 한돌쇠의 현명한 대처에 애꾸눈도 수하들에게 무기를 내리라고 지시했던 것이다. 구현담이 황소의 고삐를 대신 잡고 천천히 이끌었다. 황소는 자신의 역할을 이해했다는 듯 군소리 없이 걸음을 옮겼다. 애꾸눈은 언제든지 휘두를 수 있도록 도끼를 든 손에 힘을 주었다. 장소규는 공간 감각을 상실한 눈으로 자신을 둘러싼 사람들을 보았다. 해골을 닮은 얼굴이 빙빙 돌았다. 호흡이 가빠질수록 도는 속도도 빨라졌다. 해골 다음에 또 해골, 해골 다음에 또 해골, 해골들이 빙빙 돌았다. 그 가운데 이쪽을 노려보는 개구리 탈이 있었다! 개구리 탈이 놈들 틈에 숨어 장소규 하나만을 노려보고 있었던 것이다!

"개구리 탈이다! 이놈들은 사교의 잔당들이다!"

장소규의 고함이 도화선에 불을 붙였다. 겁먹은 백성들이 "죽여!" 함성을 질렀다. 호미를 쥐고 가장 먼저 몸을 날린 자에게 나인철의 일검이 날아갔다. 호미를 그대로 쥔 팔이 포물선을 그리며 잘려 나갔다. 팔이 떨어지고도 농부는 맨몸으로 돌진해 나인철의 목을 잡았다. 갓이 부서지고 두 사람이 얽혀 넘어졌다. 안도협이 허리를 베자 그 농부는 부르르 몸을 떨다 죽었다. 나인철이 일어났을 때 백성들은 한꺼번에 덤벼들었다. 이판사판으로 덤벼드는 백성들은 외적보다 무서웠다. 이들은 세상이 무서워 숨죽이며 살아왔지만, 나라에 변란이 있을 때는 그 어떤 위정자보다 앞장서 구국에 힘을 보탠 의병들의 후손이었다. 그들이 지닌 잠재적인 힘은 소수의 칼로 막을 수 있는 게 아니었다. 그런 그들의 앞뒤 가리지 않는 공격에 구현담은 끔찍한 최후를 예감했다.

산중을 쑥밭으로 만드는 무시무시한 살육전이 펼쳐졌다. 온 사물이 격심히 흔들거렸다. 환상인지 실제인지 분간할 수 없는 광경들이 장소규의 눈에 끼어들었다. 여러 명에게 붙잡혀 난도질을 당하는 한돌쇠의 모습이 보였고, 안 끌려가려고 울어대는 황소도 보였다. 백성의 몸을 걷어차면서 관통한 칼을 꺼내는 안도협의 투혼이 보였고 여러 명이 휘두르는 돌에 머리를 찍히는 이호정의 최후도 보였다. 구현담은 맨몸으로 싸우고 있었으나 그의 공격은 때린다기보다는 뜯어말리는 몸짓에 가까웠다. "그만둬, 그만둬!" 내지르는 소리가 필사적이었다.

죽고 죽이는 싸움이 끝났을 때는 쾌청한 한낮도 지나 어둑한 오후의 기운이 하늘을 메우고 있었다. 백성들의 시체는 열다섯, 애꾸눈과 개구리 탈을 쓴 남자는 없었다. 호송단의 피해도 만만치 않아 황소가 사라지고 이호정과 안도협 그리고 한돌쇠가 죽었다. 숨을 몰아쉬는 장소규의 목으로 피 묻은 칼이 다가왔다.

"네놈 때문에 이 사단이 벌어진 거야."

"탈 쓴 놈이 있었습니다, 나리!"

"웃기지 마라!"

"틀림없이 있었습니다! 싸움은 저의 고함이 아니라 나리의 으름장 때문이었습니다!"

"이 죽일 놈이!"

칼끝이 장소규의 목을 파고들었다. 구현담이 다급히 나인철의 팔을 잡았다.

"이미 일어난 일을 탓해봐야 소용없소. 한 명이라도 살아남아 도움이 되어야 하오."

"이놈 때문에 세 사람이 죽었습니다. 정신줄을 놓았는지 상태가 더 나빠지고 있습니다."

"장소규를 그만 탓하시오. 지금 중요한 건 여길 빨리 벗어나는 거요."

"저들을 버려두고 간단 말입니까?"

"이곳은 두꺼운 나무와 질긴 수풀 때문에 매장할 장소로 마땅치 않소. 명을 달리한 세 사람의 충절은 만고에 남을 거요. 안된 일이지만 속히 출발해야 하오. 소를 끌고 간 이들이 동패를 더 데려오거나 사교 잔당들의 추격이 이어진다면 피할 길이 없소."

"저놈들이 사교의 잔당들이라니까요!"

"닥쳐라! 이 못난 놈!"

나인철이 장소규에게 발길질을 했다. 구현담은 장소규의 어깨를 잡고 흔들었다.

"이보게, 젊은 군관. 솔직히 자네가 몹시 걱정되네. 어디 앓고 있는 병이라도 있나?"

"병은 무슨 병입니까! 왜 사람을 병자 취급합니까?"

"자네가 갈수록 불안해 보여 그러네."

"남 신경 쓰지 말고 스스로나 돌보십시오!"

구현담은 죽은 백성들을 바라보았다. 수박을 품에 안고 기뻐하던 고령 백성들의 모습이 겹쳤다. 그 풍성한 열매는 그들의 입으로 들어가지 못하고 그들이 닿을 수 없는 곳으로 올라갔다. 인내심이 한계에 달하면 그들 역시 농기구를 흉기로 변모시킬지 모르는데, 나랏일 하는 이들은 그런 걱정을 하지 않는다. 명나라와의 의리를 다해야 한다느니, 걸리적거리는 놈을 죄주라느니 쓸데없는 입만 나불댈 뿐이다. 무거운 한숨이 구현담의 입에서 나왔다.

장소규는 내색은 안 했지만 자신을 미친놈 취급하는 구현담에게 적의를 품었다.

'역적 주제에 목민관 행세나 하다니! 흥, 폭도들 중에 분명 개구리 탈이 있었어! 내가 환각을 봤단 말이야?'

5

날이 점점 어두워졌다. 길을 따라 걸어도 대로가 나오지 않았다. 한돌쇠가 죽고 없으니 길잡이 역할을 할 사람이 없었다. 울창한 천연림이 이어졌는데 인기척에 날아오르는 새들의 윤곽이 위협적이었다. 낮에 먹이활동을 하다 돌아온 새들은 휴식을 방해한 나그네들이 반갑지 않았다. 장소규의 눈엔 참새도 까마귀만큼이나 커 보였다. 무당의 경고가 현실이 되자 불안은 상승일로를 달렸다. *"너희들은 돌아가지 못한다! 너희들은 돌아가지 못한다!"* 그는 개구리탈의 고함을 강박적으로 상기했다.

"금부도사! 길이 나올 것 같소. 이쪽으로는 풀이 없소."

구현담이 드문드문 자갈이 있는 길을 가리켰다.

"아, 과연 그렇군요. 저기…… 저건 불빛 아닙니까?"

길은 사람들의 발길로 평탄했다. 그 너머 멀리에는 희미한 불빛도 보였다. 우호적인 민가인지 적대적인 소굴인지 알지 못해 기쁨과 우려가 섞였다. 장소규는 재수 없는 일이 기다릴까 봐 불빛도 달갑지 않았다. 걸어갈수록 불빛은 가까워졌으나 풀무더기도 새롭게 나타나 발길을 방해했다.

이상한 풀이었다.

자연적 생장이 아니라 인위적 화훼에 가까운 그 식물은 질서가 있었다. 오와 열을 갖춘 군집은 누군가의 손길이 아니고서는 불가능했다. 처음 보는 식물임에도 잡스럽지 않은 기운이 있었다. 그러나 이 '나그네 여정길'은 화원을 조성할 만한 장소가 아니었기에 재배로 보기는 어려웠다. 작은 풀에서 큰 풀까지 계단식으로 위치해 있었다. 바람이 없는데도 줄기가 흐느적거렸는데, 장소규는 가장 큰 풀 하나가 움직이자 전부가 반응한다는 인상을 받았다.

삼각돛처럼 비스듬히 선 노란 포엽(苞葉, 꽃이나 꽃봉오리를 보호하는 잎)은 사람이 다가오면 불가사리 같은 다섯 갈래 잎을 쫙 펼쳤다. 그 안에는 사람의 눈과 비슷하게 생긴 꽃봉오리가 있었고, 은색을 띠는 꽃가루가 솟구쳤다. 수백 송이는 될 식물이 동시에 가루를 뿌려대자 삽시간에 세 사람은 한겨울 폭설에 파묻힌 것처럼 꽃가루 범벅이 되었다. 기이한 외관의 식물치고 꽃가루는 미학적이었다. 그러나 거미를 연상시키는 꽃들의 움직임은 기분 좋지 않았다. 입을 쩍 벌린 다섯 갈래 꽃잎은 다시 오므린 후 저희끼리 줄기를 굽혔는데, 마치 뱀이 의사사통을 하는 듯했기 때문이다.

"뭐 이런 재수 없는 꽃이 다 있지?"

나인철이 은색 가루를 털면서 말했다. 아직 털지 않은 구현담의 몸은 은색으로 빛났다. 그의 음성이 신중했다.

"여긴 경계 지점이오."

"무슨 경계 지점이란 말입니까?"

"풍기가 아니오. 여기서부턴 섭주요."

그가 손가락으로 숲의 한쪽을 가리켰다. 갓을 쓴 키 큰 사람의 머리가 수풀 사이로 보였다. 장소규가 말했다.

"장승입니다, 나리. 대감 말씀처럼 섭주라고 씌어 있어요."

장소규의 눈에 장승은 두 배 정도로 커 보였기에 글자를 읽기도 수월했다.

"경계 표식이 틀림없네."

구현담이 고개를 끄덕였다. 장소규는 '의지를 갖고 움직이는' 풀을 보며 말했다.

"이곳이 섭주라면 이런 초목도 이상할 게 없지요. 하늘 밖 별천지에서 온 물괴를 봤다는 섭주 백성이 하나둘이 아니니까요."

"허황된 소리 좀 그만 지껄여!"

나인철의 반응이 싸늘했다. 구현담이 숲 너머를 가리키며 말했다.

"잠깐! 사람 소리가 들리는 것 같소."

귀를 집중하던 나인철이 고개를 끄덕였다.

"저도 들었습니다. 날이 저무니 일단 들어가야겠습니다."

"방법이 없겠구려. 그리 합시다."

"여긴 섭주라고요! 무서운 일을 당할 겁니다!"

"따라오든지 말든지 네놈 마음대로 해!"

나인철이 내뱉은 후 앞장섰다. 구현담이 옆에서 나란히 걸었다. 둘은 더 이상 호송자와 피호송자가 아니었다. 장소규는 투정 부리는 아이처럼 뒤를 따랐다. 허황된 소리라고 꾸짖긴 했지만 나인철은 섭주로 발길을 향하려니 흡혈선비 생각이 절로 났다. 그도 섭주에 관해 들은 바가 있었다. 현실을 초월하는 괴사건이 자주 일어난다는 저주받은 땅 섭주.

6

나인철 일행이 섭주 안으로 사라졌을 때 추격자들도 이상한 꽃밭 앞에 당도했다. 애꾸눈이 앞장섰고 새로운 동패 10명이 뒤를 따랐다. 은색 꽃가루가 함박눈처럼 그들의 머리 위로 쏟아졌다. 애꾸눈의 검은 눈가리개도 은색으로 변했다. 그는 굶주린 마을 사람들에게 황소를 보낸 후 다시 남자들을 모아 호송단을 추격했다. 놈들이 돌아가 '풍기의 산중에서 폭도로 변한 백성들에게 소를 뺏기고 관리가 세 명이나 죽었다'고 입을 놀리면 군사들이 들이닥쳐 마을을 초토화시킬 건 뻔했다. 죽어서라도 놈들의 입을 막아야만 했다.

그런데 무슨 일인지 애꾸눈은 은가루 날리는 꽃밭에서 추격을 멈추었다.

"촌장님! 왜 더 이상 쫓아가지 않습니까요?"

"여기서부턴 섭주다! 우린 저 안으로 들어갈 수 없어!"

"어째서요?"

촌장은 애꾸눈을 부라리며 은색 눈사람이 된 수하들에게 호통쳤다.

"이런 밥통들아! 사람 머리로 이해할 수 없는 무서운 일이 일어나는 데가 섭주라는 걸 몰라? 여길 봐. 주변에 민가도 없고 사람도 없잖아. 귀신 빼곤 아무도 없다구. 무슨 일이 있어도 대낮에만 지나가야 하는 길이야. 자, 돌아가자."

"저놈들이 무서워서 그러는 건 아니지요?"

"네놈은 안 당해봐서 몰라. 여섯 놈이 열다섯 명이나 죽었어. 제대로 훈련받은 칼잡이들이란 말이야."

"그럼 어떡해요? 그냥 살려 보내야 해요?"

애꾸눈 촌장이 히죽 웃었다.

"걱정 마라. 저기 들어간 이상 오늘 밤을 못 넘길 테니까. 자, 우린 잡은 소나 먹으러 가자."

그들은 가루를 털며 왔던 길로 돌아갔다. 은빛 꽃가루가 생명력을 가진 것처럼 다시 솟아올라 머리와 어깨에 내려앉았다.

그들이 사라지자 가시덤불 뒤에 숨어 있던 얼굴 하나가 자라목처럼 슬그머니 위로 솟아올랐다. 은빛 가루로 뒤덮인 개구리 탈이었다. 애꾸의 말이 신경 쓰였다.

'여긴 야밤의 섭주잖아, 어떡하지? 그놈들을 만난대도 무예가 출중한 셋을 나 혼자서 이길 수 있을까? 금와신이시여, 어떻게 해야 합니까!'

은빛 꽃가루가 떨어지는 하늘로 그는 질문을 던졌다. 잠시 후 계시가 내려왔다.

"그래, 간다! 금와교주는 신의 원수를 갚으러 간다!"

개구리 탈 금와교주도 마침내 섭주로 진입했다.

7

구현담, 나인철, 장소규가 장승 아래에 섰다. 요상한 식물은 더 이상 보이지 않고 익숙한 조선의 산천초목이 그들을 맞았다. 이들이 몸을 털자 은빛 가루가 화재현장의 재처럼 날리었다.

장승이란 귀신을 겁줘 퇴치하는 역할인데, 섭주의 장승은 전혀 위안을 주지 못했다. 귀신을 쫓기는커녕 오히려 귀신을 부르는 인상이었다. 삐딱하게 선 장승의 얼굴은 계란처럼 타원형인데, 눈동자를 찍지 않아 허연 눈과 가로세로 열 십 자 선을 무수히 반복해 그려넣은 입은 사악한 기운이 가득했다. 마치 이곳에선 눈이 있어도 안 봐야 하고 입이 있어도 다물어야 한다는 암시 같았다.

"관아가 어디 있는지부터 알아야 하오."

"저기 불빛으로 가보도록 하지요."

구현담과 나인철이 대화를 나누는 사이, 장소규가 반대편 숲에서 뭔가를 발견했다. 열십자로 쓰러진 나무 아래 이상하게 생긴 바위가 있었다. 정사각형에 가까운 검은 바위였다. 만(卍) 자와 비슷하지만 곡선이 두드러진 표식이 새겨져 있었고, 선과 선 사이에는 사람의 눈처럼 생긴 상형문자가 섞여들었다. 손가락을 갖다 대니 표식에서 빛이 일어났다. 화산에서 바위틈으로 흘러내리는 용암처럼 빛이 서서히 만 자 표식을 밝혔다. 빛에 반사된 장소규의 얼굴이 푸르스름해졌다. 다급히 눈을 비비고 보니 환각일 뿐이었다. 놀란 그는 반대편으로 걸어가는 구현담과 나인철의 대화를 듣지 못했다.

"금부도사, 저기 반대편에도 장승이 하나 더 있소! 누가 그 아래 앉아 있는 것 같소!"

나인철의 눈앞에 과연 새로운 장승이 나타났다. 거리가 멀어 희미했으나 장승 아래 뭔가가 웅크린 채로 있었다. 두 사람은 뒤편의 장소규도 잊고 그쪽으로 움직였다. 그들이 처음 본 장승이 천하대장군이었다면, 엄폐물에 가려 일부만이 드러난 이 장승은 지하여장군이었다. 이 장승도 허연 눈에 열십자 반복의 입을 가졌다. 두 장승은 나란히 서 있지 못하고 사이에 끼인 사람을 양쪽에서 노려보게끔 세워졌다. 악의 기운을 좌우로 막는 포위 형태인지, 악을 집중해 받으라는 권악(勸惡)의 형태인지 제작의 의도가 모호했다. 지하여장군에 기대어 앉은 남자는 머리부터 발끝까지 붉은색이었다.

"대감, 저 남자가 피투성이인 것 같은데 내 눈에만 그렇게 보이는 건 아니겠지요?"

"제대로 보았소. 두 눈이 파인 상태요. 거기서 쏟아내린 피가 온몸을 적신 게요."

"장소규는 어디 있지요?"

구현담이 돌아보니 수풀 속에 허리를 굽힌 장소규의 등이 보였다.

"용변을 보는 것 같소."

"못난 놈 같으니! 우리 둘이 가보지요."

"그럽시다."

나인철과 구현담이 장승에 등을 대고 앉은 남자에게 접근했다. 검은 동굴처럼 뻥 뚫린 눈에서 피가 흘러내렸다. 상투가 풀려 산발한 머리는 피와 흙으로 더럽혀졌지만 아직 숨은 붙어 있었다.

"이보시오. 내 말 들리오?"

나인철이 말을 걸자 눈 없는 남자가 고개를 약간 들었다.

"무슨 일을 당한 거요? 왜 그러고 있소?"

남자의 고개가 좌우로 움직였다. 귀에 들려오는 소리가 진짜인지 가짜인지 헷갈린다는 몸짓이었다.

"누가 당신을 이렇게 만든 거요?"

대답이 없자 이번엔 구현담이 끼어들었다.

"섭주에서 변을 당한 거요? 아니면 섭주 바깥에서 변을 당해 여기까지 온 거요?"

섭주를 언급한 질문에 남자가 경련을 일으켰다. 입으로 선혈을 튀기며 그는 경고했다.

"너희들에게 환각이 일어난다! 그 환각이 너희들을 따로 떨어지게 만들고 너희들을 죽게 만든다! 속지 마! 믿지도 마! 아무도!"

구현담과 나인철은 소스라치게 놀랐다.

장소규는 검은 바위 표식이 또 다시 푸른 빛을 발하자 벌떡
일어섰다. 머리가 깨질 듯 아파오더니 온 세상이 빙글빙글 돌
았다. 나뭇가지가 사람의 팔처럼 움직였고 거대한 둥치가 그에
게로 몸을 굽혔다. 그때 장소규는 건너편 장승 쪽에서 어떤 남
자가 지르는 소리를 들었다. 환각을 조심하라 경고한 그 음성이
몹시 귀에 익숙했지만, 아무리 생각해도 누구인지 알 수 없었다.
나무와 풀이 집어삼킬 듯 조여오고 압박해왔다. 잎들이 들썩이
며 웃음소리를 냈다.

'오는 게 아니었어! 출세고 뭐고 오는 게 아니었어! 독초에
찔린 건 나를 살리려는 천지신명의 계시였는데 내가 그걸 무시
했어!'

구현담과 나인철은 장소규의 광기를 모른 채 눈에서 피를 쏟
는 남자 앞에서 어찌해야 좋을지 몰랐다.

그때였다. 짙어지는 어둠을 뚫고 목소리 하나가 등장했다.

"거기 계신 분, 혹시 한양의 구현담 대감이 아니시오?"

나인철과 구현담이 동시에 돌아보았다. 어둠을 뚫고 6척 (180cm가량) 장신의 남자가 걸어나왔다. 동달이(옛 군복의 일종) 위에 구군복을 걸치고 허리에는 환도를 찬 대장부였다. 밀화패 영을 늘어뜨린 전립(戰笠)은 검은 턱수염과 절묘하게 어울렸다. "호랑이 새끼에 승냥이 없다"는 격언처럼, 기골이 장대한 나졸 들이 창을 들고 뒤에 서 있었다. 구현담이 나섰다.

"귀하는 누구시길래 이 사람의 이름 석 자를 알고 계시오?"

"저는 섭주 현령 금인종입니다. 두 분을 찾던 중이었습니다. 밤이 오기 전에 이렇듯 만났으니 참으로 다행입니다."

"아! 섭주의 사또 나리시군요."

미로 한가운데서 출구를 찾은 심정의 나인철이 인사를 건넸다.

"저는 해남의 유배지까지 동행하게 된 금부도사 나인철입니 다. 어떻게 저희의 곤란한 사정을 아시고 제때 와주셨습니다."

"도사의 말씀은 틀리지 않습니다. 저희 고장 인근에서 호송 단이 폭도들에게 습격당했다는 첩보를 입수했기에 이렇듯 촌각 을 다투어 달려온 것입니다."

"저희들이 습격받은 사실을 어떻게 아셨습니까?"

"윤기주의 수하 한 놈을 붙잡았습니다."

"윤기주가 누굽니까?"

"황소를 훔쳐간 애꾸눈이지요."

"오오, 그렇습니까?"

나인철의 기쁨은 컸지만 죽은 세 사람을 생각해 내색하지 않았다.

"그들은 산적입니까?"

"한때 이 나라 백성이긴 했으나, 의금부 관헌에게 흉기를 겨누었고 이동수단까지 도적질해갔으니 명백한 산적이지요."

"아, 안동역참까지 갈 길이 까마득했습니다. 폭도들의 공격에 아까운 세 사람이 목숨을 잃었습니다. 추격이 있을까 봐 야영을 할 수도 없었지요. 길잡이까지 죽어 처지가 곤란했는데 사또께서 직접 와주시다니 진정 하늘이 돕는가 봅니다."

나인철과 금인종이 대화하는 사이 구현담은 뒤편의 장승을 돌아보았다. 그곳엔 아무도 없었다. 핏자국도 보이지 않았다.

"여기 피를 흘리는 남자가 있었는데……."

나인철도 장승을 돌아보고는 놀란 표정을 감추지 못했다.

"왜 그러십니까?" 금인종이 물었다.

"눈이 뽑혀 피를 쏟는 사람이 있었습니다. 그런데…… 어디로 갔는지 보이질 않습니다."

"피를 쏟는 사람이요?"

금인종이 어리둥절한 얼굴을 했다. 나졸들도 마찬가지였다. 구현담과 나인철의 머릿속에 똑같은 말이 떠올랐다.

'너희들에게 환각이 일어날 것이다.'

나인철이 살펴보니 피는 자신과 구현담의 몸에 묻어 있었다. 폭도들과의 싸움에서 묻힌 피였다. 그건 환각이 아니었다.

"오늘 시신을 많이 봐서 그런지 헛것을 보았나 봅니다. 그렇지요, 대감?"

구현담은 답하지 않았다. 금인종은 어두워져 가는 하늘과 장승을 번갈아 바라보았다.

"자, 어서 가시지요. 관아까지 길이 머니 일단 오늘 밤을 지낼 곳으로 안내하지요."

'분명 눈이 파인 남자가 있었는데……'

구현담은 섭주 현령을 따라 어두운 길을 걷다가 생각났다는 듯 뒤돌아보았다.

"참, 장소규도 데려가야잖소?"

"그렇지! 잊고 있었습니다."

나인철이 돌아보았지만 검은 바위가 있던 숲에는 아무도 없었다. 허연 눈에 금이 무수하게 새겨진 입의 장승만이 서 있을 뿐이었다. 장소규는 보이지 않았다.

9

검은 바위를 넋 놓고 바라보던 장소규는 새로운 목소리를 들었다.

"거기 계신 분, 혹시 한양의 구현담 대감이 아니시오?"

"귀하는 누구시길래 이 사람의 이름 석 자를 알고 계시오?"

"저는 섭주 현령 금인종입니다. 두 분을 찾던 중이었습니다. 밤이 오기 전에 이렇듯 만났으니 참으로 다행입니다."

"아! 섭주의 사또 나리시군요."

살았다! 섭주 관아에서 우리를 찾으러 왔구나! 우리가 오는 걸 알고 있었어! 사교의 잔당들도 이젠 문제없어!

장소규는 기쁨에 넘쳐 신비의 바위도 잊고 뒤돌아보았다. 그러나 섭주 현령을 직접 보았을 때 그가 받은 인상은 공포 그 자체였다.

섭주 현령은 사람의 형상이 아니었다. 그를 따르는 십여 명의 나졸들도 마찬가지였다. 그들은 거대한 개의 모습을 띠고 있었다. 정확히 표현하자면 '두 발로 걸어 다니는 개'였다. 사람 크기의 개들이 뒷발로 서서 걸었는데, 앞발은 자유로운 손가락으로 특이하게 생긴 지팡이를 쥐고 있었다. 만(卍) 자의 곡선 사이에서 본 눈 모양의 상형문자가 그들이 입고 있는 검은 갑옷에 새겨져 있었다. 길쭉한 주둥이로 무리 없이 조선말을 구사했는데 구현담과 나인철은 그런 개들의 질문에 태연히 답하고 있었다.

"그들은 산적입니까?"

"한때 이 나라 백성이긴 했으나, 의금부 관헌에게 흉기를 겨누었고 이동수단까지 도적질해갔으니 명백한 산적이지요."

구현담과 나인철에게는 그들이 개로 보이지 않는 모양이었다. 눈을 비벼도 장소규에겐 그들이 개 괴물로 보였다. 괴물의 흉측한 외양은 그대로였고 구현담과 나인철의 태연함도 그대로였다.

'이게 대체 어떻게 된 일이지?'

바로 그때, 개들 중 하나가 이쪽을 홱 돌아보았다. 장소규는 그제야 그 괴물이 개와 전혀 닮지 않음을 알 수 있었다. 쫑긋 세운 두 귀와 튀어나온 주둥이, 그리고 덥수룩한 황색 털은 개와 흡사했다. 그러나 톱니 같은 이빨이 붙은 입은 가로로 열렸다가 닫혔다. 개라기보다 차라리 돼지를 닮은 코의 구멍은 네 개였고 그 위로 여섯 개의 둥그런 눈알이 붙어 있었다. 3층 건물처럼 한 쌍씩 층을 이룬 눈알은 눈동자가 숫자 1처럼 세로로 길었다. 여섯 개의 뾰족한 눈동자가 각기 다른 방향으로 굴렀다. 맨 위의 한 쌍은 더듬이처럼 쉴 새 없이 움직였다. 중간의 한 쌍이 보는 기능을 수행하는지 장소규 쪽을 향했으며, 가장 아래의 눈 한 쌍은 빨주노초파남보로 색깔이 변화했는데 이는 저희끼리의 의사소통 역할을 하는 듯했다. 자연의 이치와 역행하는 얼굴이 노려보자 장소규는 공포에 사로잡혔다. 그 개가 조용히 손을 들더니 이리 오라고 손짓했다. 장소규는 그 무리에 낄 수 없었다. 인간이 아닌 악귀들에게 어떤 해코지를 당할지도 몰랐으니까.

나인철과 구현담은 악귀에 사로잡힌 게 틀림없었다. 그렇지 않고서야 저렇게 스스럼없이 대화를 나누겠는가! 출세욕이고, 나랏일이고, 전우애고 더 이상은 없었다. 서서히 뒷걸음질 치던 장소규는 '섭주!'라는 한 마디 신음과 함께 어둠 속으로 사라졌다. 구현담과 나인철의 대화가 멀어져갔다.

"참, 장소규도 데려가야잖소?"

"그렇지! 잊고 있었습니다."

잠시 후 "장소규! 어디 있나?" 하고 외치는 고함이 있었다. 장소규는 귀를 막으며 달렸다. 사또 역할을 맡은 개 괴물이 사람을 풀어 찾아보겠다고 말했다.

금인종은 세 명의 나졸을 뒤에 남겨 장소규를 찾도록 한 뒤 자신은 구현담과 나인철을 데리고 출발했다. 사또가 지역의 책임자이기에 죄수와 금부도사는 동행을 거절할 수 없었다. 밤은 다가왔고 배도 고팠다.

"정신이 좋지 않은 사람이니 꼭 찾아주시기 바랍니다."

구현담의 부탁에 금인종이 고개를 끄덕였다. 나인철은 "장소규……" 하며 혀를 찼다. 찜찜한 기운만을 남긴 채 두 사람은 섭주 관헌들을 따라 이동했다.

사람들이 사라지자 풀숲 사이로 개구리 탈이 솟아올랐다. 금와교주는 장소규가 사라진 곳과 금인종 일행이 사라진 곳을 번갈아 바라보았다. 금인종이 보낸 수하 세 명이 장소규 쪽을 쫓고 있었다. 금와교주도 결심했다는 듯 그쪽으로 움직였다.

10

나인철과 구현담은 섭주 현령을 따라 걸었다. 어둠은 신속히 산을 덮었고 때 아닌 밤안개까지 깔려 시야가 불편했다. 두 사람의 근심을 아는지 금인종도 길을 재촉하지는 않았다. 간간이 장소규가 사라진 쪽을 돌아보던 구현담의 얼굴이 환해졌다.

"아, 저기 오는군요."

장소규가 나졸들과 함께 걸어오고 있었다. 안개를 뚫고 다가오는 장소규의 얼굴은 공허했다.

"어딜 갔다 왔느냐?"

나인철의 물음에 장소규는 답하지 않았다.

"이보시게, 자네 괜찮나?"

구현담의 물음에도 장소규는 답하지 않았다. 멍한 눈으로 두 사람을 바라볼 뿐이었다.

'출세는 하고 싶은데 그 과정은 남에게 물어가려는 놈! 이번 일만 끝나면 보자. 단단히 혼을 내줄 테니!'

나인철의 화를 달래기라도 하듯 금인종이 웃었다.

"일찍 찾아서 다행입니다. 두 군관과 소몰이꾼의 시신은 내일 수습하기로 하고 어서 가시지요."

구현담과 나인철이 나란히 걸었고 장소규가 그 뒤를 따랐다.

"여보게, 자네도 눈이 파인 남자를 보았나?"

구현담이 물었지만 장소규는 무슨 소린지 모르겠다는 얼굴이었다.

"그냥 두십시오, 대감. 처음부터 저놈을 데려오는 게 아니었습니다."

나인철이 차갑게 말했다. 금인종이 삼십 걸음쯤 앞에 있는 두 개의 큰 기둥을 손가락으로 가리켰다.

"저 기둥을 지나면 망루가 하나 나옵니다. 소(小) 관아인 셈인데, 본 관아까지 거리가 너무 멀고 시간도 늦었으니 오늘은 거기서 묵도록 하시지요. 숙식할 수 있는 객방이 있고 적도의 침입에도 안전한 곳이니 지내시기 괜찮을 겁니다."

8척 높이로 솟아오른 돌기둥은 좌우로 나뉘어 서 있는데 석등이 하나씩 얹혀 있었다. 석등에는 이미 불이 켜진 상태였다. 기둥과 기둥 사이의 통로에는 호랑이 가죽으로 만든 발판이 깔려 있었고 그 너머로 으리으리한 망루의 윤곽이 보였다. 방어용 초소의 목적 외에도 외빈 접대 기능도 겸하는지 성곽에 가까운 웅장한 구조물이었다. 망루의 아래층은 출입문, 위층은 대포가 배치된 누각이었는데 음식 냄새가 풍겨왔고 가야금 소리도 들려왔다.

"먼 길 가실 대감을 위해 준비했습니다."

금인종의 미소에 구현담은 부담스러운 표정을 지었다.

"나는 나라에 죄를 지은 몸이오. 이런 대접을 받을 자격이 없소이다. 금부도사와 장 군관만 데려가고 이 몸은 옥사에 넣어주시오."

"해남에 도착하신 후에 그렇게 하셔도 됩니다. 여기선 제 지시에 따르도록 하십시오. 저도 충신을 알아보는 눈은 있습니다."

금인종은 나인철이 듣든 말든 죄인을 추켜세웠다. 하지만 나인철의 본심도 사또와 같고, 또한 섭주에선 섭주 법을 따라야 할 처지라 불쾌한 내색을 보이지 않았다. 망루는 검게 변하는 하늘을 배경으로 음침하게 서 있었다.

"자, 저 돌기둥 사이를 통과해 볼까요?"

발 아래를 보던 구현담은 호랑이 가죽이 움직인다고 착각했다. 살아 있는 호랑이가 죽은 척 납작 엎드려 있다가 사람의 발에 놀라 꿈틀댄 느낌이었다. 나인철은 바람이 없음에도 돌기둥 위에서 요란하게 춤을 추는 석등의 불꽃을 보았다. 기둥을 통과했을 때 나인철과 구현담은 동시에 어떤 생각에 사로잡혔다. 그건 두 사람이 겪어왔던 과거였다. 숨 한 번 쉬었을 짧은 시간에 구현담의 뇌리에는 수박밭에서 울부짖던 백성들이, 나인철의 뇌리에는 흡혈선비 정휘문이 스쳐 지나갔다. 기둥을 지나치자 과거는 팟 하고 사라졌다. 두 사람이 동시에 뒤돌아보았다. 호랑이는 죽은 가죽 그대로였고, 석등 안의 불은 평온히 타오르고 있었다.

구현담과 나인철은 다시 앞을 보다가 코앞까지 다가온 망루를 보고 깜짝 놀랐다. 그들은 나아가지 않았는데 마치 망루에 숨겨진 발이 있어 그들 몰래 바짝 다가온 기분이었다. 금인종이 손짓하자 태극문양 문이 좌우로 열렸다.

"자, 드시지요."

금인종이 손짓했다. 장소규의 얼굴에 기분 나쁜 미소가 생겨났다. 그는 망루 안으로 사라져가는 구현담과 나인철의 등을 노려보았다. 구현담과 나인철은 어떤 환영을 보았다.

11

구현담이 망루 안으로 첫발을 디뎠을 때 본 것은 빛이었다. 달걀만 한 원형의 빛이 크기를 키워가더니 달만큼이나 확대되어 그를 눈부심 속에 가두었다. 동심원 형태의 곡선이 회전하면서 사념을 앗아갔다. 구현담이 눈을 가리자 시끌벅적한 음성들이 귀를 파고들었다.

성난 얼굴들이 등장했다. 쏘아보는 얼굴들은 구현담의 시선에 따라 가로로 이동했다. 옆에서 옆으로 흉을 보고 비난하고 험담을 하는 얼굴들은 바로 조정의 권신들이었다. 정권에 순응하지 않는 반골에게 삭탈관직과 치죄를 적극 주장했던 간신배들이었다. 입으로 위민(爲民)을 논하고 태평성대를 지향한다던 그들은 전혀 다른 얼굴로 본성을 드러내고 있었다. 그들은 획득한 힘의 유지를 위해 가로막는 것은 무엇이든 제거하는 잔혹한 종자들이었다.

빛이 동심원을 타고 눈을 뜰 수 없게 했다. 권신들의 얼굴이 경련을 일으켰다. 뺨이 부풀어 오르고 이리저리 돌던 눈알이 얼굴 밖으로 빠졌다. 머리 가죽이 벗겨지고 귀가 떨어져 나갔다. 동심원의 빛이 작열하자 망가진 얼굴 사이로 막걸리 같은 점액질이 튀었고 뱀을 연상케 하는 촉수들이 솟구쳤다. 어떤 신하는 목이 기린처럼 길어지고 몸통은 번데기처럼 굵어진 기형 괴물로 변했다. 어떤 신하는 등에서 박쥐의 날개가 솟구치고 머리통은 세 개로 갈라졌다. 그 머리에는 닭벼슬인지 뿔인지 구분할 수 없는 것이 돋아났다. 그가 허리를 굽히자 찢어지는 등에 끈적한 손을 올리며 머리를 산발한 괴수의 얼굴이 솟아올랐다. 피부가 없는 괴수는 얼굴이 붉은 죽 같았다. 각양각색의 다양한 변형은 이 세상에서 볼 수 있는 탈피와 전혀 달랐고 기관의 돌출과 구조의 왜곡에서도 이색적인 면모를 드러냈다. 지옥 거주자들의 조회였고 백귀야행의 잔치였다.

구현담이 도망치자 괴수들이 쫓아왔다. 독액이 튀는 날개를 퍼덕거리고, 분비물이 끈적한 촉수로 땅을 디디고, 거대한 벌레의 몸으로 기는 추격은 꿈이 아니라면 불가능했다. 그러나 이 모든 현상은 현실과 연결되었고 추악한 현실에서의 도망은 꿈보다 더 어려웠다. 유배당한 신세가 보여주듯 아무리 뛰어도 구현담의 탈출은 제자리걸음밖에 되지 않았다. 거대한 기관과 촉수들이 구현담을 덮쳐 거미줄에 붙은 벌레 형상을 이루었다. 구현담은 사지가 제압된 상태에서 구렁이와 비슷한 촉수 하나가 궁중의 벽으로 이동하는 광경을 보았다. 전대미문의 거대한 촉수는 움직이는 붓으로, 피로 물든 벽에 글씨가 새겨졌다.

六十五能陰陽君子 乘二黑諸天環形龍
(육십오능음양군자가 이흑제천환형룡을 타다.)

동심원의 빛이 뜨겁게 작열했다. 빛은 불길로 변해 글자를 태우고 가가대소 웃는 괴물들을 태우고 구현담을 녹였다. 눈알이 빠지고 피부가 녹아내리는 죽음이 찾아오기 직전, 그는 가까스로 눈을 떴다. 금인종이 걱정스러운 시선으로 보고 있었다.

"왜 그러십니까, 대감?"

아직 여름이 오지 않은 밤하늘의 공기가 차가웠다. 그곳은 누각으로 이어지는 계단 위였다. 언제 올라왔는지조차 기억나지 않았다.

"어디 불편하시옵니까?"

"아, 아무것도 아니오. 잠시 옛 생각에……."

악몽에서 헤어나지 못한 구현담은 머리를 흔들었다. 금인종이 껄껄 웃었다.

"이 나라 최고의 우국지사답게 아직도 백성들 걱정이시군요. 여기 계시는 동안은 편안히 쉬시길 바랍니다."

"거듭 말하지만 나는 나라의 죄인이오. 이 몸을 비호하려다 사또께서 피해를 볼지도 모르오."

"처벌을 내린다면 달게 받지요."

누각에 다다른 그들은 신을 벗고 마루로 올랐다. 금인종이 내실로 안내했다. 구현담은 곁을 돌아보았다. 두 일행이 좌우로 시립했는데, 이제 나인철의 표정도 장소규와 다르지 않았다. 둘은 허수아비의 혼백이라도 들어앉은 것처럼 감흥 없는 눈을 게슴

츠레 뜨고 있을 뿐이었다. 금인종이 먼저 내실로 들어가자 구현담이 뒤를 따랐다. 나인철과 장소규는 들어오지 않았다.

내실에는 겸재 정선의 그림이 걸려 있었고 그 곁에 서가가 있었다. 구현담은 빛바랜 서책들에 감탄했으나, 제목을 확인한 순간 감탄은 경악으로 바뀌었다. 안정복의 《임관정요(臨官政要)》, 이광좌의 《운곡정요(雲谷政要)》 등 지방관과 지방행정에 관한 책들도 있었지만 그것은 일부일 뿐, 대부분이 나라에서 엄중히 수배 내린 사특한 서책들이었기 때문이다. 죽은 시신을 불러내는 법이 담겨 있다는 《초혼원지(招魂援志)》, 이계의 언어를 나열했다는 《이언각서(異言覺書)》, 이계 존재 원린자를 다룬 《귀경잡록》 따위가 있었는데 이 책들은 소유하기만 해도 중형을 내리던 희대의 악서였다.

"아니, 영명하신 사또의 서가에 어찌 이런 불측한 책들이 두루 꽂혀 있단 말입니까?"

구현담이 깜짝 놀라 물었다. 금인종이 히죽 웃었다.

"아시다시피 섭주에선 괴이한 사건이 많아 참고용으로 읽어야만 할 서책입니다. 그렇지 않으면 이 세상의 실제와 저 세상의 환각을 구별 못해 실성하기 십상입니다."

종이 바스락거리는 소리가 귀를 때렸다. 구현담은 옆을 돌아보았다.

겸재 정선의 인왕제색도는 아무런 변화도 없었다. 검은 인왕

산 바위는 그대로였고 바위 아래 수목도 그대로였으며 그 아래 집의 지붕도 그대로였다.

하지만 그의 곁눈질이 분명하다면 조금 전 안개에 싸인 수목 사이에서 무언가가 몸을 내밀었었다. 그 검은 형체는 구현담이 고개를 돌리자 감쪽같이 숨어 버렸다.

'그림이 움직이다니 말도 안 된다!'

금인종이 《귀경잡록》을 들어보였다.

"섭주에 부임할 목민관이라면 이 서책부터 반드시 독파해야 합니다."

"나도 사교가 가장 흥한 지역이 섭주란 건 들어서 알고 있소. 하지만 백성들의 고충은 그런 데 있지 않소. 목민관이라면 응당 해야 할 일은……."

"이 책만이 우리나라 백성을 도탄에서 구할 수 있습니다. 진정한 믿음은 육십오능음양군자 하나입니다."

구현담은 놀란 눈으로 금인종을 바라보았다. 섭주 현령의 얼굴이 깨진 계란처럼 금이 가 있었다. 금은 순식간에 눈코입으로 번져 지직거리는 소리를 냈다. 핏방울이 일곱 가닥으로 배어나와 얼굴 아래로 흘러내렸다. 빛이 번쩍여 시야를 가렸다.

"섭주에 부임할 목민관이라면 이 서책부터 반드시 독파해야 합니다."

또 환각이었다. 금인종의 얼굴은 그대로였다. 그가 표지를 들

어 보인 책은 탁정암의 《귀경잡록》이 아니라 안정복의 《임관정
요》였다.

구현담은 환각을 경고한 눈 파인 남자를 생각했다. 이상한 일
이 생기고 있다는 의심이 확신으로 굳어졌다.

12

두 돌기둥 사이에 깔린 호랑이 가죽을 밟고 넘어섰을 때, 나인철도 엄습해 오는 동심원의 빛과 맞닥뜨렸다. 전신을 집어삼킬 만큼 빛이 확장하면서 낯선 광경이 눈앞에 펼쳐졌다. 금인종이 그의 팔을 잡고 어디론가 이끌었다.

"금부도사께서 보셔야 할 것은 저 아래에 있소이다."

금인종의 긴 손가락이 땅을 가리켰다. 어둠 가운데 지하로 내려가는 사각형의 구멍이 있었다. 열린 문에는 사슬이 붙어 있었고, 그 아래 놓인 계단 아래에선 불빛이 일렁였다.

"저기가 어딥니까?"

"지하 뇌옥입니다."

"관아의 옥사도 지상에 있는데 하필 망루 안에 지하뇌옥을 마련했단 말입니까?"

"제압이 어려운 죄수를 감금하자면 지하 아니라 천상의 감옥이라도 필요한 법이지요."

나인철은 유배죄인 구현담이 이 말을 어떻게 받아들일지 몰라 겸연쩍었다. 그러나 구현담과 그 옆의 장소규는 장승처럼 꼿꼿이 선 채 똑같은 무표정을 유지했다. 금인종이 아래를 향해 손짓했다.

"내려가시지요."

"대관절 저 아래에 제가 봐야 할 무엇이 있습니까?"

"보시면 아실 것입니다."

금인종이 먼저 지하계단을 밟았다. 나인철이 주저하자 구현담과 장소규가 움직였다. 결국 나인철도 그들을 따랐다. 서른여섯 단이나 되는 지하의 깊이를 가늠할 수 없었다. 일렁이는 횃불이 창 쥔 옥졸의 그림자를 벽에 확대시켰다. 어떤 화공의 솜씨인지 모를 기괴한 그림이 벽 곳곳에 붙어 있었다. 팔열팔한 지옥을 묘사하는 사찰의 무서운 그림과 흡사했다. 정체모를 거대형체가 사람을 손에 쥐고 뜯어먹는 그림이 있었고, 가시방망이처럼 생긴 타원형의 물체가 하늘 가득 떠 있는데 백성들이 지상에서 도망치는 그림도 있었다. 타원형의 물체 일부는 고슴도치와 비슷한 괴물로 변형을 했고 이 역시 그림으로 묘사되었다. 의금부에서조차 이런 무시무시한 그림을 붙인 뇌옥은 볼 수 없었다.

"계속 걸어가십시오."

금인종의 지시대로 나인철은 양쪽으로 마주 보는 감옥과 감옥 사이를 걸어나갔다. 나무 창살 사이로 죄수들이 팔을 뻗쳐 절망을 호소했다. 어느 순간 나인철은 눈을 의심했다. 사람의 팔뿐 아니라 물갈퀴가 붙은 녹색의 팔도 있었고, 가재를 닮은 집게발도 있었기 때문이다. 그가 머리를 흔들거나 눈을 비비면 망령스런 광경은 사라졌다.

귓속이 윙윙거려 왼쪽을 돌아보았다. 감옥 안에서 어떤 남자가 짚단 위에 누운 시체를 해부하고 있었다. 남자는 삿갓으로 얼굴을 가렸는데 알고 보니 삿갓 자체가 얼굴이었다. 가오리처럼 생긴 삼각형의 가죽에 검은 눈이 붙어 있었다. 배를 가르고 내장을 꺼내는 동작이 신속했는데 팔이 네 개였기에 가능했다. 그가 삿갓 머리를 팽창시킬 때마다 윙윙거리는 파동이 번져왔다.

오른편 감옥에는 알몸인 사람이 서 있었다. 눈이 있었으나 코와 입이 없었고 성기도 없었다. 그가 몸을 돌리자 뒤통수에도 붙은 눈이 나인철을 내려다보았다. 엽전의 양면 같은 괴이한 존재였다.

번개가 번쩍이는 느낌과 함께 환각은 사라졌다. 양쪽의 감옥은 텅 빈 상태였다. 횃불은 꺼졌고 이상한 형상들도 존재하지 않았다. 불현듯 나인철은 혼자라는 사실을 깨달았다. 구현담과 장소규도, 심지어 금인종까지도 보이지 않았다.

"사또, 어디 계시오? 구 대감! 대답하시오! 장소규! 어디 있느냐?"

"여기 있다! 이리로 와라!"

새로운 목소리가 대답을 했다. 낯익은 목소리였다. 요상한 빛이 번져오는 구석의 감옥에서 이리 오라는 말이 계속되었다. 나인철이 걸어가 보니 피 묻은 짚단 위에 선비 하나가 좌정한 채 경문을 외우고 있었다. 놀란 나인철이 소리쳤다.

"너는 정휘문이 아니냐?"

선비가 중얼거리던 입을 멈추고 눈을 떴다. 노란 바탕에 검정 바둑알 같은 점이 박힌 눈이다.

"흡혈선비 정휘문! 부군당이 폭파되었을 때 넌 죽었는데……."

"그 폭파는 나의 주인께서 일으킨 것이오. 진정한 장수란 수하를 헛되이 희생시키지 않는 법이오."

"아니야. 넌 죽었어……."

나인철이 기운 없는 음성으로 대꾸하자 사악한 노란 눈이 비웃음을 띠었다.

"당신은 내 죽음을 확신한 게 아니오. 내가 죽기를 바랐을 뿐! 알겠소? 당신의 명성과 야망을 위해 나는 일부러 숨어 주었단 말이오. 나는 살아 있고 이렇게 당신 앞에 있소. 당신이 살아오는 동안 믿어왔던 관념은 이로써 모조리 부정당한 거요. 조정의 개로서 개만도 못한 짓만 하고 살아왔지만, 이제 당신은 하늘의 도움으로 섭주에 왔소. 갱생의 기회가 찾아왔단 말이오."

"이놈! 갇힌 놈이 잘도 입을 놀리는구나. 어떻게 붙잡혔는지는 모르지만 거열형을 당하도록 간곡히 청할 것이다. 능지처참이 되면 해괴한 요술을 지닌 네놈이라도 두 번 다시 살아날 수 없을 것이다."

"하하, 이곳이 감옥이라 생각하시오? 이 지하 공간은 당신에게 새로운 지식을 가르칠 유향소이자, 육십오능음양군자의 명을 출납하는 승정원이라오."

나인철은 정휘문의 농간에 넘어가면 안 된다고 스스로를 채근했다. 하지만 그런 생각마저 읽는 것처럼 정휘문은 비웃음을 띠었다.

"나는 너희들이 법으로 할 수 없는 숙청을 단행했다. 인간 쓰레기들을 처단했어."

"너는 사람의 피를 빨아 죽인 살인마일 뿐이야."

"나쁜 놈들의 피를 빤 나보다 백성의 고혈을 빤 자들이 더 나빠! 난 이 세상에서 없어져도 될 놈만 피를 빨아 죽였지. 안 그래? 당신도 내심으로는 주지육림에만 빠진 부잣집 도련님들의 죽음을 기뻐했을 텐데?"

"기뻐했다! 하지만 국법의 유지는 사람으로 말미암아야 한다. 요술과 거짓 믿음으로 사사로이 형을 집행할 순 없다. 마음에 들지 않는 제도가 있어도 점진적으로 개선해 나가는 것, 그것만이 현실이다."

금인종이 나인철의 옆으로 다가왔다.

"아니오, 도사! 그건 현실이 아니오. 바로 지금 이 순간만이 현실이오!"

"사또까지 대체 왜 이러시오?"

"정휘문 선비가 피를 빨아온 건 현실이 아닌 개혁이오. 그 역시도 유학의 말씀으로 백성들을 계도할 수 있다고 여겼소. 하지만 부조리한 현실은 유학의 이상향과 어긋났소. 정휘문은 현실을 개혁할 수 있는 머리가 있지만, 농부의 아들이란 이유로 나라로부터 기회를 받지 못했소. 이 잘못된 세상은 바뀌어야 하오. 육십오능음양군자만이 모든 것을 바꿀 수 있소. 타인에게 악을 자행하는 인간은 제거를 하고, 선을 행하는 인간만 남기는 것. 갈등이 없는 이상향의 건설은 우리가 이룰 수 있소. 그분에의 믿음으로 말이오!

당신의 현실을 돌아보시오. 규칙에 속박된 관리가 무슨 개혁을 할 수 있소? 백성들이 고혈을 빨려 죽어가는 걸 알면서도 고개 돌린 채 점진적인 개혁이라니, 너무 뻔뻔한 외면이 아니오?"

"젠장, 나는 일개 관리에 불과하단 말이오!"

"이제는 그렇지 않소. 새롭게 도래할 세상에 눈을 뜨시오. 도사께선 육십오능음양군자의 당상관이 되어 절대지존의 법을 집행할 수 있소."

금인종의 얼굴에서 가루가 떨어지고 금이 갔다. 고통도 느끼지 못하는지 피를 흘리면서도 웃었다. 어느새 눈알이 사라진 그의 얼굴은 밀랍가면으로 바뀌어 있었다.

"정휘문 선비는 내가 모셔온 것이지 가둬둔 게 아니오, 도사."

"당신 정체가 뭐요, 사또! 왜 얼굴이 녹아내리고 있소? 당신도 저놈과 동패요?"

"너의 과거도 현재도 미래도 오직 육십오능음양군자로부터 말미암는다! 거짓 앞에 눈 감지 말고 진실 앞에 눈을 떠라!"

금인종이 고개를 젖히며 웃었다. 수염이 먼저 떨어지고 너덜거리던 입도 좌우로 찢어지더니 거대한 곤충의 머리가 튀어나왔다. 윤이 나는 잠자리의 눈이 나인철을 쏘아보았다. 윙윙거리는 파동이 더듬이 사이로 번져 나오자 나인철이 머리를 감싸 쥐었다. 사또의 구군복을 찢어지며 속에서 창처럼 큰 곤충의 다리들이 솟구쳤다. 감옥의 창살을 붙잡고 정휘문이 소리쳤다.

"머리를 바쳐라! 속세의 때로 오염된 그대의 머리를 바쳐라! 현실과 초현실에서 갈팡질팡하지 말고 참 진리를 찾아라, 나인철!"

금인종의 머리 아래로 말벌의 이빨 같은 집게가 돌출했다. 그것의 형상과 찰칵거리는 움직임은 작두에 가까웠다. 공포로 얼어붙은 나인철의 머리에 집게가 씌워졌다. 정휘문이 노란 눈을 번득였다.

"신세(神勢)의 강성한 불이 천하를 태우고 새 시대의 싹이 잿더미 사이에서 솟을 것이다."

곤충의 집게가 철컥 하고 나인철의 머리를 잘랐다. 나인철은 무거운 육신이 지하로 추락하고 초자아는 천상으로 솟구치는 기묘한 경험을 했다. 번갯불이 번쩍이더니 환각이 사라졌다.

"왜 그러십니까, 도사!"

금인종이 팔을 흔들었다. 훤칠한 대장부의 얼굴이 있을 뿐 곤충의 머리는 없었다. 나인철은 스스로의 얼굴을 붙잡고 안도의 한숨을 내쉬었다.

"어, 어지러워서 잠시만 앉겠습니다."

"낮에 그놈들과 싸우다 다치신 것이 아닙니까? 여봐라, 누구물에 적신 수건을 가져오너라."

그곳은 지하토굴이 아니었다. 불이 켜진 누각 앞이었다.

"사또, 여기 지하에 혹시 뇌옥이 있습니까?"

"옥사를 말씀하시는 것이오이까? 옥사야 관아에 있지요. 이 좁은 방어용 성채에 뇌옥이라니, 당치 않습니다. 지금이 어느 땐데 지하 뇌옥 따위를 만들겠습니까?"

"정휘문이란 자를 아십니까?"

"처음 듣는 이름입니다. 누구입니까?"

"아닙니다. 제가 실없는 소리를 했습니다."

"고단하신 것 같은데 누각으로 오르시지요."

"하나만 더 물어보겠습니다. 사또, 금와신이라고 들어보신 적 있습니까?"

"개구리신 말입니까?"

"알고 계시는군요. 오늘 큰 개구리를 한 마리 봤는데 황소가 흥분해 함거가 전복될 판이어서 부득이 죽일 수밖에 없었습니다. 그런데 그 개구리를 신으로 부르는 자가 우리에게 돌아가지 못한다고 저주를 내렸습니다. 그 뒤로 이상한 일이 생기고 있습니다.”

“개구리를 죽였다고요?”

금인종이 놀란 얼굴을 했다. 나인철이 그게 뭐 잘못이냐는 시선으로 금인종을 바라보았다.

“예, 구현담 대감은 식용 개구리라고 하셨지만요…….”

금인종이 흥분했다.

“그건 식용 개구리가 아닙니다! 환각물질을 내뿜는 독개구리입니다!”

13

시간이 흘렀다. 진작부터 미행을 눈치챘던 장소규가 복잡한 수림에서 잽싸게 몸을 숨겼다. 추격하던 여섯 눈의 개 괴물 세 마리가 멈춰섰다.

'이건 환각이 아니야.'

환한 달빛 아래 드러난 악물의 모습은 충격적이었다. 세상 어느 곳에도 이런 형상의 짐승은 없었다. 그가 발 디딘 섭주는 사실 지옥일지도 모르고 놈들은 저승사자인지도 몰랐다.

'왜 구현담과 나인철은 저 악귀들을 보고도 놀라지 않았지?'

개 괴물들이 그가 숨어 있는 곳을 지나 다른 방향으로 들어섰다. 이때다 싶어 장소규는 반대편으로 움직였다. 달이 밝아 길은 수월했으나 어디가 어딘지 전혀 분간할 수 없었다. 아무리 걸어도 같은 지점이 나오는 것 같았다. 일정한 이동마다 올빼미나 여우 같은 동물이 계속 나타났다. 그래도 여섯 눈의 개 괴물들을 따돌린 건 다행이었다. 하지만 엄폐물 위로 솟아올라 이쪽을 쳐다보는 머리통이 느껴지는 건 그의 착각이었을까. 그 머리는 둥그런 눈 두 개가 위로 솟았고 양쪽 뺨이 부푼 개구리의 얼굴이었다. 하지만 돌아보면 텅 빈 숲뿐, 아무것도 없었다.

그때였다. 신음소리가 들려왔다. 장소규가 멈춰섰다.

그리 먼 거리도 아니었다. 한 줄기 바람이 불어와 피비린내를 실어왔다. 장소규는 칼집에 손을 올린 채 풀 밟는 소리도 내지 않고 걸음을 옮겼다. 갑자기 뒤를 돌아보았다. 개구리가 뛰고 난 후처럼 풀이 까딱거렸다. 그는 어둠 속을 계속 노려보았다. 개구리 탈을 쓴 자는 나타나지 않았다. 등 뒤의 신음소리가 더 커졌다. 하나가 아닌 여럿이었다. 장소규가 달려갔다. 신음은 더 늘었고 피 냄새도 짙어졌다.

악몽의 현장이었다.

그들은 갓 죽었거나 죽어가는 사람들이었다. 편한 방식의 죽음은 결코 아니었다. 파인 눈, 뽑힌 혀, 잘린 머리통, 날아간 팔다리가 서로의 몸에 뒤섞였다. 붉게 물든 대지는 훌륭한 거름을 받아들인 대가로 이들에게 최후의 이부자리를 제공했다. 곳곳에 널브러진 흉기에도 피가 흥건했다. 상대를 관통한 흉기의 손잡이를 꽉 쥔 채 놓지 않은 이도 부지기수였다. 극도의 공포가 자신의 몸이 잘리고 날아가도 흉기를 놓지 못하게 했다. 서로가 서로를 죽인 학살이라는 건 명백했다. 살아남은 자들이 장소규에게 훼손된 팔을 뻗쳤다. 장소규는 그중 한 사람을 알아보았다. 남은 눈마저 뽑혀 영원히 앞을 볼 수 없는 애꾸눈이었다.

"황소 도적아, 내 목소리를 알아듣겠느냐?"

애꾸눈이 장소규의 목소리를 듣고 온몸을 떨었다. 피에 젖은 손을 본 장소규는 그가 스스로 눈알을 파낸 건 아닌가 의심했다. 그는 발끝으로 애꾸눈을 툭 건드렸다.

"눈이 없다고 날 못 알아봐?"

애꾸눈이 팔로 얼굴을 가린 채 소름 끼치는 비명을 질렀다.

"저리 가! 이 사람 잡아먹는 소 대가리야! 날 씹어먹지 마!"

죽어가는 다른 이들도 얼굴을 가리며 팔을 휘저었다. 모두 저리 가라고 소릴 질렀는데 하나같이 '소 대가리'를 무서워하고 있었다.

"너희들이 우리 황소를 훔쳐가지 않았느냐? 소가 너희들을 잡아먹기라도 한단 말이냐?"

"저리 가! 저리 가! 가까이 오지 마! 잘못했어, 소 대가리야!"

'대체 뭘 보고 저러는 거지?' 장소규는 의아해했다.

풀 밟는 소리가 들려와 그는 나무 그늘 뒤로 몸을 숨겼다. 여섯 눈의 개 괴물 세 마리가 나타났다. 괴물들은 죽어가는 사람들을 보고는 껑충껑충 춤을 추었다. 생김새와 달리 하는 짓이 경박했다. 어딘가 강인하지 못하다는 인상을 주었다.

'저들이 개 대가리를 보고 소 대가리라고 말한 건가?'

부엉이가 하늘에서 맴을 돌았다. 그게 무서운지 개 괴물들은 머리를 막고 도망쳤다. 행동에 조심성이 없었고 한 놈은 넘어지기까지 했다. 온몸이 분해된 시체들을 보고도 낄낄대던 놈들치고는 유별난 행동이었다.

놈들에 관해 알고 싶다는 호기심이 생겼다. 구현담과 나인철을 찾아내 합류하고 싶었다. 불안한 증상도 많이 완화되었다. 세

마리 모두 생김새가 같아 그를 추격해온 놈들인지 다른 놈들인
지 알 수 없었지만 상관없었다.

칼을 단단히 쥔 장소규는 이제 반대로 놈들을 추격하기 시작
했다.

14

구현담은 망루의 내실에 앉아 있었다. 배가 고팠지만 섭주 현령 금인종은 저녁상을 들이게 하지 않았다. 대신 대화를 했는데 유독 구현담 한 사람에게만 질문을 집중했다. 나인철과 장소규는 독대의 대화를 기록하는 사관처럼 두 사람을 바라보기만 했다. 금인종이 물었다.

"구 대감, 유배형을 당하신 진짜 이유가 뭐요?"

"내가 부덕한 탓이지요."

"스스로에 대한 비난은 대부분 더러운 세상을 향한 비난을 돌려 말하는 것입니다. 충언이 간언에 막히고, 의지가 횡포에 눌리고, 아무리 넘으려 해도 더 높은 벽을 실감할 때면 사람은 내가 못난 탓이라고 흔히들 말하지요."

"내가 세상에 불만을 가졌다 이 뜻입니까?"

"지금 조정을 장악한 대소신료는 간신배들 아닙니까? 바른 말씀을 올리다가 대감께서 이 지경이 된 사실을 모르는 이는 없습니다."

"주상전하를 받들어 종묘사직을 지키지 못한 건 다 이 몸이 부덕한 탓이오."

"부덕이 아닙니다. 불신입니다."

"불신이라니요?"

"참다운 현실을 참다운 마음으로 믿지 못했기에 나락으로 떨어진 게지요."

"권력의 유지만이 목표인 그들은 백성들이 처한 현실을 외면했소."

금인종의 뺨이 실룩거렸는데 이 사소한 경련 하나가 근엄했던 목민관의 인상을 야수처럼 변화시켰다. 그는 눈빛을 번득이며 고개를 들이밀었다.

"제 말씀을 이해 못하셨는데, 저는 대감이 처한 현실을 말한 것입니다. 지금까지 겪어온 생은 진정한 현실이 아닙니다. 대감이 이해하고 맞아들여야 할 진짜 현실은 따로 있습니다. 수박 농사를 장려한다고 백성들이 구제되지는 않습니다. 그것은 불난 집에 한 바가지의 물을 뿌리는 이치와 같습니다. 진정 백성들의 현실을 구제하려면 대감께서 참 현실을 들여다보고 거기서 불변의 진리를 얻음이 선행되어야 합니다."

"어떻게 하면 그런 진리를 얻을 수 있소?"

등줄기에 서늘한 기운이 느껴져 그는 뒤돌아보았다. 겸재 정선의 그림은 그대로였다. 나인철과 장소규는 그대로 앉아 있었다. 구현담은 그림을 뚫어지게 바라보다가 다시 금인종을 향해 얼굴을 돌렸다. 금인종이 미소 지었는데 그 표정이 어딘가 섬뜩했다.

"새로운 왕부터 옹립시키는 것입니다."

"권력의 교체? 허허, 사또의 농담이 지나치시오."

"농담이 아닙니다. 이 비책은 그분께서 알려 주신 것입니다."

"누구 말이오?"

"이흑제천환형룡이지요."

"이흑제천환형룡?"

종이 바스락거리는 소리가 아까보다 컸다. 구현담은 이번엔 놓치지 않겠다는 심정으로 번개같이 돌아보았다. 인왕제색도 그림이 바뀌어 있었다. 그림 속의 인왕산에 조금 전까지는 없던 동그라미가 수도 없이 그려져 있었다. 녹색 바탕에 검은 줄무늬의 동그라미, 그건 바로 수박이었다. 인왕산이 고령의 서과밭으로 바뀌어 있었다. 그림 하단의 오두막은 그대로였는데, 지붕에 사람이 하나 새롭게 그려져 있었다. 말미잘처럼 꿈틀거리는 머리칼에 검은 눈 검은 몸을 가진 남자였다. 그림 속의 검은 남자가 고개 돌려 구현담을 바라보았다.

놀라는 것도 잠시, 몸이 허공으로 솟구치고 그림이 무한정 커졌다. 다시 보니 그림이 커진 것이 아니라 구현담이 그림 속으로 빨려 들어가는 것이었다. 절망적으로 뻗는 손을 나인철과 장소규는 잡아주지 않았다. 동심원의 빛이 회전을 하면서 망루도 빙글빙글 돌았다.

그가 추락한 곳은 광활한 밭 한가운데였다. 칠흑 같은 밤이었으나 달빛이 밝았다. 하늘을 보니 동심원 문양이 새겨진 달이 요상한 빛을 뿜어 구현담의 발치에 가득한 수박을 비추었다. 구현담은 이곳이 어딘지 알았지만 그를 도와 농사에 진력했던 백성은 하나도 보이지 않았다. 대신 고랑과 고랑 사이에 구부정히 서 있는 검은 그림자가 눈에 들어왔다. 그림 속의 검은 남자와 흡사했다.

"사또시오?"

구현담이 묻자 그림자가 도둑질하다 들킨 사람처럼 등을 돌려 걸어갔다. 구현담은 그가 허리춤에서 도끼를 꺼내 드는 것을 보았다. 이 밭에는 도와줄 금부도사도 젊은 군관도 없었다. 구현담은 혼자였다. 그러나 검은 남자의 도끼는 구현담을 노린 것이 아니었다. 발치의 수박을 향해 무자비한 도끼질이 시작되었다. 수박이 쪼개지면서 비명소리가 터졌다. 붉은 속살이 파편으로 마구 튀었다. 수박 안에 사람의 머리가 있었다. 연발 폭죽처럼 수박은 삽시간에 수십 개가 터졌다. 이리로 또 저리로 달리는 검은 남자의 도끼질에 신명이 붙었다. 피가 솟고 살점이 날면서 수박들이 구슬픈 음성을 토해냈다.

"살려 주십시오."

"제발 저희를 죽이지 마십시오."

"자비를 베푸소서."

수박들이 청원을 하고 원한을 드러내고 울음을 표했다. 그들은 구현담과 농사를 함께 지었던 백성들이었다. 도끼질에 속도가 붙어 터진 수박들로 온 대지가 붉게 물들고 비명은 통곡으로 바뀌었다. 구현담이 소리쳤다.

"이놈! 당장 도끼질을 그만두지 못할까!"

검은 남자가 도끼를 내리고 천천히 돌아보았다. 그가 누구인지를 알아본 구현담의 무릎이 휘청 꺾였다.

"주상전하!"

임금이 구현담을 향해 도끼를 들어보였다.

"누구든 내 앞을 막으면 이 수박처럼 깨부술 수밖에 없느니라. 짐은 곧 나라다."

동심원의 달빛이 위력을 발하자 왕의 검은 얼굴에 소용돌이 형태의 빛이 빙글빙글 돌았다. 어느새 수박은 완전한 사람의 얼굴로 바뀌어 있었다. 밭에 몸이 파묻힌 무수한 백성들이 간신히 얼굴만 내민 채 다가오는 죽음을 겁내고 있었다. 이미 죽은 목숨이어도 그들은 살려 달라고 빌었다. 임금은 이제 쌍도끼를 썼다. 잔혹한 웃음을 날리며 그는 이 밭 저 밭을 종횡무진 뛰었다. 발길이 닿는 곳마다 수박은 무참히 박살 나고 비명과 울음이 속출했다. 구현담이 울부짖으며 자비를 호소했고 간신의 농간에 넘어가지 말라고 애원했지만 임금은 듣지 않았다. 도끼질이 풍년 타작처럼 계속되고 있을 때 섭주 현령 금인종이 나타났다.

"이제 깨달았소, 대감? 모든 원흉은 가장 지엄한 위치에 있는 자로부터 비롯되는 거요. 그에게 아군과 적군은 없소. 오직 필요에 의한 관계만이 있을 뿐. 우리가 모시는 이흑제천환형룡만이 썩은 부위를 도려내고 새 싹을 틔울 수 있소. 이 땅의 백성들을 구제하려면 위대한 육십오능음양군자의 적토마, 이흑제천환형룡을 만고불변의 주상전하로 모셔야 하오."

"이건 환각이야!"

구현담이 두 손을 부르르 떨었다.

"환각이 아니오."

"섭주에 처음 왔을 때 경고를 들었어! 이건 분명 환각이야!"

"이흑제천환형룡은 실재하오."

구현담이 금인종의 목을 졸랐다. 금인종의 얼굴에서 눈알이 빠지고 머릿가죽이 흘러내리고 입이 뭉개졌다. 붉은 속살이 으하하하 웃으며 달을 가리켰다. 구현담이 달을 보았다. 동심원의 문양을 따라 거대한 용의 형상이 빙글빙글 돌았다. 회전은 속도가 붙었고 점점 거리가 가까워져 집채만 하게 커졌다. 원통형의 몸집은 편평하고 길었고 똑같이 생긴 갈색 마디는 징그러운 문양을 끊임없이 반복시켰다. 환형(環形)은 그냥 붙여진 이름이 아니었다. 그것은 용이 아니라 날개 달린 초거대 지렁이였다.

"이건 현실이 아니다! 환각으로 날 속이지 마라!"

구현담은 끝내 초현실을 부정했지만 까마귀 앞의 개미 신세가 되자 도망칠 수밖에 없었다. 그를 노리는 거대 지렁이가 낙하해 지나가자 밭은 초토화가 되고 그 안의 도끼 든 왕도, 수박

머리들도 회오리바람에 휩쓸려 가루가 되었다. 살점이 덕지덕지 붙은 금인종의 해골이 머리를 젖히고 웃었다. 초거대 지렁이는 밤하늘을 육중하게 회전하고 다시 날아왔다. 동굴이 거대한 입구를 개방하듯, 코앞까지 다가온 지렁이가 미끌미끌한 입을 쩍 벌렸다. 아귀를 연상시키는 이빨 사이로 은빛 가루가 눈처럼 쏟아졌다.

"이건 환각이야!"

구현담의 외침 한마디에 모든 것이 사라졌다. 밤하늘을 채운 괴룡의 환영이 사라지고 금인종도 자취를 감춰 칠흑 같은 어둠만이 남았다. 구현담의 앞에 서 있는 망루는 오래 전에 버려진 건물이었다. 불이 켜진 곳은 어디에도 없었다.

"나 도사! 장소규! 어디들 있소?"

대답은 없었다. 흉가 같은 망루 앞에 오직 구현담 혼자일 뿐이었다. 그는 어둠 속을 달리기 시작했다.

15

"정말 그 개구리가 환각을 일으키는 물질을 쏜단 말입니까?"

나인철이 금인종에게 물었다.

"그렇소이다. 그 개구리를 접하고 혹시 요상한 광경을 보신 적이 없소이까?"

"있었지요."

그는 촉수를 휘날리던 거대 벌레 이야기를 차마 하지 못했다.

"조심하셔야 합니다. 환각은 한 번으로 그치는 게 아닐 테니까요."

"사또께선 이미 겪어보신 것처럼 말씀하시는구려."

"겪는 것은 내가 아니라 그대요."

금인종이 냉소와 함께 몸을 틀었다. 나인철이 경악했다. 앞모습은 분명 구군복 입은 현령이었지만 금인종의 등과 허리로 가시 같은 털이 가득한 꼬리와 촉수들이 생겨나고 있었다.

"대관절 이게 무슨 조화요!"

동심원의 빛이 금인종의 뒤에서 회전과 확장을 동시에 선보였다. 세상을 장악하는 빛의 확산 가운데, 금인종의 뺨에선 끓는 팥죽처럼 보라색 수포들이 솟았다.

"조선 땅에는 잡신이 너무나도 많소. 아무짝에도 쓸모없는 신 말이오. 독개구리를 신으로 모시다니 얼마나 한심한 노릇이오이까? 그래서 외세가 야욕을 부려도 대처할 꾀조차 없는 것 아니오?"

'이건 환각이야!'

나인철은 금인종의 변화를 보지 않고 눈을 감았다.

"청나라, 색목인 따위를 말하는 것이 아니오. 이계의 외세를 접해본 적이 있소?"

금인종의 첫소리가 귀를 때렸다. 나인철은 '환각'을 막아낼 '현실'을 기억하려 안간힘을 썼다.

"구현담 대감께선 그 식용 개구리를 청나라에서 봤다고 했소. 정말 그 개구리가 환각물질을 뿜는 게 맞소?"

"언제부터 금부도사가 대역죄인의 말을 경청했소이까!"

금인종의 얼굴 쪽에서 찌지지직 살갗 갈라지는 소리가 났다. 그래도 나인철은 눈을 뜨지 않았다.

"죄인이긴 하나 대역죄인까지는 아니오!"

눈을 뜬 나인철이 동의를 구하듯 구현담을 돌아보았다. 하지만 그곳엔 구현담도 장소규도 없었다. 금인종이 그의 어깨를 잡고 돌려세웠다. 그의 얼굴은 정상이었다. 촉수는 없었고 피부도 사람의 것이 분명했다. 그래, 환각이로구나!

금인종이 차갑게 말했다.

"그건 환각물질을 뿜는 독개구리가 맞소. 죄인의 말은 들을 필요 없소."

"사또께서도 그분을 존경했잖소? 그분은 진보적인 얼치기 후학도 아니고 보수적인 밥벌레 퇴물도 아니오. 구 대감이야말로 진정 현실을 중시한 실학자요."

"현실?"

"그렇소. 식용 개구리를 인위적으로 번식시키면 굶주린 백성들에게 고기를 먹일 수 있다는 뜻을 품고 계신 분이었소. 그분의 혜안은 무능한 관리들의 돌머리를 월등히 앞서고 있소."

"그런 생각은 현실이 아닌 이상에 불과하오. 이상을 현실로 이룰 수 있는 건 유일신의 능력밖에 없소."

"유일신?"

금인종의 음성이 깊은 동굴에서 울려나온 듯한 저음으로 변했다. 목이 팽창하고 눈알이 빠지면서 근육이 부풀어 올랐다. 팽창하는 몸에 구군복이 찢어지고 전립이 날아간 상투도 툭 끊어졌다. 나인철의 표정이 또 다시 일그러졌다.

"환각이야! 이건 환각이야!"

"현실이오! 눈앞의 현실을 인정하시오!"

금인종이 한 손을 달을 향해 번쩍 들었다. 어느새 커다래지고 축축한 그 손에는 물갈퀴가 생겨나 있었다. 색깔도 개구리를 연상시키는 녹색이었다. 동물과 양서류의 중간 형태가 된 금인종이 한 손을 말아쥐고 주문을 읊기 시작했다.

"지금 무슨 짓을 하는 게냐!"

나인철이 칼을 뽑았다. 개구리를 닮은 거대 괴물로의 변신이 막바지 단계를 지나고 있었다. 사람만 한 크기의 개구리였다. 금인종의 주문에 맞추어 동심원의 달이 소용돌이처럼 회전했다. 나인철은 오전에 그랬던 것처럼 일격으로 개구리를 찔렀다. 하지만 금인종의 배가 갈라지면서 나온 개구리 팔이 박수치듯 칼을 탁 붙잡았다. 아무리 힘을 써도 나인철은 칼을 빼낼 수 없었다. 두 팔 사이로 개구리 내장에 끈적끈적해진 얼굴이 튀어나왔다. 흡혈선비 정휘문이었다. 칼을 잡은 정휘문이 으하하하 웃고, 그 위에 완전한 개구리로 변한 금인종이 켈켈켈켈 웃었다. 나인철은 칼을 포기하고 달아나기 시작했다. 등 뒤에서 사람 크기의 개구리가 팔딱팔딱 뛰어왔는데 한 번 뛸 때마다 대지가 진동하고 나무가 우지끈 부러졌다.

　달리는 나인철은 자신의 앞에서 도망을 치는 또 다른 사람들을 보았다. 그들은 소를 끌고 도망치고 있었다. 점차 그들과의 거리가 가까워졌다. 시간도 밤이 아닌 낮으로 변했다. 발이 푹푹 빠졌다. 발아래에 시체가 가득했다. 그가 죽였던 사람들의 주검에 발이 걸렸다. 안도협과 김호정은 소의 허리에 묶인 줄과 연결되어 질질 끌려갔다. 그들의 훼손된 신체는 성한 곳이 없었다. 두 군관이 피칠갑을 한 눈을 번쩍 떴다.

　"나리! 왜 객기를 부렸습니까!"

　"나리! 왜 우리를 묻어주지 않고 그냥 갔습니까!"

한돌쇠가 언덕 위에서 소리쳤다.

"함거가 뒤집어지니 저 개구리를 죽여!"

말을 마친 한돌쇠의 머리가 툭 떨어지고 그의 목 부분에서도 개구리의 얼굴이 솟았다.

"이건 환각이야! 정신 차려야 해!"

그 순간 나인철의 머리 위를 넘어서는 곡예가 있었다. 거대 개구리가 잠시 하늘을 가리자 다시 낮은 밤이 되고 황소와 사람들은 사라졌다. 남은 건 머리 두 개인 괴물뿐이었다. 두 발로 건는 개구리의 가슴팍에서 정휘문이 노란 눈을 번득였다. 까마귀가 우짖는 듯한 주문의 낭독이 있자, 창자 같은 촉수들이 수십 가닥이나 뻗어나와 나인철의 팔다리를 붙잡았다. 촉수 끝에는 바늘이 달려 있었고 나인철의 피는 바늘을 통해 정휘문에게로 흘러갔다.

"고혈을 빨아라! 고혈을 빨아!"

정휘문의 허연 얼굴이 점점 빨갛게 바뀌었다. 반대로 나인철의 얼굴은 점점 백색으로 변했다.

"고혈을 빨아라! 이게 현실이다!"

잔뜩 빨아먹은 피로 금인종의 개구리 몸은 성난 복어처럼 부풀어 올랐다. 나인철이 있는 힘을 다해 팔을 떨치자 촉수가 끊어지고 피가 쏟아졌다.

"환각이야! 환각이야!"

나인철이 눈을 떴다. 둥그런 달이 그를 내려다보고 있었다. 동심원 문양은 존재하지 않았다. 버려진 망루는 흉가처럼 보였다. 구현담과 장소규는 보이지 않았다. 하지만 칼집의 칼도 보이지 않아, 어느 지점이 현실과 환상의 경계인지 알 길이 없었다. 그는 구현담과 장소규를 부르며 달렸다. 그러나 몇 발자국 뛰지도 못해 뭔가에 발이 걸려 넘어졌다. 그것은 해골에 가까운 금인종의 시체였다. 섭주 현령은 온몸의 피가 빠진 듯 얼굴이 허옇게 되어 죽어 있었는데, 이미 오래 전에 사망한 몰골이었다. 그 옆에는 나인철의 칼이 놓여 있었다. 어디선가 정휘문과 비슷한 웃음소리가 들려왔다.

"이 요망한 것!"

이성은 상실되었다. 칼을 집어든 나인철은 숲을 향해 달렸다.

16

장소규는 여섯 눈 괴물의 추격을 포기하고 다른 방향으로 움직였다. 어느 때부턴가 등뒤의 추격자가 더 신경 쓰였기 때문이다. 칡넝쿨이 무리를 지은 샛길로 뛰어든 후 갈 지(之) 자를 그리며 전속력으로 달리자 더 이상 개구리 탈이 언뜻언뜻 보이는 일은 없었다. 역시 그가 본 건 헛것이 아니었다. 개구리를 잃은 미친 교주는 실제로 뒤를 밟고 있었던 것이다. 장소규는 부적을 어루만지며 주위를 살폈다. 속히 구현담, 나인철과 합류해야 했으나 어디가 어딘지 알 수 없었다.

아무리 걸어도 같은 숲, 같은 길이었다. 머리 위로 밤새가 날아오를 때 그는 같은 길을 빙빙 돌고 있는 건 아닌가 하고 생각했다. 이 생각이 확신에 가까워진 건 그의 앞에 칡넝쿨 길이 다시 나왔을 때였다. 눌리고 밟힌 흔적은 조금 전에 자신이 만든 것이었다. 그때 어디선가 나뭇가지 부러지는 소리와 함께 누군가의 애원이 들려왔다. 입을 뭔가로 막은 듯 아득한 음성의 애원이었다.

"제발 살려줘⋯⋯."

장소규는 즉시 그쪽으로 움직였다. 역시 그가 지나왔던 길이 맞았다. 칡넝쿨에 가려 보이지 않던 낭떠러지가 지금은 보였다. 만약 발 한번 잘못 헛디뎠으면 까마득한 아래로 추락했을 수도 있었다. 하지만 품에 지닌 부적은 그를 죽지 않게 했고 도리어 그를 노리는 놈을 낭떠러지에 걸리게 했다. 그자가 장소규를 노리는 자임이 분명했다. 튀어나온 나무뿌리에 매달려 살려 달라 애원하는 그자가 개구리 탈을 쓰고 있기 때문이었다. 장소규는 한 걸음 나서다가 멈춰섰다.

'누구한테 살려 달라고 하는 거지?'

그는 눈에 힘을 모으고 어둠을 주시했다. 과연 낭떠러지 앞에 긴 그림자들이 서 있었다. 아누비스를 닮은 개 괴물들―그러나 장소규가 고대 이집트의 신을 알지 못했기에 어떤 이름으로도 붙일 수 없었다―여섯 개의 눈들이 개구리 탈을 신기한 듯 내려다보았다. 장소규는 눈을 비볐다. 세상에 저런 귀신이 있을까? 왜 구현담과 나인철은 저 개놈들과 거리낌이 없었지? 내 눈에만 환각이 보이는 걸까?

괴물들이 이상하게 구부러진 지팡이를 내밀었다. 잡으라는 도움이 아니었다. 개구리 탈의 머리 위에서 흔들어댄 지팡이가 은빛 가루를 쏟아내 탈을 하얗게 만들었다.

"그 작대기를 잡을 수 있게 더 뻗치란 말이다! 이 여섯 눈의 개 괴물들아!"

개구리 탈 안에서 목청이 터졌다. 그 순간 오늘 하루 환각과 불안 사이에서 갈팡질팡하던 장소규가 번쩍 정신을 차렸다. 개구리 탈의 눈에도 저놈들이 여섯 눈을 가진 괴물로 보이는 것이다! 말 한마디로 개구리 탈은 동료가 되었다.

장소규가 칼을 뽑고 괴물들 한가운데로 뛰어들었다. 수풀에서 뛰어나온 칼잡이를 보자마자 놈들은 겁을 먹어 뒷걸음질쳤다. 장소규가 고함을 지르며 돌진하자 세 괴수는 한 덩어리가 되어 낭떠러지 아래로 떨어졌다.

"살려 주시오!"

개구리 탈이 애원했다. 장소규는 그에게 칼을 겨누었다.

"너는 오전에 우리에게 악담을 퍼붓던 자가 맞지?"

"당신들이 나의 금와신을 죽였기 때문이오."

"넌 누구냐?"

"금와교주요. 제발 살려 주시오."

"우리에게 복수하러 와놓고 살려 달라고?"

"복수하지 않겠소. 나는 오늘부로 신을 부정하오. 그건 그냥 개구리일 뿐이오."

"칼을 겨눈다고 네 믿음을 부정하느냐?"

"칼 때문이 아니라 진짜 물괴들을 보았기 때문이오. 저런 물괴들이 조선천지를 돌아다니는 마당에 개구리 따위가 신이 될 수는 없소. 소문으로 듣던 것들이 실제로 있다니!"

"네 눈에도 저 귀신 개들이 보였느냐?"

"그렇소."

나뭇가지가 부서질 듯 위태로웠다. 금와교주가 발을 구르자 자갈이 굴렀다. 역시 그렇구나, 난 환각을 본 게 아냐! 장소규의 표정이 조금 밝아졌다.

"나는 무예가 뛰어나 너 하나 죽이는 건 손바닥 뒤집듯 쉽다. 허튼짓을 하면 가만두지 않겠다."

"말했다시피 복수는 접었소. 이젠 여기서 빠져나갈 생각밖에 없소."

장소규는 칼을 칼집에 넣고 손을 내밀었다. 금와교주의 손이 장소규의 손을 잡았다. 그 손엔 물갈퀴가 붙어 있지 않았다. 자신과 똑같은, 사람의 손이었다. 그제야 장소규는 오전까지 지속되던 불안증이 상당히 덜어졌다는 사실을 깨달았다. 정유현 의원이 지어준 약이 그의 내부에서 완전한 효력을 발휘한 것이다.

17

"나 도사! 장 군관! 어딨소?"

구현담은 어둠 속을 전전했다. 호송 동료들도, 섭주 관헌들도 보이지 않았다. 그를 에워싼 건 재수 없을 정도로 울창한 섭주의 녹림뿐이었다. 먹구름이 달을 향해 몰려들었다. 현실주의자 구현담은 오늘 겪은 기이한 일이 사악한 요술 때문이라고 믿지 않았다. 금와신이라 일컬어진 개구리의 저주도 아니었다. 어떤 기이한 일도 사람의 머리에서 나온 것이지, 귀신이 결부되지는 않는다. 왜냐면 귀신이란 건 없으니까.

그는 오늘 하루 일에 생각을 집중했다. 환각의 시작은 눈이 파인 남자였다.

'그 사람은 도움을 줬어. 환각이 보일 거라고 경고를 한 거야. 대체 그는 누구일까?'

먹구름이 속도를 빨리 하더니 달을 덮어버렸다. 온 주위가 어둠 속에 잠기면서 수풀이 사라졌다. 구현담이 하늘을 볼 때는 먹구름이 지나고 다시 달이 나타난 후였다. 달의 중심에 또 달이 있는 동심원의 만월이었다. 숲이 사라지고 여러 개의 달이 방향을 달리 해 그의 앞에 나타났다. 모두 일곱 개인 원형이었다. 금인종이 투명한 육신으로 구현담 앞에 나타났다.

"북두칠성이오, 대감."

양초처럼 생긴 금인종의 긴 손가락이 원을 하나씩 가리켰다.

"탐랑성(貪狼星), 거문성(巨門星), 녹존성(祿存星), 문곡성(文曲星), 염정성(廉貞星), 무곡성(武曲星), 파군성(破軍星). 저 별 하나하나마다 각기 다른 원린자들이 거하고 있소. 귀갑자, 하충별인, 비천자, 교령의 문외나한, 철갑선비 등…… 그들 모두가 이 천하를 삼키려 각축을 벌이고 있소. 이 땅은 숨결과 물이 훌륭하고 자연환경이 그 어느 곳보다 좋기 때문이오. 그런데 그런 위기를 모르는 이는 정작 이 땅의 거주자인 당신네 인간들뿐이오."

구현담은 금인종을 지그시 바라보다가 물었다.

"이흑제천환형룡이라면 너희들은 거문성(이흑성二黑星이라고도 불린다)에서 왔는가?"

금인종은 감탄했다는 듯 고개를 끄덕였다. 온화한 빛이 얼굴에서 뿜어졌다.

"그렇소. 이계의 원린자들이 호시탐탐 침공의 야욕을 드러내는 지금, 인간들끼리 싸울 때가 아니오."

"너희가 거문성에서 왔다면 너희들의 야심 역시 이 땅을 집어삼키는 것이 아니더냐?"

"싸움에는 힘으로 눌러 제압하는 법이 있지만, 지혜로 화친을 맺어 공동의 적에 대처하는 법도 있소. 우리와 함께하면 그대들은 우리와 더불어 천하 최고의 통치자가 될 수 있소."

"언제나 통치자는 한 명이다. 하나 이상이 통치를 하면 분쟁이 나게 되어 있다."

"우리가 그대들 인간과 같다고 생각하시오?"

"그대는 섭주 현령이 아니다. 그대의 정체는 무엇인가?"

"나는 육십오능음양군자의 현령이오."

금인종의 투명 육신이 사라졌다. 구현담의 발밑에서 수백 개의 수박이 새로이 솟았다. 눈코입이 붙은 수박이 일제히 말을 했다.

"불멸이오, 대감. 모든 욕망의 기운은 불멸 안에서만 다스려지는 법이오."

한돌쇠가 황소를 끌고 왔는데 그들의 머리는 뒤바뀌어 있었다. 한돌쇠의 몸을 가진 황소머리가 한돌쇠의 머리를 가진 소를 끌었다.

"천체천상(天體天像)의 외경(畏敬)은 무서워할 바가 아닙니다. 받아들여야 할 내일입니다."

나인철이 거대 개구리를 말처럼 타고 왔다.

"이흑제천환형룡을 부르면 대궐을 불태울 수 있습니다. 그것은 거짓 왕을 죽이는 역모가 아니라 새로운 싹을 나게 하기 위한 정화작업입니다."

하늘에 장소규, 안도협, 이호정이 떠 있었다. 흰색 법의를 걸친 그들은 새의 날개가 없어도 허공을 자유자재로 부유했다.

"세상이 화급한 지경에 이르렀습니다. 대감의 지혜를 저 하늘 높이 던져 새로운 세상을 건설할 영웅들에게 사기를 고양시키소서.”

구현담은 머리가 복잡했다. ‘이건 현실이 아니야! 절대 현실이 아니야!’

그러나 모든 말은 매혹적이었다. 이승의 규약에 얽매여 개혁다운 개혁을 못 해본 그에게 이계의 제안은 참다웠고 어떤 면에서는 ‘현실적’이었다. 헌 육신을 폐기하고 새 정신으로 충만한 신비체가 되고 싶은 욕망이 솟구쳤다. 그런 불멸만이 이 불합리한 세상을 개혁할 수 있는 방법이며, 그것만이 백성을 도탄에서 구할 수 있는 길이리라. 그들의 목적이 인간과 화친을 맺어 공동의 적에 대처하자는 것이라면, 그 적은 또 다른 이계 존재일 것이며 인간끼리의 분쟁은 더 이상 없게 될 터이다. 양반 상민이 사라지고 널리 복되게 할 ‘사람’만이 남는 것이다. 그는 능히 하늘의 별이 될 수도 있었다. 능히 부처가 될 수도 있었고 천지신명이 될 수도 있었다. 그러나 결정적인 깨달음의 순간, 그는 일곱 개의 별을 보고 소리쳤다.

“이건 가짜야! 별이란 건 둥그렇지 않다! 모든 세상은 평평해! 귀신의 눈속임이다!”

진노한 음성과 함께 모든 환각이 사라졌다. 원형의 별들도 투명해지더니 밤하늘에서 사라졌다. 구현담은 별이 둥글다는 이론을 믿지 않았다. 중력에 구속된 그의 현실적인 학문은 지구

밖의 과학적인 개가를 허용치 않았다. 그것이 옛 시대를 살았던 실학자 구현담이 믿은 현실의 한계였다. 별이 둥글다면 사람들은 똑바로 서 있지 못한다. 이것은 그의 일관된 주장이었다. 어쩌면 거꾸로 떨어지는 백성들의 가여운 이미지가 그에게 강박적인 주장을 강요했는지도 모른다.

이계의 모든 음성을 부정하자마자 환각은 사라지고 검은 숲만 남았다. 언덕 쪽에서 금인종이 뛰어왔다. 그의 육신은 이제 투명하지 않았다.

"이 하나만 알고 둘은 모르는 구가야. 너한테 둥근 건 그놈의 수박밖에 없지?"

"네놈을 죽여 버리리라!"

의지를 집중하자 순식간에 금인종과의 거리가 가까워졌다. 오냐, 또 요상한 술법을 보여봐라! 이번에는 어떤 눈속임을 보이려느냐! 또 어떻게 나를 현혹시키려느냐! 네놈이 죽이고 싶은 조정 권신이라면 좋겠구나!

"이 요망한 것!"

구현담이 금인종의 목을 졸랐다.

"네놈이야말로 요망하다."

금인종도 팔을 뻗어 구현담의 목을 졸랐다.

18

나인철은 황소만큼 거대해진 개구리를 쫓고 있었다. 풀쩍 뛸 때마다 나무가 부러지고 바위가 굴렀다.

"게 섰거라, 가짜 신아!"

나인철이 칼을 던졌다. 전광석화처럼 날아간 칼이 개구리의 등에 푹 꽂혔다. 바람 빠진 풍선처럼 개구리 가죽이 쪼그라들 더니 그 위로 흡혈선비 정휘문이 나타났다. 그는 고개를 젖히고 앙천대소했다.

"너는 어명을 망쳤고 호송을 망쳤고 주위 동료를 망쳤다. 이 게 너의 현실이다! 속세의 허욕을 버리고 육십오능음양군자를 믿어라. 이야말로 네가 맞이할 참 현실이다!"

"닥쳐라!"

나인철이 허리춤에서 단도를 뽑아 던졌다. 정휘문이 나무를 박차고 허공으로 솟구치자 단도는 어둠 속으로 사라졌다. 정휘 문이 다시 나무를 걷어차자 나뭇가지가 푸르르 떨리더니 열매 가 떨어졌다. 지붕을 파괴시키는 우박 같은 열매는 개구리 떼였 다. 엄청난 수의 개구리 떼가 나인철의 발치로 쏟아졌다. 모든 나무에서 개구리들이 떨어졌다. 개구리 떼는 순식간에 수천 마 리로 늘어나 금부도사의 몸을 뒤덮어버렸다. 몸이 점점 마비되 더니 휘두르는 팔에도 천근의 힘이 들어갔다. 칼에도 무수한 개구리 떼가 달라붙었다. 그가 개구리 산에 점점 몸이 묻히는 반면, 그의 앞에서는 거대 개구리 탈의 얼굴이 새롭게 솟아올랐다.

"너희들은 돌아가지 못한다! 너희들은 돌아가지 못한다!"

"이건 현실이 아니야!"

나인철이 절규했다. 개구리 산이 흡혈선비 정휘문을 위로 떠받들었다.

"현실이야. 네가 옳지 않은 임무를 거역하고 불합리한 일을 떨쳐버리지 않는 이상."

"내 너를 죽여버리리……."

입으로도 개구리가 뛰어들어와 나인철의 발성은 가로막혔다.

"우리가 이 꼴이 된 건 바보 같은 나리 때문입니다."

시체의 형상을 한 안도협이 개구리 산 위로 솟아올라 그를 원망했다.

"나리는 호송대장을 맡을 자격이 없는 사람이오!"

돌에 짓이겨진 얼굴을 한 이호정도 그를 손가락질했다.

"그대의 지휘는 좁은 방 끝에도 미치지 못하고 그대의 위엄은 병아리에게나 미칠 뿐이다. 이러고도 금부도사라니 어찌 통탄하지 않겠는가?"

구현담이 사악한 눈길로 그를 째려보았다.

"처음부터 소를 줬으면 무사했지, 꼴에 금부도사라고 객기 부리다가 이게 뭔 꼴이오?"

피칠갑을 한 한돌쇠가 소의 잘린 몸 조각을 마구 집어던졌다. 다리가 날아오고 꼬리가 날아오다가 소 대가리까지 날아왔다. 소 대가리가 얼굴에 씌워지면서 앞이 보이지 않았다.

"아니야. 이건 현실이 아니야."

입으로 개구리를 뱉어내며 나인철이 소리쳤다. 그는 있는 힘을 다해 자신의 팔을 물어뜯었다. 살점이 찢어지는 고통과 함께 환각이 사라졌다. 그가 서 있는 언덕에는 한 마리의 개구리도 없었다. 공간을 채운 가득함은 사라지고 어두운 공허만이 남았다. 그때 그를 향해 옷을 펄럭이며 걸어오는 자가 있었다. 그제야 나인철은 선명히 앞을 볼 수 있었다. 그는 근엄한 지방관의 모습 뒤로 검은 학문의 성취를 이룬 사악한 요술사였다.

"금인종!"

그는 무기를 찾았지만 개구리떼가 무수하게 붙었던 칼은 사라지고 없었다. 그조차 사악한 환각일지도 몰랐다. 그는 맨손으로 달려나갔다. 점점 가까워지는 섭주 현령의 얼굴이 팽창하고 수축하고 부글거리며 변형했다.

"이놈! 숨통을 끊어놓으리라!"

그러나 나인철보다 금인종의 공격이 더 빨랐다. 억센 두 팔이 무한정으로 길어지는 듯하더니 나인철의 목을 붙잡고 조르기 시작했다.

"이 요망한 것!"

금인종의 얼굴이 그가 겪었던 사람들의 얼굴로 하나하나 변해갔다. 안도협, 이호정, 장소규, 개구리 탈……. 모두의 표정이 살인의 의지로 간절했다. 분노에 사로잡힌 나인철도 팔을 뻗어 금인종의 목을 졸랐다.

"네놈이야말로 요망하다!"

19

명색이 교주였지만 금와교주는 신도 하나 없는 '나 홀로 교주'였다. 그는 원래 작은 사찰만 골라 불전함을 전문적으로 훔쳐온 도적이었다. 6개월 전, 문경 산골짝의 어느 절에서 불전함을 턴 그는 몽둥이를 든 승려들의 추격을 받았다. 인근 호숫가에서 추격을 따돌리는 데는 성공했지만 도망이 급하다 보니 사람도 불전함도 물에 빠지고 말았다. 거듭 자맥질을 시도했지만 불전함은 나타나지 않았고 대신 거대한 개구리 한 마리가 그의 머리를 타고 솟아올랐다.

이렇게 거대한 개구리는 처음이었다. 개구리는 사람을 피하지도 않고 도적의 손길을 받아들였다. 때마침 독사가 그의 어깨 너머로 나타났는데 위기의 순간 이 개구리가 독사를 삼켜버렸다. 신의 섭리를 느낀 그는 재물 욕심을 버리고 목숨을 구한 개구리에게 신격을 부여했다. 교리도 없고 포교도 없고 교단도 없었다. 어떤 기적도 일어나지 않았고 아무도 금와교를 믿지 않았다. 그러나 그는 황소개구리를 금와신으로 불렀고 옷과 탈까지 만들어 스스로 제사장이 되었다. 사람들은 그를 '미친놈'이라고 불렀다.

"너 같은 놈한테 지레 겁을 먹어 도망쳤다니!"

금와교주의 이야기를 들은 장소규는 분노로 머리에 김이 났다. 있지도 않은 신도들의 추격에 지레 겁먹어 길을 서두르다가 굶주린 폭도들의 습격에 아까운 네 사람의 목숨만 (거기에 황소까지) 잃었던 것이다.

"그 폭도들이 우릴 습격했을 때도 넌 몰래 지켜봤지?"

그러자 금와교주는 잊고 있던 걸 생각해 냈다는 듯 고개를 끄덕였다.

"그 백성들이 어떻게 죽었는지 알아요?"

"나도 몰라. 끔찍하게 죽었다는 것만 알지. 서로가 서로를 잘라 죽여 사지가 멀쩡한 놈이 없었어. 내가 한 놈을 건드리자 '저리 비켜, 이 소 대가리야' 하고 이상한 소리를 지르더군. 지옥이 따로 없었어."

"그자들은 환각을 본 거요. 환각 때문에 서로를 죽인 거요."

"그게 무슨 소리야?" 장소규의 신경이 곤두섰다.

"은빛 가루요. 여섯 개의 눈을 가진 개들이 뿌린 은빛 가루. 그걸 맞는 사람은 최근의 기억과 연관되는 환각을 보게 돼요. 그 환각이 사람을 미치게 해서 서로를 죽이게 만드는 거요. 그 사람이 죽으면 놈들은 시체를 데려가 해부하고 연구를 해요."

"그 개 같은 놈들은 정체가 뭐야?"

"원린자요."

"별천지에 산다는 원린자?"

"맞아요. 《귀경잡록》을 읽은 기억이 나요. 그놈들 이름은 아마도 육목거견자(六目巨犬者)일 거요. 별천지 중 이흑성에서 내려온 놈들이지요. 그놈들이 은빛 가루를 뿌리는 식물을 재배해요. 그게 코와 입안에 들어오면 환각을 보는 거지요. 소를 훔친 애꾸눈과 일당들이 당신들을 쫓다가 은빛 가루를 뒤집어쓴 걸 똑똑히 봤어요. 당신을 보고 '저리 가, 소 대가리야'라고 말했다면 환각에 시달린 게 틀림없어요."

"그래서 그랬던 건가?"

장소규는 구현담과 나인철이 개 괴물과 스스럼없이 대화를 나눈 광경을 떠올렸다. 만약 그들의 눈에 괴물들이 사람으로 보였다면?

그러나 의문은 있었다. 자신 역시도 은빛 가루를 흡입했는데 왜 개 괴물이 생생하게 보였단 말인가?

"나도 《귀경잡록》을 읽은 적 있어. 부분적으로 읽었고 너무 어릴 때라서 제대로 기억나진 않지만. 내가 하고 싶은 말은 하나야. 나는 환각을 본 적 없어."

"내가 궁금한 것도 그거요. 내 얼굴은 심각한 화상을 입었어요. 그래서 복면으로 입을 가리고 그 위에 개구리 탈까지 쓰고 다닌 거요."

그는 잠시 탈을 벗었다. 땀에 흠뻑 젖은 복면이 나오고 불에 타 쪼그라든 피부가 나타났다. 장소규가 인상을 쓰자 그는 다시 탈을 썼다.

"이 복면과 탈 덕분에 내 코와 입에는 가루가 들어오지 않았소. 그래서 환각에 시달리지 않았던 거요. 그런데 당신은 어떻게 환각에 당하지 않고 저놈들의 원래 모습을 볼 수 있는 거요? 섭주로 들어오려면 은빛 가루를 뿌리는 그 꽃을 지나쳐 왔을 텐데. 당신 상전들은 육목거견자를 사또라 불렀으니 그 환각 꽃가루를 마신 게 틀림없어요."

"그들이 개 괴물을 사또라 불렀다고?"

"내가 들었어요."

"우리 모두 그 풀을 지나온 건 사실이야. 난 내가 미친 줄 알았는데 아니었어. 그들이 환각을 본 것이로군. 혹시 그들이 어디 있는지 알고 있나?"

"육목거견자들하고 같이 있겠지요. 강도를 더해가는 환각에 시달리다가 어느 순간에 목숨을 잃을 게요."

"그럼 이렇게 있어서는 안 되지."

독초의 기운이 거의 사라졌다. 불안과 긴장이 더 이상 느껴지지 않았다. 그는 《귀경잡록》을 읽은 적이 있어서 섭주에서 일어나는 괴사건을 수월히 이해할 수 있었다. 다 믿을 순 없지만 구체적인 진상을 알게 되자 머리가 맑아졌고 강박적인 생각이 들지 않았다. 두 동료를 구해서 이곳을 빠져나가야 한다는 의지가 샘솟았다.

"어딜 가려는 거요?"

"난 동료들을 구하러 가야 해. 당신이 금와신의 원수를 갚을 생각이 없는 것 같으니 나도 구태여 당신을 죽일 필요는 없겠지. 알아서 여길 빠져나가."

장소규가 숲으로 사라졌다. 금와교주는 이제 믿을 데라곤 이쪽뿐이라고 생각하는 것 같았다.

"나도 같이 갑시다."

둘은 어둠 속으로 뛰어들었다. 한참을 헤매다 보니 어디선가 사람의 목소리가 들려오는 듯했다. 둘은 긴장한 채 소리가 나는 쪽으로 접근하기 시작했다. 장소규는 새로운 흥분으로 공포도 잊었다.

'그들 눈엔 환각이 보였지만 내겐 안 보였어. 이 사건을 해결할 수 있는 사람은 나밖에 없다는 얘기지! 안 그래요, 아버지?'

그는 늘 출세를 강조했던 아버지 생각을 했다.

금와교주는 오전과 다르게 위풍이 당당한 장소규를 보고 놀랐다.

'어째서 저 사람한텐 원린자의 환각물질이 통하지 않는 거지? 지금도 얼굴엔 털지 않은 은빛 가루가 고스란히 묻어 있는데!'

구현담이 조른 목 때문에 금인종의 얼굴은 점점 부풀어 올랐다. 수박처럼 팽창하면서도 금인종은 웃음을 멈추지 않았다. 금이 간 수박을 양손으로 빠개는 소리가 나면서 눈알이 빠지고 혀가 뽑히고 얼굴 가죽이 흘러내렸다. 아하하하 대소(大笑)가 이히히히 광소(狂笑)로 바뀌었다.

나인철이 조른 목 때문에 금인종의 얼굴이 변화했다. 압력에 삐져나온 늑대의 이빨과, 노란 바탕에 먹물 한 방울이 찍힌 눈은 정휘문과 비슷했다.

"고혈을 빨아라, 고혈을 빨아, 이 의금부의 고문관(拷問官)아."

정휘문이 비웃자 나인철은 막혀오는 목구멍으로 "닥쳐라!" 외치며 놈의 목을 졸랐다.

그들의 주위에서 파동이 일어났다. 대지를 뒤흔드는 굉음과 함께 나무들이 뿌리째 뽑히면서 수직으로 상승했다. 동심원의 만월이 소용돌이치며 어둠을 밝혔다. 촉수처럼 움직거리는 뿌리들이 달빛에 반응했다.

뿌리 위에 붙은 문어 흡반 같은 무수한 눈은 단 한 번의 깜빡임으로 흙을 털어낸 후 산발적인 섬광을 내쏘았다. 빗줄기 같은 섬광의 홍수가 지상으로 쏟아지자, 빛에 반응하는 나방들처럼 하늘로부터 곤충의 형태를 가진 괴물들이 하강했다. 사람보다 더 큰 곤충들이 내는 수백 수천의 날갯짓 소리에 구현담과 나인철의 귀는 파열 직전이었다. 평형감각이 상실되면서 귓바퀴로 피가 흘러내렸다. 그럼에도 혼이 떠난 그들은 금인종의 목을 놓지 않았다. 붕붕붕 소리를 내며 곤충들은 그들의 주위를 맴돌았다. 여섯 개의 팔다리는 두꺼비 피부 같았고 땅까지 닿는 더듬이는 채찍보다 컸다. 곤충형 원린자들의 이빨은 말벌과 같은 집게였는데 얼굴은 사마귀부터 메뚜기까지 각양각색이었다.

갑자기 그 모든 곤충들이 일제히 뒤로 물러났다. 그들이 날아오른 지상이 서서히 좌우로 갈라지면서 지각변형을 일으켰다. 주황색의 연기가 솟구치고 견딜 수 없는 악취가 등천했다. 혼돈을 종식시키고 천지창업을 다졌다고 하는 육십오능음양군자의 태초의 대지진이 재현되었는데, 마치 땅속에 있는 거대한 것이 갈라지는 속도를 기다리지 못해 몸을 부딪는 듯했다. 이 모든 사단에도 구현담과 나인철은 금인종의 목만 졸랐다.

대지가 완전히 반으로 갈라지자 거대한 검은 마디, 또 검은 마디, 또 검은 마디가 한정도 없이 반복되며 승천했다. 초거대 지렁이가 만월의 빛으로 환해진 하늘을 장악했다. 세상은 사특한 경이로 물들고 별이 가득한 하늘은 곡선에 가까운 만(卍) 자의 용트림으로 채워졌다.

"이흑제천환형룡!"

"이흑제천환형룡!"

군중의 고함소리가 들려왔다. 거대 지렁이 주위를 배회하는 곤충 괴물들의 함성이었다. 적들의 응원가가 역효과를 일으켜 구현담과 나인철은 조르는 손에 더욱 힘을 주었다. 차츰 두 사람의 눈알이 튀어나오고 얼굴은 자줏빛으로 변했다. 징그러운 점선 문양이 가득한 지렁이의 날개가 한 번 퍼덕이자 천년바위가 뽑혀 구르고 태산이 뭉텅뭉텅 깎여나갔다.

"보았다! 저쪽의 세상을 나는 보았다! 현실은 아니지만 현실 이상이다!"

구현담이 검은 하늘로 눈길을 두며 소리쳤다.

"하늘이 꾸는 꿈이 이것인가? 아니면 나 육십오능음양군자가 금부도사의 꿈을 꾸는 건 아닌가?"

나인철 또한 하늘로 눈길을 두며 자조했다

구현담이 먼저 정신을 잃고 그다음에 나인철이 정신을 잃었다. 두 사람에게 이 세상에서의 시간은 그걸로 끝이었다. 금인종은 온몸이 눈알로 가득한 형체가 되어 별이 반짝이는 하늘로 투명히 사라졌다. 아귀 이빨이 가득한 이흑제천환형룡의 거대한 입이 그 형체를 삼켰다.

"멈추시오!"

달려온 장소규가 소리쳤다.

21

장소규가 그들에게로 올 수 있었던 것은 "이흑제천환형룡"이란 고함을 들었기 때문이다. 그러나 늦었다.

현장에 도착한 장소규의 눈앞에 조선의 밤하늘과 산천초목은 그대로였다. 재난에 가까운 자연의 훼손은 없었고, 청명한 밤하늘에는 어떠한 괴수도 존재하지 않았다. 그러나 제정신을 잃고 서로의 목을 조르는 구현담과 나인철은 그 어떤 참상보다 큰 비극이었다. 육신의 한계를 비정상적인 의지로 초월한 그들은 서로를 목 졸라 죽이는 데 성공함과 동시에 또 목이 졸려 죽어가는 중이었다. 그들의 눈알은 정상의 이면에 있는 절대 암흑의 목격에 튀어나와 버렸고, 그들의 얼굴빛은 사람의 피부색이 아닌 시신의 자줏빛으로 변해갔다. 그런 그들을 둥그렇게 둘러싼 이들은 "이흑제천환형룡"을 구호처럼 내지르는 여섯 눈 가진 괴물들이었다.

"멈추시오!"

구현담도 나인철도 장소규를 돌아보지 못하고 쓰러졌다. 한때 죄수와 간수였던 두 사람은 목숨이 다해 두 번 다시 일어나지 못했다. 없는 죄를 뒤집어쓴 충신이 일깨워 줬던 바른 생각과, 흠결이 있음에도 호송에 동행시켜 준 상관의 도량이 장소규의 기억 속에 되살아났다. 짧은 여정이었지만 그들은 삶의 선배였고 함께 목숨을 걸었던 형제들이었다. 이계의 더러운 개 괴물들이 속세의 인연을 강제로 종료시켰다. 반 광란상태가 되어 칼을 뽑아 든 장소규에게 보이는 것은 없었다.

"내게서 자비를 바라지 마라."

개 괴물들이 장소규를 보고 화들짝 놀랐다. 뭔가 잘못되었다는 혼란이 놈들의 움직임에 드러났다. 원형의 대오가 삽시간에 무너졌다. 장소규는 살기로 충만한 칼을 높이 쥐고 전장의 한가운데로 뛰어들었다. 그중 한 마리가 만용을 부려 "군관! 나는 섭주 현령 금인종이오! 칼을 버리시오!"라고 고함쳤는데 그 목소리가 심하게 떨리고 있었다.

"내 눈에 네가 사또로 보이는 줄 아느냐?"

장소규가 칼을 휘두르자 괴물의 팔이 날아가 녹색 피를 뿌렸다. 장소규의 얼굴이 녹색으로 물들었다. 그는 미친 듯 칼을 휘둘러 개 괴물들을 베었다. 섬뜩한 외형과 달리 개 괴물들은 방목지 안의 염소처럼 겁이 많았다. 홀로 다수를 마구 죽이는 잔혹한 칼부림이 이어졌다. 도망치다 베이고, 저희끼리 넘어져 찔리는 개 괴물들은 픽픽 쓰러져가면서도 덤빌 생각을 못한 채 우왕좌왕거렸다. 은빛 가루가 함박눈처럼 흩날리고, 녹색 피로 끈적거리는 장소규의 얼굴은 환희인지 광기인지 구별 못할 기운으로 가득했다. 금와교주가 주먹을 불끈 쥐고 소리쳤다.

"놈들을 다 죽이지 말고 사로잡아!"

싸움에 가담하지 않은 그의 음성에는 교활한 흥분이 넘쳤다.

"한 놈을 신으로 만들어 속이면 돈벌이가 될 거야!"

검은 하늘이 요동을 쳤다. 번개가 번득였고 달이 장소규의 앞으로 가까워졌다. 오전의 불안증이 도지지 않고 원근감마저 회복되자 그는 으하하 웃으며 칼춤을 추었다. 정체도 모르는 의원 정유현은 진정 명의였다. 동심원의 달이 회전을 시작했는데 이것은 월광(月狂)의 월광(月光)이라고 불러도 좋을, 청천에 벽력을 때리는 에너지의 흐름이었다.

"형제들을 죽인 복수다!"

등 돌려 도망치는 한 놈에게 칼을 박는 순간, 눈처럼 내리퍼붓는 은빛 가루가 시야를 가렸다. 장소규가 찌른 이는 개 괴물이 아닌 관아의 군졸이었다. 으헉 하고 칼을 뽑는 그에게 다른 개 괴물이 달려들었고 장소규는 반사적으로 칼을 휘둘렀다. 단칼에 목이 날아간 군졸의 신체가 취객처럼 비틀거리다 쓰러졌다. 그는 고개를 흔들었다. 개 괴물과 군졸의 모습이 겹쳐 보였다. 한 팔만 남은 섭주 현령 금인종이 숨을 몰아쉬며 소리쳤다.

"눈을 떠! 환각에 속지 말고!"

장소규가 으앗 정신을 차리고 아래를 내려다보았다. 그가 죽인 무수한 이가 팔다리가 잘린 채 널브러져 있었다. 그것은 투명한 개 괴물의 형체가 사라진 섭주의 군졸들이었다. 하나같이 비무장이었고 눈이 두 개였다. 그중에는 서로의 목을 조른 채 죽은 구현담과 나인철도 있었다. 금인종이 힘을 짜내 소리쳤다.

"이 모두가 저놈의 농간이다. 저놈을 죽여!"

남은 한 팔로 가리킨 이는 금와교주였다. 금인종의 어깨에서 떨어지는 피는 붉은 색이었다. 장소규는 흥분의 절정에서 갑자기 혼란에 빠졌다. 적의 정체가 바뀌면서 그가 행했던 건 복수의 칼부림이 아닌, 정신병적인 학살이 된 것이다.

"왜 멈추는 거야?" 금와교주가 물었다.

"그놈이 원흉이다! 너를 따라오고 네 동료들을 함정에 몰아넣은 것도 저놈이다!"

금인종의 고함에 금와교주의 음성이 부르르 떨렸다.

"너도 드디어 환각을 보는구나! 저놈의 말을 듣지 마! 지금까지 잘해왔잖아!"

지금까지 잘해왔다고? 뭐가 뭔지 모를 혼란의 와중에 그 말 한마디가 장소규의 귀에 날아와 박혔다. 그는 금와교주에게 칼을 겨누었다.

"네 얼굴을 봐야겠다. 그 탈을 벗어라!"

"낭패구나! 저놈은 환각이야! 속으면 안 돼!"

"탈을 벗어!"

금와교주가 등을 돌려 도망쳤다. 장소규가 대번에 몸을 날려 금와교주를 넘어뜨렸다. 아래에 깔린 교주는 필사적으로 몸부림쳤으나 애초부터 장소규의 상대가 되지 않았다. 장소규가 두 팔을 제압했을 때 금인종이 다가가 개구리 탈을 얼굴로부터 뜯어냈다.

"안 돼!"

"헉!"

장소규가 뒤로 넘어졌다. 탈이 사라지고 난 금와교주의 얼굴은 오전에 나인철이 칼로 찔러 죽였던 거대한 개구리였다. 화상의 흔적은 없었다. 개구리 탈 안에 진짜 개구리 얼굴이 있었던 것이다. 거대한 개구리가 미끌거리는 눈으로 그를 빤히 쳐다보았다.

"바로 그놈이다! 그놈이 네 동료들을 죽인 거야!" 금인종이 악을 썼다.

"환각이라니까! 속지 마!" 거대한 개구리가 오열했다.

"이 죽일 놈!"

장소규가 찌른 칼이 금와교주의 심장을 뚫고 땅바닥 깊숙이 박혔다. 단말마의 비명과 함께 금와교주는 그가 모셨던 신과 똑같은 최후를 맞았다. 오전에는 나인철의, 지금은 장소규의 집행이라는 점만이 달랐다. 금인종이 일어나 우하하 웃기 시작했다. 장소규가 돌아보았다. 교주의 몸이 옥수수 껍질처럼 네 가닥으로 찢어지고 그 안에서 촉수들이 회오리를 그렸다. 산곡마다 촉수가 솟구치고 하늘 끝에서부터 벌레의 형상을 갖춘 것들이 새카맣게 몰려왔다. 그 뒤로는 천상과 지상의 경계를 무너뜨리는 거대한 만(卍) 자의 용트림이 있었다.

"젠장, 뭐가 진짜고 뭐가 귀신이야?"

장소규가 칼을 버리고 절규했다. 바로 그때, 그는 품속에 무당이 써준 부적이 있음을 기억해냈다. 천지신명의 도움으로 백귀의 야행이 사라지길 기대하며 그는 부적을 꺼내 펼쳤다. 그러나 노란 부적 한가운데 나타난 것은 위기를 타개할 비책이 아니었다. 고리눈을 부릅뜨고 턱수염을 기른 무서운 남자의 얼굴이었을 뿐이다. 그림이 입을 움직여 쯧쯧쯧 혀를 찼다.

"아, 아버지……."

"못난 놈! 출세를 하랬더니 네가 천지도 모르고 염병을 떨었느냐? 나가 죽어버려라!"

"환각이야! 이건 환각이야!"

부적 바깥으로 두 팔이 북 솟아나와 장소규의 얼굴을 잡았다. 열 손가락이 장소규의 뺨을 붙잡는가 싶더니 이내 눈을 파버렸다. 자신의 손으로 제 눈알을 파내는 줄도 모른 채 장소규는 비명을 질렀다.

22

앞이 안 보이게 되면서 모든 소리도 사라졌다. 복잡한 세상사에서 해방된 기분에 마음이 평온해졌다. 어둠 속에서 일곱 개의 동그라미가 등장했다. 북두칠성이었다. 일곱 동그라미가 원을 그리며 하나로 겹쳐졌다. 원 안의 원, 동심원이 빛을 발해 장소규에게로 돌진했다. 눈부신 폐안(廢眼) 위로 별이 폭발했다. 일곱 차례 연속 폭발이 끝나자 그는 텅 빈 공간을 장악하는 희미한 거대 형체를 목격했다. 그 형체는 언어로 표현할 수 없고 그림으로 묘사할 수 없었다. 모든 시작과 끝이 이 거체로부터 비롯되었다.

시간과 공간의 감각이 사라졌다. 대신 장소규는 별의 지혜를 터득하게 되었고, 영원과 찰나가 하나라는 진리를 깨우쳤다. 하루살이의 삶을 살았어도 천년의 장수로 자족하는 것은 이 지혜의 터득이었다. 동심원이 회전의 빛을 거두어 갔다. 거체가 사라지고 빛이 소멸되었다. 남은 것은 참을 수 없는 통증과 견딜 수 없는 슬픔이었다.

꿈이 아니었던 별천지의 부유는 사라지고 그는 지상에 홀로 남았다. 보이지 않는 바닥을 그는 손으로 더듬어 기었다. 잡초가 손에 닿자 자신의 인생도 그것과 별반 다르지 않다는 깨달음을 얻었다. 그런 건 아무래도 좋았다. 등댈 수 있는 곳을 찾아 잠시의 휴식을 얻을 수만 있다면 그걸로 족했다.

마침내 그의 손이 편평한 나무 기둥을 찾아냈다. 어렵게 등을 대자 마음이 안정되고 기나긴 고생 끝에 보장받는 휴식의 기쁨이 있었다. 그때 누군가의 발소리가 들렸다. 우주의 지혜를 터득한 후 인간의 발소리를 접하자 반가움보다 이질감이 몰려왔다. 초(超)가 속(俗)에 자리를 내주면서 번뇌에 묶인 고통이 몰려들었다. 잠시 잊었던 살육의 경험이 기억 속에 살아났고 기억은 곧 공포로 대체되었다. 발걸음이 가까워졌다. 다가온 사람이 말을 걸었다.

"누가 당신을 이렇게 만든 거요?"

장소규는 그 목소리가 어딘가 익숙했다. 그래서 대답 없이 귀에 신경을 집중했다. 그러자 다른 목소리가 질문을 대신했다.

"섭주에서 변을 당한 거요? 아니면 섭주 바깥에서 변을 당해 여기까지 온 거요?"

장소규의 충격은 눈에서 쏟는 출혈조차 잊을 지경이었다. 당신들은 죽었어, 분명히 죽었다구! 이곳 섭주에서! 아냐, 아니야! 이것도 환각의 일부일지도 몰라. 내 지난 삶조차 모두 환각이었을지도 몰라!

그는 절망적으로 소리쳤다.

"너희들에게 환각이 일어난다! 그 환각이 너희들을 따로 떨어지게 만들고 너희들을 죽게 만든다! 속지 마! 믿지도 마! 아무도!"

23

며칠 후 햇살이 화창한 낮이었다. 무장 군졸 300명이 섭주에 나타났다. 이들이 지나온 벌판과 텅 빈 민가에 타다 남은 연기와 그을음이 가득했다. 마주 보고 서 있는 천하대장군과 지하여장군 장승들도 불에 타 시커멓게 변했다. 군졸들의 우두머리는 경상 관찰사 윤여솔이었다.

"금인종이 말한 곳이 여기가 맞는 것 같은데?"

"그렇습니다. 저 두 장승을 보니 틀림없사옵니다."

옆에 있던 경력(經歷, 종4품) 김서립이 답했다.

"이게 대체 무엇인가? 누가 군데군데 불을 놓았잖아?"

"그런데 산불로 번지지는 않았습니다."

"왜 이렇게 한 걸까?"

"화전을 일구려 한 것이 아닐까요?"

"자넨 농사를 지어 봤나?"

"예?"

"여기 어디 민가가 있나? 여긴 사람 사는 곳이 아닐세."

"멀리 사는 자가 소일거리로 이곳까지 와 경작한 건 아닐까요?"

"여긴 토질이 좋지 않아. 이 울창한 나무들을 좀 봐. 볕조차 잘 안 드는데 이 안에 밭을 만들겠어? 아유, 이 가지들은 꼭 사람이 팔을 벌린 것 같구만. 이런 데는 집은 고사하고 농막도 세울 수 없어. 운이 좋아 채소가 잎을 틔워도 산짐승한테 먼저 먹히고 말지. 이런 음습한 곳에 어떤 미친놈이 일부러 밭을 일궈?"

"관찰사 어른께선 따로 짚이는 바가 있으십니까?"

"뭔가를 태운 건 확실한데 산불로 번질까 봐 서둘러 껐어. 한두 군데가 아니야. 태워서 없애 버려야만 할 것이 있는데 목적만 달성한 후에 더 이상 불을 놓지 않은 거야."

그는 무릎을 굽히고 타다 남은 재를 보더니 여러 곳의 탄 흔적과 비교했다.

"어떤 풀만 골라서 태운 게 틀림없어. 그게 뭔지는 모르겠지만……."

산등성이에서 웅성거리는 기미가 있더니 사람들이 나타났다. 윤여솔이 보낸 장교들이었다. 뭔가를 발견했는지 큰 거적을 운반해왔다. 가까이 와서야 윤여솔은 그 위에 놓인 것이 네 구의 시체임을 알았다.

"섭주 현령 금인종의 시신과 세 구의 시신을 발견했사옵니다."

"그래?"

거적이 땅에 놓이자 윤여솔이 코를 막고 다가갔다. 죽은 지 가장 오래되어 부패가 심한 시신은 금인종이었다.

"으이구, 꿈에 나오겠구먼."

그는 부패의 진행이 비교적 늦은 세 시신 쪽으로 고개를 돌렸다. 서로 마주 보는 두 시신의 목은 자줏빛으로 변해 있었다.

"아니, 이 사람은 한성부 좌윤 구현담이잖아. 해남으로 귀양 간 사람이 왜 섭주에서 시신으로 발견됐지?"

"옆 사람은 옷을 보니 의금부 사람 같은데요?"

김서립이 말하자 윤여솔이 고개를 끄덕였다.

"그런데 두 사람 목 색깔이 왜 이럴까?"

시신을 수습해 온 장교가 아뢰었다.

"이 둘은 서로의 목을 조른 상태로 발견되었사옵니다."

"서로 목을 졸랐다고?"

"그러하옵니다."

"거참 해괴한 일이로세."

윤여솔이 수염을 쓰다듬었다.

"해남으로 가려면 경로상 이곳을 거쳐 가긴 가야 하지. 그런 데 이게 뭐야? 죄인과 호송원 사이에 다툼이라도 일어났나? 금 인종 말마따나 이들도 환각을 보고 이런 건가? 왜 이런 꼴로 발 견된 거지? 나머지 관원들은?"

"이 사람들이 다였습니다."

윤여솔은 마지막 시신을 보고 눈쌀을 찌푸렸다. 얼굴에 화상 을 입은 시신의 가슴에는 장칼에 찔린 흔적이 있었다.

"이자는 뭐야? 옷이 꼭 개구리 껍질 같잖아?"

"옆에 이런 것도 있었사옵니다."

장교가 개구리 탈을 들어 보였다. 윤여솔은 금와교주의 탈을 보고 재수 없다며 던져버렸다. 그는 쯧쯧쯧 하며 구현담을 바라보았다.

"모름지기 관리란 입 다물고 시키면 시키는 대로만 하면 되는 거야. 나서서 스스로를 돋보일 필요도 없고 뒤처져서도 안돼. 딱 중간만 가야 해. 그런데 구현담 이 사람은 처지도 모르고 주상전하한테 이래라저래라 나서기를 거듭했어. 왜 죽었는지는 모르겠지만 결국 만리타향에서 이 꼴이 된 걸 보면 인생 잘 산 것 같진 않군그래."

김서립은 구현담이 충신이라는 걸 잘 알고 있었다. 윤여솔에게 퍼부을 욕을 한 보따리 품고 있었지만 입밖으로 드러낼 순 없었다. 윤여솔이 말에 올랐다.

"자, 섭주 관아로 가서 그동안 무슨 일이 있었는지, 혹시 목격자는 없는지 하나하나 알아보도록 하자."

한 줄기 바람이 불었다. 은빛 가루는 더 이상 날려오지 않았다. 개를 닮은 요상한 괴물도 나타나지 않았다. 그 모두가 환각이었는지도 모른다. 그러나 노란 종이 하나가 날려온 건 실제였다. 김서립이 종이를 주워 펼치자 알아볼 수 없는 붉은 한자가 그를 바라보았다.

"이런 곳에 왜 부적이 있지?"

관심 없다는 듯 손을 펼치자 바람이 노란 부적을 멀리멀리 실어갔다. 장소규의 고향 한양 쪽으로.

행렬이 4~5리 정도를 이동하자 드디어 민가가 나왔다. 스무 가구 정도의 오두막이 있었다. 버려진 집인 줄 알았는데 밥 짓는 연기가 보였다. 백성들은 무슨 일인지 모두 자신의 집에 들어앉은 채 눈치를 보며 나오지 않았다. 윤여솔이 호통을 치자 마지못해 촌장이 몇몇을 거느리고 나와 머리를 조아렸다.

촌장은 환각을 일으키는 전염병이 마을에 돌아 사람들이 미쳐 스스로 목숨을 끊거나 누군가를 죽이기도 해서, 남은 사람은 바깥출입을 자제한 채 문을 꼭 걸어 잠근 지 오래됐다고 했다. 며칠 전 야밤에 누가 산에 불을 놓았는데도 겁이 나 끄러 가질 못했다고 했다. 다행히 불은 번지지 않았고 그 이후 환각 전염병도 사라진 것 같다고 했다. 그럼 왜 나오지 않았냐고 추궁하니 누군가가 이렇게 소리쳤다고 했다.

"독초를 다 태웠으니 안심들 하시오! 그래도 당분간은 밖을 나오지 말고 나올 때는 수건으로 입을 막고 사람들 간에 간격을 두시오!"

윤여솔은 아무 죄도 없는 백성들을 호통친 후 20리를 더 이동해 섭주 관아에 당도했다. 관아는 텅 비어 있었다. 구현담과 금인종의 변사를 조정에 어떻게 보고해야 할지 막막했다.

그는 보름 전에 금인종이 보낸 서찰을 꺼내서 펼쳤다.

섭주 현령 금인종이 경상 관찰사께 아뢰옵니다. 근자에 관내에서 원

인을 알 수 없이 백성들이 발광하여 서로 살을 뜯고 피를 뿌리는 살육이 속출하고 있나이다. 돼지 치는 이는 돼지귀신이 덤빈다 하고, 나무꾼은 나무귀신이 쫓아온다 하고, 무덤가에 사는 이는 무덤이 저절로 움직인다는 등 각자의 업에 관련된 망령에 씌어 두려움에 떨고 있나이다. 기이한 환각의 끝은 대부분 자결이거나 살인으로 귀결되어 이미 시체가 이십 구 이상이 나왔사옵니다.

역질의 진압을 책임질 본관이 서둘러 관찰사의 지원을 요청하는 이유는 인원이 부족하고 장비가 모자라 방역에 어려움을 겪고 있기 때문입니다. 무엇보다 환각의 원인이 무엇인지 알 수 없어 조사에 크나큰 난항을 겪고 있나이다. 이 장계를 읽으시면 관찰사께서 대군을 휘동하시어 섭주로 빠른 시일 내에 지원을 보내 주시기 바라나이다. 섭주의 풍속이 사특한 환각과 끔찍한 살육으로 이어진다면 끝내 이곳 백성들은 씨가 마를 것이옵니다.

보름 전에 보고를 받고도 윤여솔은 이제서야 왔다. 섭주라면 재수 없는 곳임을 알았기에 최대한 행동을 늦춘 것이었다. 그는 흠흠 헛기침을 한 후 군졸들을 시켜 텅 빈 섭주 관아를 수색케 했다. 생존자가 있으면 확보하고 어떤 단서라도 놓치지 말라고 했다. 300여 명은 관아를 이 잡듯 뒤졌다. 사또의 내실에 들어간 사령 하나가 서찰 하나를 찾아왔다. 금인종이 최후의 순간까지 쓰다가 미처 보내지 못한 글로 추정되었다.

이 서찰의 여파로 어떤 참사가 기다릴지 알지 못하오나 이제 죽음이 임박하여 사실을 털어놓고자 하옵니다. 이미 섭주 관아는 회복이 불가능할 지경이오며 저희는 구제되지 못할 것입니다. 지난번 소인은 관찰사께 거짓 서찰을 올렸습니다.

사실대로 말하자면 소인, 섭주 현령 금인종은 목민관의 지위를 망각하고 검은 학문을 가까이했습니다. 섭주에 부임하면서 참조 삼아 읽었던 이언각서(異言覺書)가 지나치게 마음을 사로잡아 별천지의 원린자가 실재하는지 의혹을 품게 되었던 것입니다. 불경한 의혹은 집요한 입증 욕심으로 이어졌습니다. 북두칠성이 검은 하늘에 읍(邑) 자의 7획 모양을 이루는 날, 소인은 이언각서에 나온 문외나한의 제문을 낭독했고, 동심원의 만월은 주문에 호응해 실제로 소인의 눈앞에 나타났습니다. 그쯤에서 그만두었어야 옳았지만, 검은 학문의 진가를 깨우치자마자 소인은 거문성의 원린자를 소환하는 지경에까지 이르게 되었습니다.

거문성의 원린자는 개를 닮은 여섯 눈의 물괴인데 우리말을 구사하면서 사민정책(徙民政策)을 호소했습니다. 사람들 눈에 띄지 않는 벽지에 마을을 짓게 해주면 거문성의 작물을 재배해 우리에게 식량을 원조하겠다 했습니다.

그들의 야욕을 몰랐던 것이 불찰이었습니다. 그들이 재배한 작물이라는 것은 사람에게 헛것을 보게 하고 미치게 만드는 꽃가루를 내는 사악한 풀이었습니다. 관찰사의 윤허도 없이 소인의 권한으로 사민을 허락한 후 저희는 속수무책으로 당했습니다. 환각식물의 성장은 손 쓸 수 없을 정도로 빨라 지방군은 서로를 죽였고 농부들은 밭에 머리를 박고 죽어 나갔습니다. 곳곳의 유혈 사태를 막지 못한 소인 역시도 내일을 기약할 수 없는 처지입니다. 한양의 구현담 대감도 며칠 내 섭주를 경유할 것으로 아는데, 존경하던 분인지라 변을 당하시지나 않을까 우려됩니다.

《귀경잡록》만 미리 읽었더라도 이계 오랑캐의 교활한 야욕을 알았을 것이고 일찌감치 사건을 해결할 수도 있었을 것입니다. 하지만 지혜가 미치지 못하고 슬기가 용렬하여 모든 대처는 실패하고 말았습니다. 관찰사께서 이 서찰을 보시거든 《귀경잡록》의 22장을 반드시 읽으신 후 새롭게 대처를 하셔서 섭주를 구해 주십시오. 늦으면 전 조선이 위험해집니다. 22장에 쓰인 대로만 하면 적들을 쳐부수기는 여반장(如反掌)입니다.

윤여솔은 얼굴이 붉으락푸르락해졌다.

"금인종 이놈이 나를 속였구나! 저지른 일이 무서워 내 군사까지 끌어들여 어떻게든 무마하려 한 거야! 현령이라는 놈이 사악한 학문에 물이 들다니!"

남이 싸놓은 똥을 치우러 왔다는 생각에 윤여솔은 서찰을 집어 던졌다. 군졸 중 하나가 금인종의 내실 천장에서 문제의 금서들을 찾아냈다. 윤여솔은 당장 불에 태우라고 대성일갈하다가 손을 들어 《귀경잡록》이 있으면 가져오라고 말했다. 경력 김서립이 직접 책을 가져다주었다. 윤여솔은 잔뜩 찌푸린 얼굴로 《귀경잡록》 22장을 펼쳤다.

〜〜〜

귀경잡록(鬼境雜錄)

제 22장 환술기광(幻術欺誑)편

환영술법이 속이고 사기를 친다

《손자병법》에 이르길, 전쟁이란 속이는 것이다. 나의 능력이 없는 것처럼 보이게 하고, 군대를 운용하지 않는 것처럼 보이게 하고, 가까운 곳을 보려 하면 먼 곳을 보는 것처럼 속일 것이며, 먼 곳을 보려 하면 가까운 곳을 보는 것처럼 적을 속여야 한다고 했다.

용력과 지략이 아닌 허상으로 검은 욕심을 이루고자 하는 원린자들이 있다. 인간은 꾀를 써서 속이지만 이 원린자는 귀신의 환각으로 속인다. 있지도 않은 귀신을 무서워하는 이가 인간인지라 의심하는 마음을 품고도 당하는 이가 부지기수다. 과도한 허상으로 무서움을 유도하는 것은 실상 적이 스스로의 쇠약함을 숨기기 위함이다. 이 허상을 깨고 두려움을 극복하는 이가 있다면 공포가 온 천하에 퍼지더라도 탈이 없을 것이다.

一

거문성(巨門星)의 원린자들 중 가장 낮은 지위에 있는 무리
는 육목거견자(六目巨犬者)라는 종족이다. 말 그대로 여섯 눈
을 가진 개 형상의 원린자로 실제로 개처럼 무리를 지어 다닌
다. 하지만 개들의 용맹성과 충성심은 거의 없이 겁이 많고 잔
꾀만이 있어 속임수로 적을 제압하는 병법을 즐겨 쓴다. 이들
은 거문성의 제왕인 전설의 이흑제천환형룡(二黑諸天環形龍)
를 유일신으로 받들어 모신다. 이흑제천환형룡은 징그럽게 생
긴 날개 달린 거대 지렁이로, 육십오능음양군자가 천하의 창업
을 다질 때 타고 다녔다고 전해진다.

별의 주기에 변화의 시기가 오면 거문성의 검은 하늘에는 은
색의 가루가 창궐하는 날이 있는데, 육목거견자는 이를 이흑제천
환형룡이 가려움에 몸을 터는 허물 가루로 받든다. 이 가루를 화
초로 재배하면 은색 가루를 인위적으로 뿌릴 수 있다. 코와 입으
로 가루를 빨아들이는 자에게는 치명적인 환각효과가 생겨나는
데, 헛것의 공포심이 상상할 수 없을 만큼 극심하여 무적 강군일
지라도 괴멸당하기가 순식간이다. 환각 때문에 아군끼리 죽이는
데, 가까운 이웃부터 먼 나라까지 전염을 시키기도 어렵지 않다.

이야말로 손자의 가르침 그대로 속이는 전쟁인 것이다.

二

정종 2년(1400년), 평양에 왕잔이라는 이름의 도적이 나타나 약탈과 살인, 방화를 일삼으며 횡횡했다. 체포는 고사하고 세력이 얼마인지조차 짐작 못해 관아가 유명무실할 때, 조영무가 평양부윤으로 부임해왔다. 조영무는 포은 정몽주를 선죽교에서 제거한 이방원의 최측근이자 조선 개국에 힘을 보탠 공신이었는데, 이 평양 부임은 왕의 명령에 불복한 결과로 얻은 일종의 좌천이었다. 불만이 가득한 상태로 평양에 온 그를 보고 겁내지 않는 관리는 없었다. 그들은 사소한 흠이라도 잡힐 게 두려워 한시바삐 왕잔 사건을 해결하기로 했다. 누구든 왕잔의 목을 가져오면 큰 상을 준다는 방이 곳곳에 나붙은 것이다.

왕잔의 책사 노릇을 했던 장흥각도 이 방을 보았다. 그는 포악함에만 물이 드는 두목이 갈수록 마음에 들지 않던 터였다. 막상 위민(爲民)의 칼을 뽑아든 왕잔은 도탄에 빠진 백성을 구하기는커녕 백성을 괴롭히는 일에만 재미를 붙인 소인배였다. 관아를 쳐부순 후 그 마을의 재물과 부녀자를 약탈했고, 노인과 아이는 쓸모없다 하여 제거해 버렸다. 그는 전략을 구사하지 못했고 자질구레한 싸움에도 기고만장한 자였다. 반군이 아닌 도

전율의 환각 **135**

적폐의 칭호를 얻은 것도 그런 이유에서였다.

당장은 아닐지라도, 조영무까지 평양 부윤으로 부임한 마당에 대규모 정규군이라도 출동하면 왕잔이 패배할 것은 불을 보듯 뻔했다. 결국 위기를 기회로 활용하기로 결심한 장홍각은 몰래 두 사람만의 술자리를 열어 두목을 취하게 한 후 목을 베어버렸다. 그는 왕잔의 머리를 소금에 절여 나무 상자에 넣은 후 평양관아를 향해 밤길을 떠났다. 예상대로 두목의 죽음을 알게 된 도적떼는 모래성처럼 와해되었다. 결단이 현명했음을 자신한 장홍각의 발걸음은 가벼웠다. 왕잔의 머리를 바쳐 벼슬자리를 얻을 생각에 마음은 크게 부풀었다.

밤의 산길을 은밀히 가던 그가 어느 골짝에 피어난 꽃밭을 지날 때였다. 때는 봄이었는데, 기묘하게 생긴 꽃들이 은색 꽃가루를 날렸고 장홍각은 이에 온몸 가득히 가루를 뒤집어쓰게 되었다. 그는 기침을 연달아 쏟다가 나무 아래에 상자를 내려놓고 잠시 휴식을 취했다.

그때 어디선가 목소리가 들려왔다.

"왜 이리 소금을 많이 쳤어? 눈을 뜰 수가 없잖아?"

깜짝 놀란 장홍각이 나무 뒤로 숨었다.

"아이구, 짜라! 숨 좀 쉴 수 있게 해줘!"

나무 상자가 들썩거리자 장홍각은 소스라치게 놀랐다. 그가 죽인 두목의 목소리가 상자 안에서 나오고 있었다. 그는 한참 동안 간을 졸이다가 상자에 대고 물었다.

"두목이오?"

들썩거림이 멎더니 이내 대답이 흘러나왔다.

"그래, 나다. 천하의 왕잔이다."

"이럴 수가! 어떻게 죽은 사람이 말을 할 수 있소?"

"죽은 건 내 몸뚱아리지, 머리는 살아 있어. 네 놈 덕분에."

"내 덕분이라고요?"

"넌 나의 책사였잖아!"

"그런데요?"

"네가 내 머리 노릇을 해온 놈이란 말이다. 그래서 네 머리가 살아 있는 한 내 머리도 살아 있게 된 거야."

장흥각은 꿈이 아닌가 싶어 뺨을 꼬집었다. 그러자 상자가 펄떡펄떡 뛰면서 호통을 쳤다.

"이놈아! 벼슬자리가 탐나거든 부탁을 할 것이지, 술을 먹여 몰래 죽일 건 뭐냐? 그러고도 네가 새 세상을 열 제갈공명이더냐?"

"미, 미안하게 됐소."

겁을 먹은 장흥각이 저도 모르게 허리를 굽혔다. 상자 안의 목소리가 기세등등해졌다.

"네가 내 머리를 바치고도 부귀영화를 누릴 줄 알았더냐?"

"우리는 이길 가망이 없소. 두목은 명성을 잃은 지 오래고, 나는 새도 떨어트리는 조영무까지 평양에 왔잖소."

"그자는 날 잡으려고 평양에 온 게 아니라 쫓겨서 오게 된 거야. 데리고 있던 사병들을 빼앗아간다고 왕에게 항의하다가 탄핵을 받았지. 자기 병사를 빼앗긴 놈이 미쳤다고 나라에 충성해?"

"조영무는 대대로 이 씨 집안의 공신이었소. 쫓겨났다 해도 귀양이 아니란 말이오. 그런 사람이 평양 부윤으로 왔는데 변함없는 충성심을 보이려면 우리부터 와해시킬 수도 있지요."

"아둔한 놈아, 네가 내 머리를 들고 가면 벼슬자리를 냉큼 줄 것 같으냐? 너도 내 꼴을 당해. 그 무서운 조영무가 부임하니까 아랫것들이 부랴부랴 방을 붙여 우릴 이간질시킨 거라고!"

사실 틀린 말은 아니었다. 약삭빠른 관리들이 도적떼의 2인자인 장홍각에게 순순히 상을 내린다는 건 의심할 만했다. 두목처럼 머리를 베고 효수해 본보기로 삼을 가능성이 더 컸다. 그들이 왕잔의 머리를 순순히 받아줘도 문제였다. 잘린 머리가 말을 하니 어떤 일이 기다릴지 알 수 없었던 것이다. 갈피를 잡지 못한 그는 물었다.

"그럼 어떻게 해야 합니까?"

"일단 내 머리를 여기서 꺼내. 답답해 죽겠어."

"정말 두목이 살아 있는 게요?"

"그렇다니까."

"머리가 떨어졌는데도 어떻게 살아 있소?"

"못 믿는 놈이 꼬박꼬박 대답은 어찌 그리 잘도 받아주느냐?

138

뚜껑 열고 직접 확인을 해보란 말이다. 나를 이 소금더미 위에 그대로 두면 네놈이 살아날 방도는 가르쳐 주지 않겠다."

장흥각은 두목의 머리를 다시 꺼내서 본다는 게 죽기보다 싫었지만 겪고 있는 일이 환각인지 아닌지 확인하고 싶어졌다. 주저 끝에 끈을 풀고 상자의 뚜껑을 열었다. 피에 젖고 소금에 절여진 왕잔의 머리통이 눈을 부릅떴다. 장흥각은 기절초풍했다.

"아이구, 바깥바람이 시원하구나. 어서 나를 꺼내라."

"그, 그렇겐 못하겠소."

"빨리 나를 꺼내. 시원한 공기가 그립단 말이다."

"생시가 아니야……. 이건 꿈이야……."

"자꾸 그따위 소리나 하면 사람 많은 데서 소릴 지를 거야! '사람 살려요! 내 머리가 상자 안에 갇혀 있소! 도적떼 부두목 장흥각을 잡아가요!'하고 말이다. 자, 어서 나를 꺼내!"

장흥각은 마지 못해 상자에 손을 넣었다. 소금에 절여진 머리칼이 축축했다. 장흥각은 눈을 똑바로 뜬 채 두목의 머리를 꺼냈다. 꿈이 아님을 확인하겠다는 듯이.

그때 이상한 일이 일어났다. 왕잔의 머리가 상자 밖으로 나오자 주변의 땅에서도 머리가 흙을 뚫고 솟아오른 것이다. 동서남북에서 백여 개는 될 똑같은 왕잔의 머리가 솟았다. 대경실색한 장흥각이 머리를 도로 상자에 넣자 다른 머리들도 다시 땅으로 들어갔다. 그는 거친 숨을 몰아쉬다가 다시 한 번 두목의 머리를 천천히 꺼냈다. 똑같은 머리 백여 개가 천천히 흙을 뚫고 솟아올랐다.

"으악!"

두목의 머리를 놓치자 또 다시 머리들은 사라졌다. 왕잔이 악을 썼다.

"꺼냈다 놨다, 꺼냈다 놨다, 대체 뭘 하는 거야, 이 죽일 놈아!

땅속에서도 백여 개의 같은 목소리가 울려퍼졌다.

"이건 현실이 아니야!"

"현실이야, 바보 같은 놈아! 다시 꺼내 봐. 그럼 알 테니까."

장흥각은 몸을 떨며 상자를 내려다보기만 했다. 죽은 왕잔은 피눈을 부릅뜨고 장흥각을 향한 시선을 바꾸지 않았다. 깜빡이지도 않는 눈과 마주하니 무서움이 차올랐다. 장흥각이 떨리는 손으로 뚜껑을 잡았다.

"다시 닫으려고? 그거 닫는 즉시 넌 죽어!"

"내 알 바 아니오. 벼슬이고 닭벼슬이고 다 필요없어. 난 갈 거요."

뚜껑을 도로 닫는 순간 장흥각은 상자 안에서 머리가 굴러 이리 부딪치고 저리 부딪치는 쾅쾅 소리를 들었다. 그는 뚜껑을 세게 눌렀지만 안에서 솟구치는 힘에 저절로 틈이 벌어졌다. 하하하 웃음소리와 함께 소금에 젖은 머리칼이 상자 바깥으로 나오려 했다. 장흥각은 열리려는 뚜껑을 무릎으로 누르고 끈으로 동여맸다.

그때 주변의 땅속에서 백여 개의 머리가 한꺼번에 나오더니 허공으로 솟구쳐 부유했다. 모두 왕잔의 머리였다. 날아다니는 머리들이 몰려들어 장흥각을 뒤덮어 버렸다. 혼이 빠진 장흥각은 비명도 못 지르고 그대로 죽어 두 번 다시 일어나지 못했다.

三

평양의 짚신장수 한규는 산에서 길을 잃었는데 날이 어두워져 큰 걱정을 하고 있었다. 그는 어디가 어딘지도 모른 채 길을 헤맸다. 다행히 달이 밝아 주위는 잘 보였다. 그는 사람의 목소리가 들리길래 반가운 마음에 그쪽으로 움직였다.

그러나 허리에 갈을 찬 사람이 나무 상자에 대고 혼잣말을 하는 걸 보고는 와락 겁이 나 말을 걸 수 없었다. 그는 미친 사람이었다. 상자는 아무런 대꾸도 하지 않는데, 혼잣말을 늘어놓았다.

"빨리 나를 꺼내. 시원한 공기가 그립단 말이다."

"생시가 아니야…… 이건 꿈이야……."

"자꾸 그따위 소리나 하면 사람 많은 데서 소릴 지를 거야! '사람 살려요! 내 머리가 상자 안에 갇혀 있소! 도적떼 부두목 장흥각을 잡아가요!' 하고 말이다. 자, 어서 나를 꺼내!"

"꺼냈다 낳다, 꺼냈다 낳다, 대체 뭘 하는 거야, 이 죽일 놈아!

그 사람 역시도 은빛 가루를 뒤집어썼는데, 한규는 폐병이 있어 천으로 입을 막고 있었다. 한규는 도와줄 사람이 없는지 주변을 둘러보았지만 아무도 없었다. 단지 야생 호박들이 밤 깊은 산 곳곳에 널려 있을 뿐이었다. 누런 호박은 사람 머리를 연상시켰다. 칼 가진 남자는 그 호박을 보고도 겁에 질린 듯한 모습을 보이다가 갑자기 쓰러져 움직이지 않았다.

한규는 그가 야산의 귀신에 홀려 죽었음을 직감했고 봇짐을 훔치고자 나무 뒤에서 나왔다. 그러나 그는 다시 나무 뒤로 숨었는데 그 이유는 어둠을 헤치고 짐승들이 나타났기 때문이다. 짐승들의 모습을 본 한규는 잔뜩 겁에 질렸다. 짐승들은 사람처럼 움직이는 개였다. 이상한 지팡이를 쥔 커다란 개들이 두 발로 걸으며 저희끼리 의사소통을 나누었다. 그들은 죽은 남자에게 걸어가 조심스럽게 건드리더니 합심하여 운반을 했다. 운반 작업에는 입이 아닌 손이 사용되었고 협력 작업은 단결이 잘되어 있었다.

한규는 무서움에 떨면서도 달빛에 드러난 그들을 자세히 관찰했다. 그들은 입이 가로로 열리고 닫혔고 눈이 여섯 개인 물괴들이었다. 제정신을 잃은 한규는 방심하다가 넘어져 소리를 내고 말았다. 이내 지옥의 개떼들에게 사로잡혀 찢겨 죽는 결과를 예감했다. 그러나 그의 예상은 빗나갔다. 소리를 낸 순간 물괴 개떼들은 쏜살같이 사라져 두 번 다시 나타나지 않았던 것이다.

그들이 나타나지 않자 한규는 정신을 차려 기어갔다. 죽은 자의 얼굴이 현상금 걸린 도적 같아 놀랐는데 열린 상자 안을 보고는 또 한 번 놀랐다. 소금에 절인 머리가 있었고 이마에 석 삼 자모양의 흉터가 있었던 것이다. 최근 평양을 횡행하던 도적 왕잔의 머리에 비슷한 흉터가 있다는 소문은 그도 들은 적이 있었고, 그의 머리를 바치면 큰 상을 준다는 방도 본 적이 있었다.

그는 죽은 장흥각은 버려둔 채 상자와 칼을 주워 관아에 바쳤다. 약속대로 큰 상을 받은 한규와 가족들은 굶주림에서 해방될 수 있었다.

그러나 한규는 여섯 개의 눈을 가진 개가 자신을 빤히 쳐다보는 꿈에 날마다 시달린 나머지 3년을 넘기지 못하고 죽어 인생무상의 진리를 몸소 전해주었다.

結

자라 보고 놀란 가슴 솥뚜껑만 봐도 놀란다는 속담이 있다. 적이 쳐들어온다는 소문만 듣고도 배를 침몰시키거나 식량창고에 불을 지르고 도망치는 장수가 그렇다. 그러나 잠을 자다가도 코앞에 온 적을 맞이해 분연히 깨어나 싸우는 병졸도 있다. 전자는 망국의 파발꾼이요, 후자는 애국의 기수이다.

후자의 경우 기백은 칭찬받아 마땅하나 환각을 일으키는 적

앞에서는 신중을 기해야 할 것이다. 아까운 목숨을 무모하게 내던짐과 전략적으로 치고빠짐은 또 다르다. 이치를 알면 쉽게 물리칠 수 있는 적을 이치를 모른 채 낭떠러지까지 밀어붙이다가 함께 추락하는 우를 범해서는 아니 된다.

육목거견자는 생김새와 달리 겁이 많은 원린자다. 거문성의 주인은 이흑제천환형룡이요, 양인들은 날벌레형 원린자이며, 육목거견자는 최하층의 노비들이다. 육목거견자의 임무는 정복 전쟁의 주력인 날벌레형 원린자에게 식량을 제공하는 것이다. 육식을 취하는 습성상 우리네 인간도 그 식량에 해당되는데, 겁이 많아 백병전을 회피하는 육목거견자들의 침략 전술은 앞서 말했듯 환각 꽃가루를 이용한 두려움의 전염이다. 이 꽃가루를 들이마신 이는 개인적인 경험이 연관된 미친 광경을 보게 되고, 무서움에 시달린 나머지 스스로를 죽거나 주변 사람을 죽이게 되는 것이다.

원린자의 전투기술은 전대미문의 발달임이 분명하나, 인간들이 이를 세세히 풀이하고 지혜를 모은다면 충분히 깨부술 수 있다. 육목거견자가 조선 땅에 나타나면, 혹은 그들이 재배하는 은빛 꽃가루가 날아다니면, 꽃가루가 들어오지 않도록 숨을 쉬는 입부터 막아야 한다. 천을 이용해도 좋고 종이를 이용해도 좋다. 꽃가루가 들어오지만 않으면 환각효과를 당할 일이 없다. 아울러 꽃가루가 남김없이 제거될 때까지 사람들과 붙어 있지 말 것이며 반드시 거리를 둬야 한다. 가까이 있으면 의복에 묻은 꽃가루가 실수로 다른 이의 입에 들어가 기껏 지켜왔던 방역을 헛수고로 만들기 십상이다. 조금만 흡입해도 다수가 쉽게 전파되는 사악한 기운은 우습게 여길 일이 아니다. 하지만 수칙만 잘 지킨다면 안전하다. 입을 잘 막고 사람 사이의 간격을 충분히 띄운다면 환각의 전염성을 막을 수 있고, 그 사이 눈 똑바로 뜬 지혜를 모아 겁쟁이 원린자의 실체를 규명하기도 쉬울 것이다. 지피지기면 백전백승이라 함은 바로 이를 두고 하는 말이다. 실제 있지도 않은 무기로 공포만 조장하는 적들인데 말해 무엇하랴.

~~~~

책을 함께 읽은 김서림이 새파랗게 질렸다.

"나리! 우리도 그 꽃가루를 흡입한 게 아닐까요?"

"어허, 이 사람. 백성들을 만났잖아. 이제 더 이상 환각 사건이 없다고."

"무지한 그들 말을 어찌 믿겠습니까?"

"잘 생각해봐. 우리가 여기 도착했을 때 군데군데 불에 탄 흔적이 있었잖아?"

"그렇지요."

"불이 번지지 않게 신경 쓴 흔적도 봤지?"

탐관오리이긴 하지만 머리는 명민한 윤여솔이었다.

"마을 촌장도 그랬어. 누군가 야밤에 불을 냈다고 말일세."

"환각초를 태운 걸까요?"

"그 '누군가'는 방역 지침도 알려 줬지. 당분간 밖에 나오지 말라 그랬다잖아."

"수건으로 입을 막고 사람 사이 간격도 두라고 그랬다지요."

"누구일까?"

"혜민서(惠民署) 소속 의원은 아닐까요?"

"의원이라……."

그들은 마을 사람들을 조사했으나 답을 얻을 수 없었다. 누가 이계의 환각초를 태웠는지 아무도 몰랐기 때문이다. 손 안 대고 해결하긴 했지만 사건은 미궁에 빠졌다.

24

김서립의 추리는 틀리지 않았다. 섭주의 사건을 해결한 사람은 혜민서의 의원은 아니었지만 의원은 의원이었다. 눈이 파인 장소규의 시신을 묻어주고 거문성의 환각초를 태운 사람은 독초에 찔린 장소규에게 약을 지어 준 정유현이었다.

지금 그는 컴컴한 공간에 팔을 걸어붙인 채 서 있었다. 사방은 나무 벽으로 막혔고 벽에 걸린 두 개의 횃불이 조명을 대신했다. 한 올 흰 터럭도 없는 새까만 눈썹과 수염이 '남들이 안 믿어도 한 길을 걷는 사람'의 확고한 의지를 드러냈다. 그의 앞에는 두 발로 걷는 개 한 마리가 팔다리가 묶인 채 오들오들 떨고 있었다. 정유현이 탁상 위에 놓여있던 봇짐을 풀자 그 안에서 기다란 침과 날카로운 칼 등이 나왔다. 고문도구를 본 여섯 개의 눈알이 공포로 휘둥그레졌다.

"가장 먼저 죽은 금인종이 환각으로 호송단 앞에 나타난 건가?"

"그렇소." 육목거견자가 기어들어가는 음성으로 말했다.

"그는 어떤 환각으로 죽였나?"

"금인종은 《귀경잡록》에 푹 빠진 사람이오. 그 책에 묘사된 기형의 이계체(異界體)들이 그를 둘러싸 지옥의 고통을 주는 환각을 겪었을 거요."

"너희들은 비겁한 놈들이다. 앞에서 덤비지 못하고 뒤에서 헛것으로 사람들을 위험에 빠뜨렸어."

"금단의 호기심으로 우릴 불러낸 자는 바로 그 사또요."

"흥, 사민정책을 허락해 주면 작물재배법을 가르쳐 준다고 속인 건 네놈들이 아니었나?"

정유현이 긴 쇠바늘과 단도를 만지작거렸다. 여섯 눈알이 불안하게 굴렀다.

"우, 우린 무력침공을 하진 않았잖소?"

"네놈들처럼 가상(假想)을 활용한 침략은 먼 미래의 천하 사람들에게 크나큰 화근이 될 거야."

정유현이 칼을 가죽에다 갈기 시작했다. 귀가 떨어져나간 개가 벌벌 떨었다.

"자, 네놈의 여섯 눈깔 동패들이 어디로 도망쳤는지 말해라."

"말했잖소! 거문성으로 돌아갔다고!"

"정말이냐?"

"정말이오!"

"그렇다면 이젠 널 살려둘 이유가 없는데?"

정유현이 술을 한 모금 들이키고는 칼을 요리조리 둘러보았다. 육목거견자가 어떻게든 시간을 끌려고 소리쳤다.

"궁금한 게 있소! 장소규는 가루를 흡입하고도 우리들의 원래 모습을 보았소. 당신은 그 이유를 알고 있소?"

"왜 내가 안다고 생각하느냐?"

"당신은 의원이 아니오? 게다가 난 당신이 누군지도 알아. 당신은 원린자를 미워하는 인간들 중 하나야. 정유현 당신 말고 홍갑대장군 진유조도 있지."

"나는 온몸이 사람이지만 진유조는 절반만 사람이야."

칼이 황갈색 털을 쓸어내렸다. 개가 깨갱거리며 다급히 외쳤다.

"금와교주는 복면으로 입을 막고 그 위에 탈까지 덮어써서 가루를 마시지 않았소. 그래서 환각을 보지 않은 거요. 하지만 장소규는 은빛 가루를 고스란히 마시고도 환각을 보지 않았단 말이오."

"장소규가 환각을 겪지 않은 건 내가 처방해 준 약 덕분이야."

"무슨 소리요? 약이라니?"

"해남 호송이 있기 전에 그자는 독초에 찔려 나를 찾아왔다. 약을 주지 않으면 내 뒷조사를 하겠다고 협박하더군. 그래서 부자(附子) 독에 효과가 있는 약을 처방해 줬는데 그게 너희들의 환각가루에도 효험이 있단 건 나도 이번에 처음 알았어. 그 약 또한 다른 원린자의 풀로 만든 것이다. 나는 그걸 몰래 재배하고 있었지."

"당신도 두 약초의 상호작용을 우연으로 알게 된 거로군! 대체 그 풀 이름은 뭐요?"

"내가 네놈 속을 모를 줄 알고? 그 약초를 알아내서 네놈 동료들에게 알리려는 속셈이잖아?"

"당신이 날 죽일 텐데 내가 어떻게 알리겠소?"

"어느 별에서 자라는 풀인지는 말해 주지 않겠다. 대신 이름은 가르쳐 주지. 너희의 독초를 무력화시킬 수 있는 약재를 내가 최초로 만들었으니 이름도 내가 직접 지었다. 그건 하얗지만 매운 성분이 있는 풀이야. 그래서 나는 그 풀로 만든 약재를 백신(白辛)이라 부르기로 했다."

육목거견자가 힘없이 속삭였다.

"그 백신이 재배되어 보급되는 이상 당신네 천하는 정복하기가 어렵겠군."

"아직은 그렇지 않아."

"무슨 소리요?"

"장소규도 마지막 순간에는 환각을 보게 되어 눈알까지 파냈다고 네 입으로 얘기했잖아. 그건 백신의 효력이 평생 지속되는 게 아니란 뜻이야. 이 약초는 더 많은 연구를 기울여야 해."

"그렇다면 우리의 목적은 그 백신이 연구되는 걸 어떻게든 막는 데 있겠군."

"네게 그럴 기회가 있을까? 넌 너무 많은 걸 알고 있는데."

정유현이 칼을 치켜들었다. 가로로 열리고 닫히는 입이 비명을 질렀다.

"나는 개를 좋아하는 사람이야. 하지만 우리 땅을 침공하는 것들한테는 손에 정을 두지 않는다."

"살려줘요. 전 도움이 될 수 있어요."

"각오하거라. 환각이 아닌 실제의 고통이니까."

"도움이 될 수 있다니까요!"

여섯 개의 눈이 일제히 돌출하고 몸은 '개 떨듯이' 떨었다. 사람의 비명이 아닌 이계 존재의 비명이 어둠의 공간을 채워 나갔다. 정유현은 조선에 은밀히 침투한 또 다른 원린자를 잡기 위해 충청도로 갈까 경기도로 갈까 잠시 고민했다. 녹색 피가 튀어 오른 그의 얼굴이 씨익 미소 지었다.

검은
소

1

정확한 시대를 알 수 없는 조선 후기, 대부분의 사람은 이름
도 들어본 적 없는 경상북도 간촌(幹村)은 까마득한 오지의 첩
첩산중에 위치한 산간마을이었다. 산봉우리를 세 개나 넘어야
하는 불편한 교통 탓에 외부인의 왕래가 쉽지 않았고, 원시적
기운이 가득한 초목림 안에서는 방위에 정통한 사람도 길을 잃
고 말았다. 관아의 호구 조사는 제대로 이루어지지 못했고 행정
구역의 관할 구분도 신통치 않았다. 간촌 주변에는 서식환경에
맞추어 퇴화된 산짐승들이 살았고 팔도의 여느 산에서 볼 수 없
는 식물이 자랐다. 문명의 혜택을 받지 못한 마을 사람들의 집
단생활은 폐쇄적이었다.

18명이 전부인 간촌 마을 사람들은 산에서 얻은 희귀약초와
산짐승 털로 생계를 꾸려나갔는데, 그들이 저잣거리 구경을 할
기회는 물물교환을 위해 산 아래 섭주 현으로 마실을 나갈 때
뿐이었다. 그러나 그 마실이라는 것이 이른 새벽에 나가 쌀이나

생필품을 바꾸자마자 곧장 돌아오기 시작해 캄캄한 밤중에야 집에 도착하는 산악등반인지라 견문을 넓힐 수 있는 것도 아니고 대처의 마을과 연대를 꾀하지도 못했다.

섭주 사람들은 긴 머리칼에 수북한 털이 솟아 있고, 특이한 억양에, 근골은 동물처럼 거친 간촌 사람들을 오랑캐 보듯 대했다. 간촌 사람들도 외부인과의 교류를 중히 여기지 않아 그들을 이끄는 촌장의 지도하의 고립생활을 당연하게 받아들였다. 일부러 그런 건 아니겠지만, 그들은 그렇게 외부와 단절한 채로 살았다.

❧

어느 날 간촌 마을에 나그네 하나가 나타났다. 통영갓에 풍기인견 두루마기의 신수 훤한 나그네는 몰이꾼도 없이 직접 가축을 한 마리 이끌고 왔다. 문제의 가축은 집채만 한 몸집을 가진 소로, 비정상적 각도로 구부러진 뿔을 빼놓고는 몸 색깔이 검었다. 예고 없이 나타난 손님을 구경하러 마을 사람 모두가 몰려나왔다.

나그네가 이 마을 지도자가 누구냐고 묻자 촌장이 앞으로 나섰다. 나그네는 경상 관찰사의 명을 받아 이 마을에 온 아전 최명봉이라고 자신을 소개한 뒤 관인(官印)이 찍힌 공문서를 펼쳐 보였다. 사람들은 간촌에서 유일하게 글을 읽을 줄 아는 이가 촌장임을 알고 있는지라 조용히 반응을 기다렸다. 한참이 지나도 촌장은 아무런 말이 없었는데 수상하다는 눈길만을 가끔 검은 소에게 던졌을 뿐이다. 최명봉은 공문서를 원래대로 접어 촌장의 손에 쥐여 주고는 곧장 떠날 채비를 갖췄다.

"특별히 두메산골만을 골라 소를 한 마리씩 보낸 건 사실 관찰사 어른의 배려가 아닐세. 가장 높은 자리에 계시는 주상전하의 은혜임을 유념해 두게."

"임금님께서 이런 곳에 소를 다 보내셨단 말씀입니까?" 촌장이 입을 열었다.

"그렇다네."

"하지만 여기는 논도 없고 밭도 없는데요?"

"나무를 잘라내고 개간을 해야지."

"물을 대기도 시원찮습니다."

"올라오다 보니까 개울물이 흐르는 곳이 있던데?"

"까마득한 거립니다요. 물줄기도 가늘고 나를 사람도 부족한데 어떻게 많은 물을 이곳까지 대겠습니까?"

최명봉의 눈에 딱딱한 기운이 서렸다.

"어허! 전하께오서 전국팔도 가운데 어루만지기 어려운 첩첩산골만을 골라서 일부러 가축을 하사하는 은덕을 베푸셨거늘, 망극히 여기지는 못할망정 무슨 쓸데없는 소리냐? 너희들이 왜 여기에 개미떼처럼 모여 사는지 전하께서 모르시는 줄 아느냐? 딴소리하지 말고 전하의 뜻을 좇아 거친 산을 개발하고 육성을 해, 육성을! 전하께서 장려하시는 사업이 금화(今化, 현대화)의 결실을 맺으면 두메산골도 자연스럽게 대처와 연결이 되어 너희들의 생활도 풍족해질 텐데, 어디서 잡고기가 잉어의 뜻을 알지 못하고 불손한 소리만 해대느냐?"

촌장은 화가 치솟는 걸 참았다. 그는 17명의 마을 사람을 책임져야 하는 입장이었다. 참지 못하면 모두가 피해를 입는다. 최명봉은 임금이 하사한 짐승이라서 그러는지 소에게 인사하듯 고개를 숙였는데 이 모습은 무척이나 기이하다는 인상을 주었다. 다시 거만한 태도로 돌아온 최명봉은 촌장이 손에 쥔 문서를 손가락으로 가리켰다.

"내가 안 보인다고 일을 게을리할지 모르니 며칠 후 그 문서를 돌려받으러 다시 이곳을 들를 걸세. 알겠나, 촌장? 그때까지는 지엄하신 분의 뜻을 좇아 이 마을에도 변화가 있어야 하네. 확인을 할 거라구."

마을 사람들은 그들이 받들어 모시는 촌장을 거리낌 없이 대하는 아전 앞에서 감히 입을 떼지 못했다. 산을 내려가던 최명봉이 고개를 돌렸다.

"소를 잘 모시도록 하게. 내가 높으신 분들께 어떻게 아뢰느냐에 따라 이런 마을 하나 없애는 건 일도 아니니까."

촌장은 평온한 일상에 예고 없이 끼어든 변화가 못마땅했다. 변화라는 건 늘 경계의 대상이었기 때문이다. 그는 의혹이 넘치는 눈으로 소를 바라보았다. 먹물을 뒤집어쓴 듯 머리부터 발끝까지 검은 소는 먼 산을 바라보며 눈만 껌뻑거렸다. 재수 없다는 느낌을 받은 건 모두가 마찬가지일까. 마을 사람들의 표정도 좋아 보이지 않았다. 오직 노망이 들어 제정신이 아닌 덕구 노인만이 소 앞에서 껄껄 웃을 따름이었다.

❦

촌장은 검은 소의 관리를 이 서방에게 맡겼다. 이 서방은 마을의 궂은일을 도맡아 하고 가끔 촌장의 지시로 산 아래 심부름을 다녀오기도 하는 심복이었다. 촌장은 다른 사람들보다 영리한 이 서방이 논밭을 만들 수 없는 울창한 산골짝에서 어떻게든 가축을 활용할 수 있을 거라고 생각했다. 어찌 됐든 주상전하의 명이니까. 제아무리 깊은 골짝에 숨어산들 권력에 불복하면 무서운 보복을 당하리라는 것쯤은 잘 알고 있는 촌장이었다.

이 서방은 소를 길들이기 위해 우선 마을의 수호석인 흔들바위를 촌장님 댁 옆으로 옮기겠다고 했다. 흔들바위는 얼기설기 붙은 그들의 촌락 입구에 원래부터 놓여 있던 거대한 자연석이었다. 마을의 안녕을 기원하는 신석(神石)치고는 위치가 좋지 않다고 사람들이 누우이 얘기해왔다. 촌장님 댁으로 돌을 옮기겠다는 의견에 덕구 노인을 빼고 반대하는 이는 없었다.

촌장은 집에서 최명봉이 주고 간 공문서를 펼쳐놓고 언제 주춧돌이 운반되어오나 기다렸지만 아무리 시간이 흘러도 이 서방은 나타나지 않았다. 공문서를 접은 그는 집을 나와 흔들바위가 있는 곳을 찾았다.

회색의 거대바위와 검은 소는 멀리서도 잘 보였다. 푸른 하늘에 반항하는 어두운 색채의 배합이 불길한 기미를 암시했다. 흔들바위에 열 십(十) 자 형태로 묶은 밧줄이 소의 등허리와 연결되어 있었다. 소는 앉아 있었고 이 서방은 소를 일으켜 세우려 힘을 쓰는 중이었다. 이 서방의 여섯 살 난 아들 석이가 옆에서 구경하고 있었는데 어린 것의 손에는 채찍이 쥐여져 있었다.

"어째 말을 듣지 않는가?"

"예, 촌장님. 논 매고 밭 갈다 온 소가 아닌가 봅니다요."

"말 안 듣는 짐승은 길을 들여야지."

"임금이 하사하신 소라는데 괜찮을까요?"

"말 못하는 소가 일러바치기야 하겠나? 적당히, 흔적만 남기지 말게."

폭력과 야만이란 점에서 마을 사람들에겐 일심동체의 면모가 있었다. 어린 석이 역시 촌장의 암시를 대번에 알아듣고는 채찍을 내밀었다. 이 서방은 흐뭇한 표정으로 아들의 머리를 한 번

쓰다듬어 준 뒤 건네받은 채찍으로 소의 등짝을 후려쳤다. 원래부터 힘이 센 이 서방이라 채찍질은 매서웠다. 몹시 놀란 듯 소가 눈을 커다랗게 뜨면서 일어났다.

놀라운 일이 벌어졌다. 소가 걸음을 옮겼는데 태산 같은 바위가 마치 솜뭉치처럼 끌려간 것이다. 촌장과 이 서방이 동시에 탄성을 내질렀다. 그러나 소는 두 발 이상을 나아가지 않았다. 마치 자신의 실력을 간단히 확인만 시켜주고 진면목까진 공개하지 않은 천하장사처럼. '나 이런 존재니 건드리지 말라'는 경고를 사람이 아닌 네발짐승에게서 본 기분은 촌장과 이 서방의 착각이었을까.

이 서방은 더욱 힘을 가해 채찍질을 했다. 초장부터 버르장머리를 고쳐 놓겠다는 듯 채찍질은 여러 대나 이어졌다. 소의 등에서 날카로운 파열음이 멈추지 않았다. 그때 소가 이 서방을 홱 돌아보았다. 육중한 짐승의 흐느적거리는 움직임이 아닌, 마치 사람이 등을 떠민 자를 돌아보는 듯한 단호한 고갯짓이었다. 이 서방은 간담이 서늘해졌다. 틀림없이 소가 자신과 어린 아들을 번갈아 노려본 것이다.

그러나 그건 너무나도 짧은 순간이었다. 이 서방이 촌장을 바라보기도 전에 소는 이미 고개를 틀어 앞으로 나아가고 있었다. 장정 몇 사람이 달라붙어도 움직이지 않을 바위가 공을 굴리듯 쉽게 끌려갔다. 마을을 수호하는 바위는 순식간에 촌장의 집 마당 한 켠에 놓였고, 모두가 나와서 이 기이한 기념행사를 구경했다.

그때 덕구 노인이 달려와 우리 아들이 사준 돌을 왜 너희 마음대로 옮기느냐고 악을 썼다. 노인에겐 아들도 가족도 없었다. 노망이 노인의 머리에 환상을 불러온 것이다. 좋다는 약초를 아무리 캐다 먹여도 노인의 정신줄은 더 나빠지기만 했다. 최근 들어서 마을 사람들을 아예 알아보지 못하거나 길을 나서면 집에 돌아오지 못하는 일이 잦아졌다. 그 옛날 촌장과 함께 간촌 마을을 일구며 흔들바위를 수호석으로 삼은 그는 이제 어린아이처럼 변해 버렸다.

흔들바위 하나에 욕심이 꽂힌 노인은 지게 작대기를 들어 왜 내 돌을 옮겼냐며 소의 등을 후려쳤다. 작대기가 부러졌다. 소가 아니라 개나 돼지였다면 뼈가 부러져 죽었을 터였다.

"최명봉이란 놈이 확인하러 온댔소! 소를 때리지 마시오!"

촌장이 이러다간 큰일 나겠다 싶어 젊은 사람들에게 눈짓했다. 남자들이 덕구 노인을 번쩍 들어 집으로 데려갔다. 검은 소는 심한 매질에 아무런 동요도 없이 앞만 바라보고 있었다. 그러나 붉은 기운이 도는 커다란 눈은 지옥의 불길에 활활 타오르는 것만 같았다.

소를 길들이는 긴 싸움 끝에 하루가 저물었다. 애초 소를 받지 않으려던 촌장과 달리, 이 서방은 살림살이에 보탬이 될 힘

좋은 짐승을 얻었다고 기뻐했다. 산속에 밭을 개간하는 일도 전혀 허황된 일은 아닐 것 같았다. 나무에 줄을 매달아 소의 기이한 힘을 빌려 몇 그루 뽑아낸 후 땅을 일구면 가능성이 없지도 않았다. 위험요소로 가득한 산을 뒤져가며 캐던 약초를 인위적으로 재배할 수만 있다면 일도 수월해지고 벌이도 좋아지리라는 생각이 들었다.

독한 소나무 술을 두 사발이나 들이켜고 기분 좋게 누운 이 서방은, 그러나 고개 돌려 자신을 노려보던 검은 소의 악몽에 짚단 이부자리를 식은땀으로 버렸다.

ᨦᨦᨦ

아침이 되었다. 촌장 역시 좋지 않은 꿈을 꾸어 간밤에 잠을 설쳤다. 꿈속에서 관찰사가 파견한 아전 최명봉이 다시 나타났다. 그의 손에는 관인이 찍힌 공문서가 들려 있었다. 최명봉이 공문서를 바짝 들이대자 촌장은 고개를 외면했다. 오른쪽으로 외면하면 종이가 오른쪽으로 따라왔고 왼쪽으로 외면하면 왼쪽으로 따라왔다. 최명봉이 웃자 공문서가 반으로 찢어지면서 소대가리가 나타났다. 검은 소는 불처럼 타오르는 노란 눈으로 그를 노려보았는데 입이 비웃음의 히죽거림을 그렸다. 소가 아닌 사람의 표정이었다. 촌장은 잠에서 깨어났고 한바탕 악몽에 불과했음을 알아차리고는 안도의 한숨을 내쉬었다.

"촌장 어른 일어나셨습니까요?"

바깥에서 목소리가 들려왔다. 문을 열어 보니 사람들 몇몇이 서 있다.

"식전부터 무슨 일이냐?"

"덕구 어르신이 보이지 않습니다요."

"무슨 말이냐?"

"줄을 끊고 나가셨나 봅니다요."

"힘없는 노인네가 단단한 매듭을 어떻게 풀어?"

"푼 게 아니고 끊은 것 같습니다요."

"알았다. 내 나가보리."

촌장은 지체 없이 사람들을 거느리고 덕구 노인의 집으로 향했다.

몇 달 전에도 자고 일어나니 덕구 노인이 사라져 온 마을 사람들이 산을 뒤졌던 일이 있다. 당시 아침부터 시작한 수색은 저녁까지 이어졌고, 밤이 이슥해서야 가시나무 덤불에서 엉망진창이 된 몰골의 노인을 발견할 수 있었다. 노인은 자신이 왜 거기 있는지, 집이 어딘지도 알지 못했다. 촌장을 보고는 "댁은 어디서 많이 본 사람 같은데 누구요" 하고 물었다.

깜빡깜빡 하며 제정신일 때의 간격이 짧아지자 사람들이 노인을 지키기로 나섰다. 노망난 노인네가 밤중에 집을 나가지 못하도록 허리춤에 튼튼한 줄을 묶어 재우고, 번을 세워 노인의 집안을 둘러보기로 한 것이다.

덕구 노인의 오두막에 당도한 촌장은 마루에 정을 박아 노인의 허리와 연결한 탄탄한 밧줄이 끊어져 있음을 발견했다. 촌장의 지시로 즉시 모든 사람이 소집되었다. 그날 약초 캐는 일은 없었다. 삼삼오오 산을 뒤져 노인부터 찾아야만 했다. 젊은 사람들이 노골적으로 싫은 기색을 내비치며 한숨을 쉬었다.

바로 그때, 여자들의 비명이 들려왔다. 끔찍한 모습이 된 덕구 노인이 제 발로 나타난 것이다. 노인은 아무것도 입지 않은 알몸이었는데 긁힌 자국과 피멍이 무수했다. 정신을 잃고 방황한 흔적이 틀림없었다.

"형님, 어딜 갔다 오셨소?" 촌장이 물었다.

"나를 부르길래 따라갔다 왔지."

"누가 불러요?"

"소가."

"소가?"

"응. 검은 소가 간밤에 나를 찾아왔어. 자고 있는데 마당에 와서 나를 깨우더라고. 안개가 자욱해서 헛것을 봤나 싶었는데 그 소가 맞았어."

"그래서 어떻게 하셨소?"

촌장이 노인의 정신상태를 염려하며 묻자 노인은 눈을 빛내며 진지하게 답했다.

"내가 소한테 그랬지. 그 흔들바위는 내 것인데 왜 오늘 낮에 촌장 집으로 날랐냐고. 그러자 소가 대답했어. 어째서 흔들바위가 영감 것이냐고. 너는 말을 할 줄 아느냐고 내가 묻자 그놈은 혀도 쓰고 이빨도 쓸 줄 안다면서 내 허리를 묶은 줄을 끊어줬어. 그리고 따라오라고 했어."

"소가 말을 했고 줄까지 끊어줘서 따라갔다 그 말이오?"

"그래."

"소가 말을?"

"그렇다니까!"

"어디로 형님을 데려갔소?"

"뒷산 언덕이 있는 곳으로 데려갔지! 그런데 한참을 잘 따라가다가 중간에 그놈을 놓쳤는데……."

"입었던 옷은 어쨌소?"

"내 말 끊지 말고 다 들어봐! 언덕을 잘 오르다가 그놈이 안 보이길래 어디로 갔나 둘러보는데, 갑자기 비가 쏟아지지 뭐야? 비 때문에 얼굴부터 발끝까지 몽땅 젖었어. 옷도 거기서 버린 거야."

"어젠 비가 안 왔소! 제발 정신 좀 차리시오!"

사람들은 날이 갈수록 흐릿하던 노인의 정신줄이 이제 회복하지 못할 지경까지 왔다는 생각에 혀를 찼다. 그러나 척척 답변하는 노인의 태도는 확신에 차 있었다.

"비가 아니야. 오줌이었어! 고개를 드니까 소가 언덕 위에서 내 얼굴로 오줌을 누고 있었어! 두 발로 서서는 사람처럼 두 손까지 아래로 모아 내 얼굴을 겨냥해 오줌을 갈겼단 말이야! 그 때문에 나는 옷을 다 버렸는데 그놈은 그게 즐거운지 고개를 젖히고 웃었어!"

사람들 사이에 무거운 침묵이 떠다녔다. 비록 정신줄 놓은 이의 상상력이라고는 하지만 그 광경을 떠올리자마자 하나같이 공포가 그들을 내리눌렀기 때문이다.

간촌 마을은 등불조차 귀한 곳이었다. 어둠은 언제나 그들과 함께 하는 삶의 터전이면서도 영원히 거부하지 못할 원초적인 공포였다. 그리고 어둠의 색깔은 바로 그 소처럼 검었다. 모두가 잠든 밤에, 검은 소는 칠흑 같은 어둠에 몸을 섞은 후 노인을 불러내 귀신같은 장난으로 희롱했다……. 이것이 정신 나간 노인이 주장하는 바였다.

촌장은 노인을 안방에 누이고 이불을 덮어 재운 후 바깥으로 나와 남자들을 모았다.

"어르신께서 살날이 얼마 남지 않은 것 같구나."

"예. 저희가 생각해도……."

갑자기 방문이 벌컥 열렸다. 열에 들뜬 얼굴로 덕구 노인은 무섭게 고함쳤다.

"거짓말이 아니야! 네놈들도 당해 봐! 그놈이 내 얼굴에 오줌을 갈겼다구!"

촌장은 무거운 걸음을 끌고 집에 돌아갔다. 남은 사람들은 덕구 노인의 모습에 또 한 번 질려 늙은 몸에 밧줄을 칭칭 감고 나서 서둘러 흩어졌다. 촌장은 도중에 이 서방의 집에 들렀다. 이 서방과 아들 석이가 소에게 먹일 풀을 날랐고, 검은 소는 나무에 목줄이 매인 채 되새김질을 하고 있었다.

"어젯밤 소를 나무에 묶은 후로 한 번이라도 푼 적이 있었나?"

"없었습니다요."

"아침에 풀려 있지도 않았고?"

"그럴 리가 있겠습니까요?"

"내 생각도 그래."

촌장은 복잡한 머리를 안고 집으로 돌아갔다. 덕구 노인의 집에서는 온 종일 무서운 고함이 끊이질 않았다.

"응? 응? 그 돌은 내 건데 왜 빼앗아갔어, 응? 내 아들 돌인데…… 돌려줘…… 돌려달란 말이야……. 왜 소한테 그 일을 시켰어? 응? 내게 오줌까지 눴잖아……. 놈은 잔뜩 화가 나 있어……."

노인의 몸에 열이 펄펄 끓었다. 사람들이 약초 빻은 즙을 먹이려 했지만 노인은 입에 대려고도 하지 않았다. 착란 상태로 헛소리만 늘어놓던 그는 결국 이틀 만에 죽어 버렸다.

사회와 동떨어진 간촌 마을 장례에는 빈소도 상여도 없었다. 양지바른 곳에 매장하는 것으로 덕구 노인의 초상은 간단히 끝이 났다.

촌장에게 노인의 죽음은 작지 않은 충격이었다. 그 옛날 촌장이 간촌 마을을 처음 개척했을 때, 나이가 더 많음에도 지도자 자리를 양보한 사람이 바로 덕구 노인이었다. 당시에는 두 사람 다 중년의 나이로, 간촌이 삶의 전부였던 덕구 노인은 제정신을 잃기 전까지 마을을 다지는 데 큰 힘을 보탰다. 촌장은 생전의 소원대로 '그리운 세상이 내려다보이는' 낭떠러지 근처에 덕구 노인을 묻어 주었다.

장례를 끝낸 촌장이 이 서방을 불렀다.

"아무래도 흔들바위를 덕구 어른의 무덤 옆에다 갖다놔야겠다."

"이틀 전에 나른 바위를 또 옮기란 말씀입니까?"

"그래."

"무슨 이유라도 있습니까?"

"돌아가실 때까지 어른은 그 돌이 자기 것이라고 했다. 늦었지만 소원을 들어주는 것이 산 사람의 도리다."

"정신줄 놓은 분의 헛소리를 따를 필요가 있겠습니까? 영험한 바위는 촌장님 댁에 세워 놓는 게 당연지삽니다요."

촌장의 얼굴이 노여움을 띠었다.

"헛소리라니! 너희들과 이 산속에서 반평생을 함께한 어른이다! 네게 아버지와도 같은 분이란 말이다! 그 어른이 처음에 이마을을 어떻게 가꾸었는지 네깟 놈이 알기나 하느냐? 나는 그런돌이 필요 없으니 오늘 중으로 다시 어르신 무덤 옆으로 옮겨놓아라!"

"알겠습니다요."

촌장이 신경질적으로 반응하자 따를 수밖에 없었다. 이 서방의 표정이 구겨졌다. 비도 오지 않는 가뭄에 날은 몹시도 무더웠다. 나무 그늘에 쉬고 있던 검은 소가 다가오는 이 서방을 쳐다보았다. 이 서방은 투덜거리며 나무에 묶은 줄을 푼 뒤 소를끌었다. 소는 말을 듣지 않으려는 것처럼 몸을 일으키지 않았다. 이 서방이 화난 목소리로 아들 석이를 불렀다. 어머니와 함께 버섯을 캐러 갔다가 막 돌아온 석이가 (마치 그런 지시를 기다리기라도 한 것처럼) 달려가 뒤란에 놓아 둔 채찍을 가져왔다.

소의 등에 다시 채찍이 떨어졌다. 그간 숨기고 있던 폭력성이 발현된 듯 이 서방의 채찍질은 가차 없었다. 재수 없는 꿈을 꾸고, 소를 언급한 덕구 노인이 죽었고, 촌장의 행동마저 마음에 안 들어서인지 소에 대한 애착은 증오로 바뀌어 있었다. 코로더운 김을 내뿜으며 소가 일어섰다.

촌장의 집에 당도한 이 서방은 인사도 없이 소의 몸에 연결된

밧줄을 바위에다 칭칭 동여맸다. 불만과 불손이 가득한 모습이었으나 촌장은 아무런 말도 하지 않았다. 그는 무슨 이유에서인지 날카로운 시선을 검은 소에게만 두고 있었다. 문득 이 서방은 촌장이 소를 관찰하기 위해 이 일을 시킨 건 아닐까 하고 생각했다.

석이가 장난스런 함성을 지르며 소의 등에 올라탔다. 그러자 소가 광란을 일으키며 아이를 떨어뜨렸다. 아이가 놀라서 울자 깜짝 놀란 이 서방이 달려가 소의 등에다 채찍질을 퍼부었다. 아이를 위해서라기보다 소의 반응이 궁금해서였다. 왜 그런 마음이 드는지 자신도 알 수 없었다. 문득 촌장을 쳐다보니 그 역시도 비슷한 생각을 하는 것처럼 다친 아이와 상관없이 검은 소를 유심히 바라보고 있었다. 촌장과 이 서방이 소라는 공통분모에 접근한 것은 어떤 마음의 형태에서 비롯되었지만, 그것이 '불길함'임을 두 사람은 깨닫지 못하고 있었다.

소가 식식거리며 앞으로 나아갔다. 깊이 박힌 바위가 이번에도 공깃돌처럼 움직였다. 촌장이 눈으로 소의 움직임을 쫓았다. 이 서방은 어린 아들을 번쩍 들어 소의 등에다 태웠는데 그의 눈길은 소의 머리로 가 있었다. 예상대로 소가 고개를 돌리자 반사적으로 채찍을 들었다. 매질의 아픔을 기억했는지 소는 다시 앞으로 고개를 향하고 걸음을 옮겼다. 촌장은 멀어져가는 소의 모습을 잘 보기 위해 눈을 가늘게 떴다. 육중한 몸집에도 검은 소는 소가 아니라 마치 개나 고양이처럼 움직이는 것 같았다.

돌은 덕구 노인의 무덤가로 옮겨졌고 이 서방은 이번에도 술을 마셨다.

⁂

그날 밤 억수 같은 비가 쏟아졌다. 가뭄 끝의 단비였지만 마을 사람들의 꿈자리는 어지러웠다. 하나같이 검은 소와 관련된 여름밤의 악몽이었다. 퍼붓는 빗소리 속에 간혹 짐승의 울부짖음과 사람의 비명이 들려온 듯했지만 일어나 확인을 한 사람은 없었다.

아침이 되자 날씨는 개었다. 뜨거운 태양이 솟았고 비를 맞은 신록이 푸르름의 절정을 발했다. 이부자리에서 일어난 촌장은 이 서방네 집 쪽을 바라보았다. 불길함을 입증이나 하려는 것처럼 마을 사람 몇몇이 또 촌장을 찾아왔다. 몰려온 이들은 이 서방네 일가족이 보이지 않는다고 했다.

⁂

이 서방네 집에 마을 사람들이 모였다. 문가에서부터 피 냄새와 덩치 큰 짐승의 노린내가 풍겼다. 흙집 방안에 이부자리

는 그대로였지만 일가족 세 식구가 사라지고 없었다. 짚단 깔개
는 피로 얼룩져 있었다. 진흙이 묻은 짐승의 발자국도 여기저기
에 나 있었다. 누군가가 밤중에 짐승의 울부짖음을 들었다고 말
했다. 그러자 여기저기서 나도 들었다는 말들이 쏟아졌다. 그중
에는 사람의 비명을 들었다고 말하는 이도 있었다. 촌장이 문득
마당의 버드나무를 돌아보니 검은 소가 보이지 않았다. 그들은
집 바깥까지 나 있는 핏자국을 따라갔다. 하지만 간밤에 비가
많이 온 탓인지 추적은 이어지지 못했다. 눈을 감은 촌장은 사
라진 소와 방안의 핏자국을 서로 연관지어 생각해보았다.

"덕구 어른의 묘로 가보자."

눈을 뜬 촌장이 덕구 노인의 무덤이 있는 깎아지른 언덕 가를
지목했다.

모두가 촌장을 따라 언덕으로 움직였다. 비가 내리고 먼지가
사라진 신록은 투명했고 사물이 선명하게 보였다. 시커멓고 거
대한 짐승이 땅에 드러누워 있는 광경이 멀리서도 뚜렷했다.

"지, 짐승이 죽어 있습니다요!"

"에구머니나, 그 소 같은뎁쇼!"

사람들이 기겁하여 가까이 가기를 꺼렸지만 누군가가 검은
짐승이 숨을 쉬지 않는 것 같다고 말했다. 그러자 용기를 얻은
젊은 사람들이 하나둘 다가갔다. 그러나 그들을 뿌리치고 앞장
선 이는 촌장이었다.

"이건 소가 아니야……."

낭떠러지 앞에서 큰 대자로 뻗은 채 죽어 있는 검은 짐승은 소가 아니었다. 곰이었다. 곰의 가슴팍에는 낫이 뿌리째 박혀 있었고, 입안으로부터는 아이의 팔이 튀어나와 있었다. 사람들이 곰의 입을 벌리고 죽은 석이를 꺼냈다. 석이의 몸에는 이빨 자국이 있었으나 살점이 물어뜯긴 흔적은 없었다. 곰은 눈을 커다랗게 뜬 채로 죽었는데 아이를 집어삼킨 흉포함과는 어울리지 않는 표정이었다.

"이건 짐승이 겁먹었을 때의 모습 같은데……."

촌장이 말했다.

"저 아래에 이 서방 내외 같은데요."

누군가 말했다. 사람들이 몰려들어 쳐다보니 과연 낭떠러지 밑에 붉게 물든 시신 두 구가 있었다. 모두가 비탈길을 내려갔다. 이 서방 부부는 알아보기 힘들 정도로 신체가 훼손되어 죽어 있었다. 참혹함에 촌장이 눈살을 찌푸렸다.

"곰이 왜 여기서 죽었을까?"

"짐승이 이 서방네 아이를 물어가자 부부가 낫을 들고 여기까지 따라왔나 봅니다요."

"곰이 침입했다면 어째서 집안은 나뭇조각 하나 부서지지 않고 멀쩡한 거지?"

그는 곰을 살펴보았다. 이빨은 날카롭지 않았고 발톱도 발달하지 않았다. 가슴팍에 나 있는 허연 무늬가 호패(號牌)처럼 신원을 나타내고 있었다. 성격이 온순한 반달곰이었다. 그러나 낫을 맞고 죽을 정도로 나약한 짐승은 아니다.

그는 주위를 둘러보았다. 곰의 옆으로 잡초길이 패여 있었는데 곰 발자국은 보이지 않았고 난생처음 보는 이상한 삼각 발자국만이 가득했다. 말이 안 되는 소리 같지만, 곰이 삼각 발자국의 주인공에게 질질 끌려왔다고 보면 가능한 이야기였다. 문득 촌장은 내 머리 위에 오줌을 눴다는 덕구 노인의 이야기를 떠올렸다. 소가 세 사람을, 또 곰 한 마리를 죽인 후, 곰이 사람을 죽인 것처럼 위장한다⋯⋯. 아니야! 역시 말이 안 되는 이야기야. 그는 아파오는 머리를 붙잡았다.

"이 서방의 소는 어디 있나?" 촌장이 곁에 서 있던 천 서방에게 물었다.

"저⋯⋯ 그게⋯⋯."

"왜 말을 못하느냐?"

"당집 안에 있습니다요."

"뭣이! 당집에? 내 허락도 없이?"

"송구스럽습니다요."

간촌 마을에는 약초를 많이 캐게 해달라고 산신령에게 치성을 드리는 용도의 움집이 있었다. 아직도 원시신앙을 믿는 간촌 마을다운 공동체 의식의 소산인 그 당집은 소 한 마리가 충분히 들어갈 만한 공간을 갖고 있었다. 이 서방이 왜 내게 말도 없이 신성 영역에 소를 넣었지? 비를 피하게 해주려고? 촌장의 입술이 부르르 떨렸다.

"언제 보았느냐?"

"오늘 아침에 보았습니다요."

"소가 묶여 있었느냐?"

"예."

촌장은 그래도 믿기지 않는지 언덕을 빠져나와 마을 뒤편에 있는 당집으로 달려갔다. 삼각형으로 밀짚을 쌓아올린 움집 안에 검은 소가 태연히 앉아 있었다. 성지에 들어앉은 검은 소를 보자니 제사에 소나 양을 잡아 바친다는 고대의 의식이 떠올랐다. 그러나 이놈은 바쳐질 신세가 아니라 마치 자기에게 바쳐지는 것을 기다리는 듯한 꼬락서니가 아닌가! 촌장의 미간이 찌푸려졌다.

소의 몸에 묶인 줄은 당집 바깥의 큰 나무와 연결되어 있었다. 소는 잠이 들었는데 그 모습이 꼭 딴청을 피우는 것처럼 보이기도 했다. 촌장은 나무에 묶인 매듭을 자세히 살펴보았다. 사람의 손으로 묶은 줄이 틀림없었다. 발을 보려고 했으나 소는 이미 네 발을 몸통 안으로 집어넣은 채 자고 있어 확인할 길이 없었다.

촌장이 화난 얼굴로 줄을 거칠게 끌어당겼다. 소가 슬그머니

눈을 뜨더니 고개도 들지 않고 순순히 일어나 당집 바깥으로 걸어 나왔다. 놈의 발자국이 바닥에 찍혔다. 삼각 발자국이었다. 촌장은 놈이 자고 있던 게 아니라 자는 척했을 뿐이라고 확신했다.

❧❧❧

덕구 노인의 무덤 옆에 무덤 세 개가 더 생겼다. 두 개는 크고 하나는 작다. 며칠 만에 무덤이 네 개나 생기자 마을에 요상한 공기가 감돌았다.

촌장은 남자들을 불러 약초 캐는 일을 중단시키고 소를 감시하게 했다. 짝을 잃은 곰이 마을을 습격할 수도 있는데 소를 감시하라니 기가 찰 노릇이었다. 따지기 위해 사람들은 촌장에게 몰려갔으나 냉랭한 얼굴을 대하자 아무런 의사표시도 할 수 없었다. 촌장도 내색은 안 했지만 그들이 왜 몰려왔는지 알고 있었다. 지도자에 대한 믿음이 점점 흔들리고 있는 것이다. 예전에는 없던 집단적인 불만 역시 소가 나타난 후에 생긴 일이었다. 그의 어두운 생각은 자꾸만 검은 소로 몰리고 있었다.

그래서 소의 관리, 아니 감시가 시작되었는데 지켜보는 남자들 앞에서 소는 하루 종일 잠을 잤다. 코까지 골았고 일어나서는 능청스럽게 풀을 뜯어먹었다. 일을 시키지 말라는 촌장의 명령을 어떻게 알아낸 것처럼 놈은 기분이 좋아 보였다. 가끔 되새김질 중에 고개를 들고 사람들을 하나하나 쳐다보았는데 마치 빠진 사람이 있는지 없는지 점검을 하는 것처럼 보이기도 했다. 그늘에서 소를 유심히 지켜보던 촌장은 그 모습을 놓치지 않았다. 며칠 후 어느 날, 촌장은 사람들 중 한 명이 보이지 않는다는 사실을 알았다.

"땅쇠는 어디 있는가?"

뱀을 많이 잡는 땅쇠가 보이지 않았다. 서로를 쳐다보던 사람들은 그제야 땅쇠를 본 이가 아무도 없다는 사실을 깨달았다. 촌장은 땅쇠의 집으로 사람을 보냈고 아낙네들도 하나하나 살폈다. 예상대로 과부인 적산댁도 모습이 보이지 않았다. 두 사람은 몰래 정을 통해온 사이였고 마을 사람들 모두 그 사실을 알고 있었다.

'모두가 둘의 관계를 알아왔고 불평이 없었던 만큼 야반도주할 일은 없다. 둘에게 무서운 일이 생긴 건지도 모른다. 만약 도망을 쳤다면 그 이유를 알아야 한다.'

촌장은 산길을 잘 아는 심마니 천 서방과 개똥이를 즉시 산 아래로 보내 사라진 두 명을 찾게 했고, 나머지 사람들은 마을을 샅샅이 뒤지게 했다. 각자 바쁜 그들과 상관없이 검은 소는 뜨거운 햇살 아래 개처럼 뒷발로 얼굴을 북북 긁었다.

저녁 무렵, 땅쇠와 적산댁이 천 서방과 개똥이에게 붙들려 돌아왔다. 봇짐을 메고 있던 걸로 보아 두 사람이 간촌 마을을 빠져나가려 했던 사실은 명백했다. 두 사람은 당집 앞에 무릎 꿇려져 고개를 숙였다. 땅쇠는 평소와 표정이 같았으나 적산댁은 심하게 몸을 떨었다. 그녀는 나무 아래에 묶인 검은 소와 눈을 마주치지 않으려 했다.

"너희들은 이 마을에서 세끼 밥을 제때 먹고 지내왔음은 물론 부부가 아니면서도 살을 맞대고 살아왔다. 너희에게 뭐라고 그런 사람이 누가 있었느냐? 그런데 왜 도망을 쳤느냐?"

"다 말씀드릴 테니 누가 듣지 않는 곳으로 가시지요."

적산댁이 대답했다. 그녀는 소를 의식하면서 목소리를 한껏 낮추었다. 일부러 소가 있는 곳으로 두 사람을 불렀던 촌장은 불길한 예감이 차차 들어맞고 있음을 깨닫고는 자리를 옮겼다. 집까지 걸어간 촌장은 사람들을 돌려보내고 적산댁만 방으로 들였다.

"저는 대처(大處, 도회지)가 그리워 땅쇠를 꼬드긴 게 아니에요. 간촌에서도 저는 땅쇠랑 재밌게 지냈어요. 하지만 지금은 이 마을이 싫어요. 이 서방이 죽던 날도 우리는 함께 있었어요. 그날 무서운 걸 봤어요."

"뭘 본 거지?"

"이 서방이 죽던 날 밤이었어요. 저는 빗소리에 잠을 깼어요. 그날은 억수처럼 비가 왔잖아요. 가뭄 끝에 내린 아주 시원한 비였지요. 옆을 돌아보니 땅쇠는 여전히 자고 있었어요.

빗소리를 들으니 간촌에 들어오기 전에 살던 고향 마을이 떠올랐어요. 제 고향에는 비가 자주 내렸거든요. 소리를 더 크게 들으려고 안방 문을 활짝 열었어요. 시원한 바람이 불어왔고 빗방울도 들어왔지만 상관없었어요. 내리는 빗줄기에 가슴속이 뻥 뚫리는 것 같았으니까요.

은빛 바늘처럼 막 떨어지는 비를 보자니 갑자기 기분이 이상해졌어요. 다리 사이가 간질간질한 기분이어서 다리를 꼬게 되었는데 가슴속에선 불덩이 같은 기운이 일어나는 것 같았어요. 입김도 뜨거워지고……."

"왜 너희들이 도망쳤는지나 얘기해!"

촌장이 소리치자 적산댁이 흠칫거렸다. 어떤 기억 때문인지 이내 무서운 얼굴이 된 그녀는 다시 이야기를 계속했다.

"기분이 몹시 야릇하고 이상해서 땅쇠 옆에 다시 누워 가슴팍을 더듬었지요. '땅쇠야, 저것 좀 봐. 비가 시원하게 내리고 있어.' 그러나 땅쇠는 일어나지 않고 코만 골았어요. '일어나서 저 비 좀 보라니까!' 하고 전 땅쇠를 더 세게 흔들었어요. 그러면서도 하늘에서 떨어지는 비를 놓치지 않으려고 문 밖만 쳐다보았어요. 비를 바라보는 동안 내 몸 안에서 일어나는 뜨거운 기운을 계속 붙잡고 싶었거든요.

그런데 땅쇠는 이런 내 맘도 모르는지 일어나지 않고 얼굴만 붉어댔어요. 그 꼴이 밉상이라 코를 꽉 잡아당기고픈 마음이 들었지요. 아무리 꼬집고 흔들어도 땅쇠는 일어나지 않았어요. 나중에 안 사실이지만 그날 마을 사람들 모두가 나쁜 꿈을 꾸고 가위에 눌렸었대요. 저는 그러지 않았는데요.

아무리 흔들어도 땅쇠가 깨어나지 않자 저는 '에잇, 그러면 그치기 전에 비라도 실컷 구경하자'는 마음이 되었어요. 제가 스무 살 때 알았던 잘생긴 책방도령님의 모습이 떠올랐거든요. 떨어지는 비를 계속 바라보면 잘생긴 그 도령님이 제게로 다가왔던 옛날 기억이 생생히 살아날 것 같았어요.

그래서 저는 문으로 고개를 돌렸지요. 그런데 갑자기 비가 안 보이는 거예요! 분명히 내리는 소리는 들리는데 비가 보이질 않았단 말이에요! 놀란 제가 헉 하고 숨을 내뱉으니 어둠 속에서 누런 도깨비불 두 개가 불쑥 생겨나지 않겠어요? 오장육부가 터질 것 같아 소리도 지를 수 없었어요. 왜냐하면 그건 도깨비불이 아니라 소의 눈이었거든요! 장맛비가 쏟아지는 밤에 그 검은 소가 내 집 안방 문에 머리를 들이밀고 나를 노려본 거예요! 그리고 웃었어요! 틀림없이 제 가슴을 보고 웃었다고요!

그 모습이 얼마나 소름 끼쳤던지 황급히 이불로 제 몸을 가렸어요. 그러자 소가 물러났어요. 밤하늘과 소는 같은 색깔이었지만 잠시 후 다시 은빛 바늘 같은 비가 보이기 시작했어요. 소가 마침내 사라진 거지요. 그래도 저는 한참 동안이나 몸을 움직일 수 없었어요.

땅쇠를 기어이 흔들어 깨우고 소가 나타난 얘기를 들려줬어요. 하지만 땅쇠는 제 말을 믿지 않았어요. 나보고 꿈을 꾸었다고 했지요. 그러나 그건 절대로 꿈이 아니에요! 저는 돌아가신 덕구 어르신을 믿어요! 어르신이 자기 머리에 소가 오줌을 눴다고 한 말은 사실이에요! 그 검은 짐승은 우리가 알고 있는 소가 아니에요!"

"그 당시에!" 촌장의 목소리가 떨렸다. "소가 어디로 갔는지는 모르느냐?"

적산댁은 분명한 어조로 말했다.

"이 서방네 집이 있는 쪽 같았어요."

"그런 일이 있었다면 왜 진작 내게 말하지 않았느냐?"

"말한들 믿어 주셨겠어요?"

"그래서 땅쇠하고 도망을 친 거냐?"

적산댁의 얼굴이 얼음처럼 경직되었다.

"저도 모르겠어요……. 온통 한 가지 생각뿐이었거든요……. 이 마을에 남아 있다간 저도 이 서방네 가족들처럼 죽을 것 같다는 생각이요. 그다음날에 나무에 묶여 있는 소를 본 적이 있어요. 검은 소는 다른 곳을 쳐다보고 있었지만 전 분명히 알 수 있었어요. 그 소가 능청을 떨면서 몰래 마을 사람들을 살펴보고 있다는 걸요!"

❦

다음 날 촌장은 다시 천 서방을 불렀다. 천 서방은 약간 모자라긴 해도 길을 잘 찾고 발이 빨랐다. 촌장이 보통이 하나를 내밀었는데 그 안에는 산삼을 비롯한 희귀약초가 가득 들어 있었다.

"이게 뭡니까요?" 천 서방이 어리둥절한 얼굴로 물었다.

"섭주 관아에 다녀와라. 이걸 사또께 바쳐야 한다."

"과, 과, 관아 말씀입니까요!"

"정신 차려라! 잘못한 게 없는데 왜 겁을 내느냐?"

"아이구, 관아라면 가까이 가기도 싫습니다요!"

"누군들 그렇지 않겠느냐? 네가 가장 믿음직한 사람이라서 내 특별히 가려 뽑은 것이다."

"관아에 가서 뭘 어째야 하는데요?"

촌장이 최명봉에게서 받은 공문서를 보통이 위에 놓았다.

"사또께 전해라. 며칠 전 관찰사께서 최명봉이란 아전을 시켜 이 서찰과 함께 소 한 마리를 보내셨다고. 여기는 논밭을 개간할 수 없는 척박한 산야이며, 우리는 가축이 없어도 평소처럼 약초를 캐서 살아갈 수 있으니 소를 다시 되돌려 드리고 싶다고 말씀드려야 한다. 우리가 함부로 소를 끌고 내려가면 나라에서 내린 가축을 우리 마음대로 처분한다며 괘씸하게 여길 것이니 먼저 이 공문서와 함께 약초를 바쳐서 허락부터 얻어내야 한다. 만약 자기 소관이 아니라고 사또가 주저하는 기색을 보이거든 산삼을 더 보내겠다고 말씀드려라."

"힘 좋고 귀한 소를 왜 돌려준단 말입니까?"

"몰라서 묻느냐! 사람들이 죽어나가지 않느냐!"

촌장이 저도 모르게 목소리를 높였다.

"소가 그런 게 아니지 않습니까?"

"다 그 소가 나타난 후에 일어난 일이야." 그는 자신에게 말하듯 속삭였다. "그리고 지금도 이상한 일이 일어나고 있어……."

천 서방이 머리를 긁적이다가 말했다.

"저…… 그렇다면 소를 죽여 없애면 되잖습니까?"

"나라에서 내린 소를 맘대로 죽여 없앤다고? 이 멍청한 놈아, 우리가 누구인지를 명심해. 깊은 산속에 숨어 산다 해도 뭐 하나 우리 맘대로 할 수 있을 것 같아? 내 말 유념하고 얼른 섭주에 다녀와!"

천 서방이 보퉁이와 공문서를 챙겨 일어섰다. 촌장이 엄하게 말했다.

"지체하면 안 된다. 최대한 빨리 다녀와야 하느니라."

2

새벽에 출발한 천 서방이 섭주에 당도했을 때는 정오 무렵이었다. 제멋대로 덥수룩하게 자란 수염, 때와 땀에 전 몰골, 이상하게 큰 덩치와 잡아먹을 듯한 눈, 골라 입었다지만 해질 대로 해진 의복을 보고 섭주 사람들은 눈살을 찌푸리며 비켜갔다. 문명사회와 동떨어진 야만의 그림자가 가득했다. 저잣거리의 누구도 간촌 마을의 사정에 관해 알지 못했고 그런 만큼 겉모습으로 사람을 쉽게 판단해 버렸다. 산속에서 내려온 거지다! 법도 상식도 통하지 않을 반(半)동물이다!

과거의 기억이 떠오르면서 천 서방은 억눌렸던 감정이 성난 불처럼 일어나는 걸 느꼈다. 그는 고개를 숙이고 걸었다. 나는 촌장님의 명을 전하러 왔을 뿐이야…….

사람들이 길을 묻는 천 서방을 피했기에 섭주 관아를 찾는 데 시간이 걸렸다. 관아의 포졸 역시도 사또께 드릴 말씀이 있다는 천 서방의 청을 들어주지 않았다. 산삼이 든 보퉁이와 관찰사의 명이 담긴 공문서를 들어보이자 포졸의 태도는 달라졌다. 포졸은 진귀한 산삼 무더기를 동그래진 눈으로 바라보다가 공문서를 보고는 더욱 놀란 얼굴이 되었다.

"잠시 여기서 기다려라."

포졸이 보고하러 들어갔다. 그러자 차 한 잔 마실 시간도 되지 않아 천 서방은 사또의 부름을 받았다. 각종 송사로 사또를 접견하기까지 몇 날 며칠을 기다려야만 하던 당시 관례를 감안하면 뜻밖이었다.

천 서방은 사또 앞에 나아가 땅바닥에 넙죽 엎드렸다. 사또는 매 같은 눈을 부릅뜨고 천 서방을 내려다보았다. 그의 발치엔 산삼 보퉁이가 놓였고 손에는 공문서가 쥐여 있었다.

"간촌 마을에서 왔다고?"

"그렇습니다요, 사또!"

"그곳은 촌장이 자치적으로 사람들을 관리하는 마을이지?"

"그러하옵니다요!"

"너는 글을 읽을 줄 아느냐?"

"모릅니다요!"

"이 공문서에 적혀 있는 걸 못 읽어?"

"못 읽습니다요."

"네 이웃들은?"

"못 읽습니다요."

"네 마을에 글을 읽을 줄 아는 자가 하나도 없단 말이지?"

"……."

"너를 보낸 촌장은?"

"읽을 줄 아십니다요."

"안다고? 아닐걸?"

천 서방이 항변이라도 하듯 고개를 들었다.

"촌장님은 우리 마을에서 유일하게 글을 읽을 줄 아십니다요. 촌장님은 무엇이든지 아십니다요."

"글을 읽을 줄 아는 사람이 나한테 이런 걸 보낼 리가 없지. 너는 그렇게 생각 안 할지 몰라도 내가 보기엔 너희 촌장도 글을 몰라."

"아닙니다요! 촌장님은 글씨를 알아보십니다요!"

"무지막지한 너희들을 데리고 있느라 아는 척을 한 거겠지. 이 공문서에 적힌 내용이 무엇인지 너는 알고 있느냐?"

"읽을 줄은 모릅니다만 내용은 대충 압니다요."

"말해 보거라."

"주상전하께서 논밭을 일구라고 산간마을에 소를 하사하신 내용입지요."

"여기에 적힌 건 천자문이야."

"예? 그게 뭡니까요?"

"하늘천 따지 검을현 누를황······. 몰라? 아이구, 이 무식한 것들."

사또가 종이를 접고 수염을 쓰다듬었다.

"내 평상시 같았으면 이 같은 장난을 좌시하지 않았을 터이지만, 근자 들어 이상한 일이 벌어지고 있음을 알기에 너를 동헌에 불러들였고 네 얘기를 진지하게 들은 것이야.

몇 달 전부터 관의 행정이 닿지 않는 산간벽지와 낙도어촌에 소를 몰고 오는 남자가 나타난다는 신고가 들어왔다. 그자가 지나가는 곳마다 마을 사람들이 감쪽같이 사라지는 괴변이 일어났지. 이미 경기도, 전라도, 충청도, 황해도, 강원도에서 일어났고, 이제 우리 경상도에도 마수가 뻗친 게야. 약초 캐는 마을에 밭 가는 소라니 그렇게도 머리가 돌아가질 않느냐? 주상전하는 물론 관찰사도 그런 명을 내린 적이 없다는 말이다. 알겠느냐?"

천 서방은 무슨 말인지 하나도 알아들을 수 없었으나 소를 데리고 나타난 남자의 '어명'이 거짓이었다는 뜻만큼은 대충 눈치를 챘다. 사또가 공문서를 가지고 나타난 남자에 관한 질문을 하자 천 서방은 검은 소부터 시작해 덕구 노인, 이 서방네 가족과 곰 등 자질구레한 이야기까지 빠짐없이 털어놓았다. 두서가 없고 앞뒤도 맞지 않는 얘기였지만 가짜 관리가 검은 소를 마을에 던져 놓았다는 사실만큼은 명백했다.

골똘히 생각에 잠겨 있던 사또가 천 서방에게 물었다.

"너는 예전에 무슨 죄를 지었느냐?"

"예?"

천 서방이 화들짝 놀랐다.

"무슨 큰 죄를 지었길래 깊은 마을로 들어가 숨어 지내느냔 말이다."

천 서방의 머리가 아득해졌다. 들킬세라 꼭꼭 숨겨 두었던 기억을 끄집어내려니 마치 가슴에 박힌 화살을 빼는 듯한 아픔이 따랐다.

"사, 사람을 죽였습니다요."

"누구를?"

"모시던 상전을 해쳤습니다요."

"너는 원래 노비였느냐?"

"그렇습니다요."

"왜 죽였지?"

"대감마님께서 언년이를 건드려 애를 배게 했습니다요."

"언년이가 누군데?"

"제 여동생입니다요."

"그 여동생은 지금 어디 있느냐?"

"안방마님이 멍석말이를 해 몽둥이로 때려죽였습니다요."

"뱃속의 아이도 같이 죽었느냐?"

"예."

"안방마님은 관가에 처벌을 받지 않았고?"

"안 받았습니다요."

"그래서 상전을 해쳤느냐?"

"……."

사또는 잠시 말이 없이 끌끌 혀를 찼다. 천 서방의 뺨에는 눈물이 흐르고 있었다.

"간촌 마을에 사는 자들 모두가 죄지어 죽을 운명에 처하다가 그리로 강제이주된 자들이 맞지?"

"……."

"네 지난 허물을 탓하려는 것이 아니다. 내 확인할 것이 있어서 그러느니라."

"맞습니다요."

천 서방이 팔뚝으로 눈가를 훔쳤다.

"알았다. 잠시 물러가 있으라."

사또는 기지개를 켜다가 손바닥을 딱 쳤다. 뭔가 한 건 제대로 해결해 보자는 강개가 서린 몸짓이었다. 그는 즉시 본청에 가 있던 이방을 불러들였다.

"아전 최명봉으로 행세한 놈이 범죄한 자들에게 깊은 원한을 가진 것 같네."

"간촌 마을이 그런 곳이었습니까? 죄를 범한 자들이 사람들의 눈을 피해 한데 모여 살아가는 마을이었단 말입니까?"

"그걸 아는 사람은 거의 없다네. 선대의 전하께서 형률을 새로 정비하시면서 '어쩔 수 없는 환경 탓으로 범죄한 자들의 심성 교화'란 거창한 목적으로 이런 자치마을을 만드신 거라네. 큰 죄를 지은 이들에게 형을 내리지 않고 한곳에 모여 살게 하면서 바깥세상과 격리시킨 거지.

처음에는 다달이 이들을 관리하고 심적 상태를 살피기도 하는 벼슬아치와 전담 기구도 있었다네. 그런데 시대가 변하면서 이런 '악심의 순화' 작업은 유명무실해졌고 이미 구성된 마을은 고스란히 폐쇄가 된 채 버림받았다네. 이 사실을 모르는 그들은 언제 관리들이 올지 몰라 자기들이 갇힌 마을을 떠나지도 못하는 신세가 됐지.

간촌 마을 백성처럼 가짜 이름을 쓰는 범죄인들은 공식적으로 이미 죽은 사람들로 기록되어 있네. 나도 들어서 아는 정도였는데 이번에 확신할 수 있게 됐네."

"천 서방을 보자마자 그렇게 확신하신 겁니까?"

"넘겨짚은 걸세. 지금까지 가짜 아전 최명봉이 나타난 다섯 마을 전부가 범죄인 촌락이었거든."

"격리된 오지에 의도적으로 접근한 놈이라면 포도청의 추격을 피하기도 쉬웠겠습니다."

"바로 그걸세. 다시 말하지만 최명봉은 틀림없이 범죄자들한테 원한 깊은 어떤 사정을 갖고 있을 걸세."

"복수의 실행이라는 말씀인 듯 하옵니다만······."

이방이 고개를 끄덕이다가 예리한 질문을 던졌다.

"그런데 소는 왜 데리고 갔을까요?"

"그럴듯하게 보이잖아? 놈은 가짜 공문서까지 준비해서 권농 시책으로 접근하는 아전 행세를 했어."

"아무리 그래도 그렇지, 험하고 깊은 산속을 육중한 소와 함께 오르는 어려운 방법을 쓴단 말입니까? 또 마을 사람 중에는 간혹 글을 알아볼 사람도 있을지 모르잖습니까? 뭔가 좀 석연찮습니다."

"어려운 방법을 꾸밈이야말로 적을 속여 성공률을 높이는 법일세. 제목은 기억 안 나네만 어느 병법서에도 그런 대목이 있네. 길거리의 백성들도 문맹이 태반인데 죄지은 놈들이 지 이름이나 쓸 줄 알겠나? 무식하니까 일을 꾸미기도 쉬웠던 게지. 그리고 소 얘긴 그만하게. 나의 관찰과 분석이 흐려지네. 음모는 사람이 꾸미는 거지, 짐승이 꾸미는 게 아닐세."

이방은 그래도 의문이 풀리지 않은 얼굴이다. 사또가 명했다.

"수교(首校, 고을 장교의 우두머리) 이장헌을 불러오고 젊고 무술 잘하는 아이들·열 명만 뽑아오게."

"알겠사옵니다, 사또."

이방은 즉시 사또의 명을 수행했다. 평야에 마련된 훈련장에서 허수아비를 세워놓고 검술을 연마하던 젊은 장교가 불려왔다. 모습도 늠름한 이장헌이었다. 이장헌은 체격이 좋고 젊은 군노 사령 열 명을 데리고 사또에게 갔다.

"여보게, 장헌이. 법과 대명률 바깥에서 스스로 범죄자에게 사사로이 형을 내리려는 건지, 아니면 오랑캐 나라에 인신매매를 하려는 건지 모를 미친 작자가 있는 것 같네. 범죄자들이 모여 사는 마을에 그자가 나타나면 사람들이 몽땅 사라진다는 걸세. 전국 각지에 유행하던 동종 범죄가 이제 우리 고을 주변에도 발생했네. 이자를 체포하면 다섯 건의 미제 사건까지 한꺼번에 해결할 수 있을지도 모르겠네. 자네 좋고 나 좋을 일이지.

그자는 최명봉이란 아전이라 거짓 행세를 했는데, 며칠 후에 다시 간촌 마을로 찾아오겠다고 한 모양이네. 천 서방이라는 길잡이가 있으니 놈을 따라가 며칠 묵으면서 간촌 마을을 물샐 틈없이 살펴보게. 만약 최명봉이 나타나면 불문곡직하고 잡아서 묶어 오게. 명심하게. 그놈은 거물이야. 체포에 성공하면 자네는 대성할 수 있다네."

"알겠사옵니다, 사또. 반드시 그자를 잡아 바치오리다."

이장헌이 읍하고 물러났다. 그는 6척 키에 눈이 부리부리한 헌헌장부로 야심만만한 젊은이였다. 사또가 공을 들여 특별 수사조를 파견하는 이 사건에 그는 무게감을 느꼈다. 어떤 일이 생기든 어떤 상황을 접하든 빈드시 해결해 출세의 기회로 삼아야겠다고 결심했다. 의기로 충만한 자신을 가로막는 것은 아무것도 없다고 그는 가슴을 탕탕 쳤다.

❧

이장헌은 포권자(捕權者, 범인을 잡아들이는 사령)로 구성된 열 명의 군노 사령들을 모아 놓고는 고립된 마을에 나타난다는 괴인 최명봉에 관해 들려주었다. 그를 체포할 계획을 전달함과 동시에 당장 떠날 채비를 갖추게 했다. 모든 지시를 내린 그가 동헌을 나왔을 때 담벼락에 기대어 있다가 어깨를 붙잡는 사람이 있었다.

"여보게, 장헌이. 잠깐 나 좀 보세."

"아니 자네는? 춘교 아닌가?"

이장헌이 돌아보니 어릴 적에 동문수학했던 친구 오춘교였다. 오춘교는 원래 총명하기로 소문난 선비였으나 한 번도 과거에 급제하지 못하고 나락길만 걷다가, 나이가 든 지금은 마을의 훈장 노릇으로 자족하는 처지였다. 입신양명을 마다하고 나락길을 '선택'한 이유가 한때 이상한 학문에 심취했기 때문이라는 소문을 달고 다녔다. 오춘교는 말이 훈장님이지, 그 '이상한 학문' 건으로 관아에 두 번이나 불려간 적이 있었고 그 때문에 가르치는 제자도 거의 없는 상태였다.

오춘교의 과거 응시 때 신원 보증을 서준 적이 있던 이장헌도 '이상한 학문'에 관계된 자와 친구라는 이유로 관에 불려가 조사를 받은 적이 있었다. 이 사건은 관헌이 되어 출세를 바라는 야심가 장헌에게 큰 충격으로 다가와 그 후 오춘교를 멀리하는 이유가 되었다. 지금도 마찬가지였다. 명목상 친구라지만 사실은 친구 같지도 않고 어딘가 음침하고 눈길도 곱지 않은 오춘교가 장헌은 별로 달갑지 않았다.

"웬일인가?"

"자네 간촌 마을에 가려는 거지?"

"누가 그런 말을 했나?"

"소를 끌고 오는 남자가 나타나면 마을 사람들이 사라진다는 말이 사실인가?"

"왜 자네가 참견이지?"

"말해주게! 그게 사실인가?"

"나도 그걸 확인하러 가는 걸세."

"경기, 전라, 충청, 황해, 강원도에서도 같은 사건이 있었어. 아닌가?"

이장헌은 약간 놀란 얼굴이 되었다.

"자네가 그런 걸 어찌 알고 있나?"

"그건 중요치 않아. 자네가 가려는 데는 위험한 곳이야. 그냥 가면 안 되네. 내가 좀 아는 게 있어서 그래. 사또의 명이라 가는 걸 막지는 못하겠고 부디 《귀경잡록》 8장을 읽고 가게. 그 소는 짐승이 아닐세."

이장헌이 눈을 치켜떴다.

"뭐가 어째! 《귀경잡록》이라고? 그건 나라에서 금하는 불온한 서책이 아닌가?"

"그렇지 않아! 허공의 겉가죽에 숨겨져 있는 세상의 본질을 일깨워주는 책이야. 그걸 읽고 가야 자네도 대처를 할 수 있어."

"닥쳐! 이상한 학문 때문에 죄 없는 나까지 관가에 끌려가게 한 기억이 아직도 생생한데 그 못된 버릇을 여전히 버리지 못했단 말이지? 《귀경잡록》이라니? 누구 신세를 망치려고 내 앞에서 그따위 사악한 종이 쪼가리를 들먹거려? 가만있자……. 갖고 다니기만 해도 포도청에 붙들려가는 그 책이 지금 자네한테 있단 말이지?"

"갖고 있다면 발고라도 할 텐가?"

오춘교는 태연했다. 그러자 이장헌의 어조도 싸늘하게 변했다.

"네놈이 기어이 소싯적의 어리석은 행동을 고치지 못하고 이단의 학문에 물이 들었구나……. 오늘부터 너와 나는 모르는 사이다. 너를 관아에 넘기지 않는 것은 그나마 한 가닥 남았던 친구로서의 의리 때문이다. 그 정나미도 이번이 마지막이다. 네가 체포되어 끌려간대도 이제 나는 너를 절대로 변호하지 않겠다. 꼴도 보기 싫으니 썩 꺼져!"

"이봐, 장헌이! 그러지 말고 사람 말을 끝까지 들어봐. 나는 우리나라를 위해서라도 자네가 그 괴수를 꼭 처치해 달라는 마음에서 이 충고를……."

"내 몸에서 손 떼!"

이장헌은 한때의 친구가 붙잡는 팔을 거칠게 뿌리쳤다. 오춘교는 장헌의 서슬 퍼런 기색을 보자 더는 붙잡지 않았다. 허망한 표정의 오춘교를 뒤에 남겨둔 채 이장헌은 바삐 길을 재촉했다.

"장헌이! 부디 조심하게!"

오춘교의 목소리가 멀어져갔다. 장헌은 돌아보지도 않았다. 놈이 《귀경잡록》을 갖고 있다니⋯⋯. 내 출세를 가로막을 놈 같으니.

《귀경잡록》은 뱀 껍질의 선비 탁정암이 남긴 예언서로 조선 팔도에서 일어난 기이한 사건들을 나열하고 있는 금서다. 어떤 예언이냐? 이 세상 바깥에 또 다른 세상이 있고 그곳에서 출몰한 기상천외한 존재들이 기회가 있을 때마다 천하를 위협하리라는 예언이다. 다른 세상의 존재는 가치의 전복과 무질서의 확립이 목적이어서 반란자들의 역성혁명에 쉽게 연결되었다. 나라의 크고 작은 반란 뒤에는 언제나 이 서책이 함께했다. 또한 먹고사는 문제에 지장이 없는 한가한 양반 계층은 이 책의 지식을 빌어 금지된 욕망을 추구하기도 했다. 일부 식자들은 이 책을 꾸준하게 해독하고 주석을 달았다.

이계 세상을 향한 비밀의 문장 속에는 미지의 세상에 대한 접근 금지의 경고 못지않게 다른 차원의 색다른 쾌락에 다가가는 보이지 않는 징검다리들도 있었다. 그것은 불로장생이나 죽은 성현과의 대화, 혹은 금단의 성욕 따위였다.

이장헌이 듣기로 탁정암은 《귀경잡록》에서 신비의 술법만을 탐하고 진실한 인본주의를 알아보지 못한 인간들의 무모함에 치를 떨었다고 한다. 결국 그는 책을 악용한 자들이 만들어낸 사건 때문에 수배가 되었다가 체포당했고, 의금부로 압송되어 혹독한 고문을 받다가 죽었다.

그러나 그가 죽은 후에도 《귀경잡록》은 시간과 공간의 한계를 초월하여 끊이지 않는 지지자들을 얻고 있다. 그중에는 새롭게 각성한 현명한 인재들도 있다. 눈을 믿지 못하는 초현실과 무한의 능력을 전해주는 첨단의 사건 앞에서 그들은 악으로써 선을 구현할 반어적인 지혜와 용기를 얻었고, 이로써 나아지지 않는 사회의 불평등을 일신하려 한 것이다…….

'아니야!'

이장헌은 완강하게 고개를 저었다. 그 책을 교본으로 세운 이들은 하나같이 나라의 법과 질서에 어긋나는 짓을 벌인 불순한 자들이었다. 이단의 사교쟁이들, 나라를 엎으려는 미천한 검은 사도들……. 볼 가치도 없고 볼 생각도 없는 책이었다.

이장헌은 괜히 엮이기 싫어 이 기회에 오춘교와 완전하게 연을 끊어야겠다고 다짐했다. 걸어가는 사이 비가 내리기 시작했다. 내일 간촌 마을까지 오를 산행이 걱정되었다. 집에 돌아온 그는 숫돌을 꺼내 정성스레 검을 갈았다.

※ ※ ※

다음날 아침, 무장한 군노 사령들을 이끈 이장헌은 천 서방을 길잡이로 세워 간촌 마을로 움직였다. 전날 쏟아진 비로 땅이 질척거려 시간이 지체되었다. 발이 푹푹 빠지는 산곡의 험로를 거치는 사이 빠른 속도로 해가 졌다. 결국 그들이 마을에 다다랐을 때는 늦은 저녁도 막바지를 거쳐 이제 막 깊은 밤의 어둠이 몰려올 무렵이었다.

이장헌이 눈살을 찌푸렸다. 간촌 마을에 불 켜진 집이 하나도 보이지 않았던 것이다. 사람의 그림자 역시 어디에도 보이지 않았다. 인기척이라고는 전혀 느껴지지 않는 것이, 마치 오랑캐의 침략에 유린당해 버려진 마을에 들어온 느낌이다.

"이 마을이 원래 이런가?" 이장헌이 천 서방에게 물었다.

"그렇지 않습니다요. 한 집은 불이 켜져 있어야 합니다요. 마을 사람들이 한데 모여서 밥을 먹는데 지금이 마침 저녁때거든요."

"그런데 왜 불 켜진 곳이 하나도 안 보일까?"

"저도 잘 모르겠습니다요."

이장헌은 산간마을의 괴이한 정적에 수상함을 느끼고 칼집에 손을 올렸다. 수장이 경계심을 발휘하니 군노사령들도 행동을 같이했다. 이장헌은 천 서방을 시켜 어둠에 싸인 집을 하나씩 열어보게 했다. 칼집에 손을 올린 사령들은 천 서방이 문을 두들기고 직접 열어보는 가운데 흙으로 만든 빈약한 집을 하나하나 지나쳐 갔다. 모든 집이 예외 없이 텅 비어 있었다.

"모두들 저녁밥을 먹으러 어딘가에 모인 것 같은데 소리가 하나도 안 들리니 영 이상합니다요."

천 서방이 말했다.

시시각각 밤이 다가오는 산속, 이미 짙은 어둠에 싸인 흉가 같은 집들, 산 아래의 마을과 전혀 다른 원시적인 공간, 범죄자들만 모인 집합소……. 이장헌은 밤의 색채와 동일한 괴이한 짐승에 대해 묻기 싫은 질문을 해야만 했다.

"최명봉이 맡겼다던 검은 소는 어디 있나?"

"마지막에 볼 때는 당집에 있었는뎁쇼."

"이런 곳에 당집이 있다고?"

"예. 바로 저깁니다요."

천 서방이 다닥다닥 모인 집들 중 한 곳을 가리켰다. 그러나 그곳에는 당집이라고 알아볼 만한 부분이 남아 있지 않았다. 엉망진창으로 무너지고 박살 난 짚단의 흔적만이 있을 뿐이었다. 온전하게 남은 물건은 없었다. 당집 곁의 나무들도 뿌리째 뽑혀 있었는데 들개인지 늑대인지 구분 못할 네발짐승 두 마리가 몸통이 반으로 절단된 채 바닥에 나뒹굴고 있었다. 짐승의 몸에서 쏟아진 피로 땅이 질척했다. 누가 그랬는지는 몰라도 대단히 화가 난 상태에서 벌인 짓처럼 보였다.

"저길 보십시오! 저 위에 있는 집에 불이 켜졌습니다." 사령 하나가 말했다.

이장헌이 보니 다른 집들보다 높은 곳에 위치한 가장 큰 오두막에서 은은한 빛이 새어나오고 있었다. 조금 전까지는 보이지 않던 빛이었다. 누군가 촛불을 켰음이 틀림없었다.

"저기는 누구 집이지?" 이장헌이 물었다.

"촌장님 집입니다요."

"불러봐."

천 서방이 양손을 입에 모은 채 큰 목소리로 "촌장님" 하고 불렀으나 불빛이 하늘거리는 방문 안에서는 답이 없었다. 그 순간 문가에 검은 그림자가 얼핏 비치는 듯했다. 사령들이 즉시 우루루 움직여 집을 에워쌌다. 불길한 예감이 몰려들었다. 이장헌은 협박이 느껴지는 목소리로 천 서방에게 명령했다.

"가서 문을 열어."

천 서방은 주저했다. 그 역시도 평소와는 다른 마을의 모습에 겁을 집어먹었음일까? 간촌 마을은 생명이 없는 것처럼 컴컴한 상태로 있다가 사람들이 다가오자 문득 한군데에 불을 밝혔다. 그 같은 반응은 천 서방에게 낯익은 간촌의 저녁 정경을 가져다주지 못했다. 오히려 어떤 정체 모를 괴수가 눈을 뜨는 안광(眼光)의 심상을 몰고 왔을 뿐이었다. 어째서일까? 검은 소에 대한 촌장의 두려움이 그에게도 전달되었던 것일까? 그는 답을 찾으려 했으나 어떤 결론도 내릴 수 없었다.

아무리 소리쳐 불러도 단 한 명의 마을사람도 화답하지 않다니 요상했다. 어둠의 세상에서 내쫓겨 한층 더 짙은 원초의 어둠까지 내몰린 간촌 사람들은 철저히 어둠을 무서워했다. 그렇다고 귀한 불을 맘껏 밝힐 수도 없는 형편이니 그들은 소리로 서로의 건재함을 알려 어둠이 주는 두려움을 몰아냈던 것이다. 그것이 그들 간 소통의 한 방식이었다. 그러나 지금 간촌 마을은 지독히도 조용했다.

"어서 가서 문을 열라니까!"

이장헌이 천 서방을 툭 쳤다. 천 서방은 웬일인지 촌장의 집으로 가기가 죽기보다 싫어졌다. 그러나 어쩔 도리가 없었다. 자신은 저 아래 세상에서는 물론, 간촌 마을에서도 자기 마음대로 행동할 수 있는 처지가 아니었으니까. 닫힌 문으로 걸어가는 천 서방의 눈에 일렁이는 불빛이 희미했다. 가만있자, 저건 등잔불이 내는 빛이 아닌 것 같은데. 저게 대체 무슨 불빛일까?

약간 떨리는 천 서방의 손이 서서히 문께로 이동했다. 불어온 바람에 찢어진 창호지가 파르르 떨리더니 휘파람 같은 소리를 냈다.

천 서방이 막 문고리를 잡으려는 찰나, 방 안에서 목소리가 들려왔다.

"천 서방인가?"

"아! 촌장님! 맞습니다요, 천 서방입니다요."

귀에 익숙한 촌장님의 목소리였다! 천 서방의 어깨에서 힘이 빠지더니 안도의 한숨이 절로 새어 나왔다. 그러나 촌장은 붉고 노란빛이 어른거리는 문을 열지 않은 채 새로운 질문을 던졌다.

"데려온 사람은 몇이냐?"

"예? 아, 촌장님. 이 나리들은 데려온 것이 아니라……."

"몇이냐니까?"

"열한 명이오." 이장헌이 대답했다.

"나는 섭주 관아에서 사또를 모시고 있는 장교 이장헌이오. 촌장이라면 내게 모습을 보이시오."

"목청을 듣자 하니 햇병아리 같은 놈이로구나! 하급 무관 주제에 어디서 이래라저래라야?"

그것은 촌장의 목소리가 아니었다. 똑같은 방에서 나오기는 해도 천 서방의 이웃인 땅쇠의 목소리였다. 뜻밖의 답변에 군노 사령들은 할 말을 잃었다. 특히 이장헌이 받은 충격은 대단했다. 조롱당한 것을 안 그는 침착을 잃고 일시에 발끈했다.

"어떤 놈이냐? 방금 뭐라고 했느냐? 당장 나오지 못할까?"

그러자 이번에는 여자의 목소리가 대답했다.

"들어는 오고 싶은데 막상 들어오지 못하는 걸 보면 숫총각이 틀림없구나. 하하하하!"

"어라? 이건 적산댁 목소린데……."

천 서방이 말했다. 그뿐만이 아니었다. 꽉 닫힌 방안에서 장헌 일행을 조롱하는 말이 차례로 쏟아졌는데 모두가 천 서방이 알던 이웃들의 목소리였다. 남자도 있었고 여자도 있었다. 열 명이 넘는 사람이 떠들고 까부는 통에 침묵에 싸였던 오두막이 삽시간에 장터처럼 떠들썩해졌다. 천 서방은 고개를 갸웃거렸다. 아무리 생각해도 촌장의 좁은 방안에 마을 사람들 모두가 들어앉아 있는 것 같았기 때문이다.

'이 사람들이 왜 한여름인데도 문을 닫아걸고 방안에 모여 앉아 있는 걸까?'

천 서방은 상황이 이해되지 않았다. 한편 끊임없이 자신을 농락하는 목소리에 정신이 흐트러진 이장헌은 검을 뽑아들었다.

"첩첩산골에 죄지은 놈들만 모아 놓으니 예의범절을 다 잊었나 보구나. 너희를 도와주러 온 관리를 감히 능멸해?"

"젖비린내 나는 놈아! 옛날 같았으면 네놈은 벌써 내 손에 죽었어! 내가 남방에서 왜구하고 싸울 때는 그놈들 머리통을 잘라 요강 삼아 오줌을 눴어."

"뭐, 뭣이!" 이장헌의 얼굴이 분노로 벌개졌다.

'이상하다! 이건 덕구 어른 목소린데! 그 노인은 죽었잖아!' 천 서방이 크게 놀랐다.

"모두 준비하라! 방 안에 있는 놈 전부를 끌어낸 후 꽁꽁 묶어 매로 다스릴 것이다!"

이장헌이 군노 사령들에게 소리쳤다. 그러자 촌장의 목소리가 답했다.

"다른 사람을 시키지 말고 직접 문을 여시오, 장교나리! 그러면 내 모습을 보여드리고 우리 마을을 소개해 드리리다. 헤헤헤 헤헤헷!"

평소 위엄 있던 그들의 지도자가 귀신같은 웃음소리를 내자 천 서방은 소름이 끼쳤다. 이장헌이 군노 사령들에게 돌격 신호를 보내려고 했다. 칼부림이 일어나면 자칫 마을 사람들이 죽을지도 모른다는 생각에 천 서방이 급히 물었다.

"촌장님, 천 서방입니다요! 검은 소는 어디 있습니까요?"

"소? 소라고? 아, 소! 소는…… 내가 잡아… 먹혔지! 헤헤헷!"

"예? 그게 무슨 소립니까요?"

"내가 잡아먹혔다고!"

"잡아먹어요?"

"잡아먹혔다고!"

그때 소름끼치는 낯선 목소리가 방안에서 튀어나왔다.

"여보게, 천 서방. 나를 기억하나? 나는 자네들을 속인 아전 최명봉일세. 촌장의 말이 맞아. 소는 우리가 잡아먹었어. 하하하하! 토사구팽(兎死狗烹)이라고 들어봤나? 믿고 있던 나까지도 잡아먹힌 판국이니 이제 자네들은 큰일 난 거야."

천한 자들의 불경하고 해괴망측한 언사가 끊이질 않자 이장헌은 수염을 부르르 떨었다.

"천 서방 비켜라! 이 마을의 어느 한 놈도 마음에 들지 않는구나! 매로 다스리지 않고 목을 쳐야 할 놈들이로다!"

그러나 천 서방은 뭔가를 깨달았는지 온몸으로 문을 막아섰다.

"촌장님, 이 더운 여름에 마당을 놔두고 왜 비좁은 방안에 사람들이 전부 모여 있는 겁니까요? 나리, 칼을 거두어 주십시오. 촌장님, 이러다 큰일 나겠으니 제가 직접 문을 열겠습니다요!"

"손대지 마라. 이 미천한 것아!"

최명봉이 소리쳤다. 그러나 천 서방은 이미 태고의 암흑이 내리깔린 첩첩산중에서 유일하게 은은한 불빛을 내는 오두막의 문을 열고 있었다. 노랗고 붉은 두 가닥의 빛이 흘러나와 천 서방의 몸을 핏빛으로 물들였다.

그 순간 그는 봐서는 안 될 광경을 보고 말았다. 문이 완전히 열리자 방 안에서는 가공할 만한 미지의 기운이 터져 나왔다. 키를 넘어서는 기묘한 불길이 천 서방에게서 치솟더니 그의 몸이 폭발해 버렸다. 달려나가던 이장헌과 군노 사령들은 폭발의 여파로 태풍 맞은 농작물처럼 한꺼번에 뒤로 넘어졌다. 이장헌의 다리 사이로 천 서방의 잘린 팔이 툭 떨어졌다. 손은 아직도 문고리를 잡은 채 놓지 않고 있었다. 이장헌의 장검은 반으로 부러지고 칼을 뽑았던 군노 사령 모두가 피해를 입었다.

이장헌은 고개를 들다가 이제 막 방 안에서 나온 것과 눈을 마주치고는 온 산을 뒤흔들도록 비명을 지르고 말았다. 그것은 이미 군노 사령들을 잔혹하게 공격하고 있었다. 머리통이 끊어져 구르고 오장육부가 줄줄 뽑혀 나오는 지옥도의 풍경이 펼쳐

졌다. 칠흑 같은 어둠 속에서 그것이 종횡무진 선보이는 잔혹함
은 그것이 눈으로 내는 빛으로만 가까스로 확인할 수 있었다.
빛은 도깨비불 같은 효과를 내어 멍하니 지켜보기만 하는 이장
헌은 거의 혼이 빠져나가기 직전이었다. 그 빛은 하나가 아니라
무수히 많았던 것이다…….

전장을 방불케 하는 무서운 비명들이 귀를 메웠다. 피비린내
가 진동을 했고 그중 일부는 장헌의 얼굴로 상당히 튀었다. 더
이상은 용맹함이고 사또의 명이고 출세고 뭐고 필요 없었다. 이
장헌은 수하들을 버려둔 채 도망쳤다. 길이 어디로 통하는 줄도
모르고 정신없이 아래를 향해 내달렸다. 등 뒤에서 비명이 따라
오고 불꽃이 춤을 추고 괴물의 포효가 들려왔다. 숲에서는 도깨
비불이 날아다니고 올빼미가 커다란 눈을 번득이며 푸드득 솟
아올랐다.

이장헌은 뛰다가 가시덤불에 몸이 저박히고 몇 차례나 높은
곳에서 떨어졌다. 머리에서 피가 흐르고 다리가 부러진 듯 말을
듣지 않았다. 제발 어둠이 걷히기를 기원했지만 그의 바람은 이
뤄지지 않았다. 조상도 귀신도 운명도 행운도 그를 돕지 않았다.
끝없는 어둠, 오직 어둠만이 두 번 다시 오르기 싫을 이 산에 존
재할 뿐이었다. 그 어둠이 세상의 모든 것을 장악했다. 아무리
뛰어난 능력을 보유해도 이 죽음의 야산에서는 무용지물이었
다. 그럼에도 장헌은 멈출 수 없었다. 이대로 죽기는 싫었다. 이

죽음에 대한 공포가 어둠으로부터 최소한의 승리를 거두어 결국 이장헌을 산 아래까지 달리게 했다.

❧

다음 날 아침은 섭주에서 오일장이 열리는 날이었다. 장사치들이 옷이 찢어지고 상투도 끊어지고 수염도 불타버린 피투성이의 이장헌을 구조했다. 하루 만에 머리가 허옇게 센 이장헌은 같은 말만을 반복했다.

"나는 보았어⋯⋯. 나는 보았어⋯⋯."

사람들이 그를 수레에 눕혀 관아로 데려갔으나 때마침 사또가 관외 출타 중이라 일단 자택으로 옮길 수밖에 없었다. 가족들이 방안에 눕히고 간호해도 이장헌의 착란적인 헛소리는 멈추지 않았다.

사람들로부터 소식을 들은 훈장 오춘교가 곧장 이장헌에게 달려갔다. 가까스로 제정신을 붙든 이장헌은 모든 사람을 내보내고 오랜 벗을 들어오게 했다. 이장헌은 오춘교의 손을 꼭 잡음으로써 '아무것도 몰랐던 자'의 미안함을 표했고, 오춘교 역시도 이장헌의 손을 맞잡아 '이미 알고 있던 자'의 관대함을 보였다. 오춘교는 친구의 몸을 일으켜 벽에 편하게 기대게 해준 뒤 품속에서《귀경잡록》을 꺼내 피 묻은 손에 쥐여 주었다. 이장

헌은 약속이나 한 듯 고개를 끄덕인 후 세월의 여파로 빛이 바
랜 금서를 펼쳐 들었다.

༺ა~ა~ა༻

귀경잡록(鬼境雜錄)
제 8장 일신십두 기문둔갑자(一身十頭 奇門遁甲者) 편
몸 하나에 머리 여럿의 천변만화 변신술자

이계의 괴력난신(怪力亂神)을 가까이하는 자, 망함을 자초하
리라. 천지개벽의 환각에 홀리고 오관이 초탈되는 현상을 귀신
의 장난으로 쉽게 단정짓지 말라. 고금천지의 권력가들이 진실
을 감추고자 꾸며낸 대리자야말로 애초부터 있지도 않은 귀신
이라는 존재이며, 사악한 교법으로 천, 지, 인을 속여 왔던 마물
들의 본질은 이 세상 바깥의 별천지에서 무단히 천하로 강림한
원린자(遠麟者)들이다.
계명성(啓明星, 금성)에서 날아온 어떤 원린자 오랑캐는 둔
갑의 능력이 탁월하여 원래의 모습이 분명치 않다. 구름을 원하
는 대로 흩뿌리고 안개를 멋대로 삼킬 줄 알아 신령부터 요선
까지 바라봄이 다양하다. 이들은 그 옛날의 삼국시대부터 시작
해 고려를 거쳐 지금까지 세 차례 국토를 침범하였는데, 한 번

은 봉황의 모습으로, 한 번은 악룡의 모습으로, 또 한 번은 백호의 모습으로 나타났다. 변화의 술법이 광대무변하여 정체를 알아차리기가 쉽지 않고, 오히려 천지신명의 참칭에 사람들이 혹하여 넘어가기 다반사라 심히 경계할 일이다.

한 가지 그를 알아볼 방법이 있으니, 일신십두(一身十頭), 몸 하나에 무수한 머리통이 붙어 있다는 사실이다. 허나 변신에 신통한 만큼 숨기는 데도 방통한 자의 본색은 알아보기가 지극히 어려워, 사특한 원린 오랑캐를 주멸하려면 밝은 눈을 떠서 터럭 한 올까지도 세심하게 살펴볼 일이다.

계명성 원린자가 거듭 이 땅을 침범하는 이유는 다른 데 있지 않다. 중이 고기 맛을 알게 되면 절간에 파리가 남지 않듯이, 그들의 굶주림을 가려줄 최상의 끼니인 인간을 잡아 배불리 먹기 위함이다. 그들은 잔혹한 성정을 지녀 상화(相和)의 교역지 심도, 사신된 자의 칙명도 없이 언제나 불법하게 이 나라에 침입했다.

명심하고 거듭 명심하라.

일신십두, 몸 하나에 무수한 머리통이 발본색원의 비결이다. 부족한 학문과 사료의 소실로 나 탁정암이 알아낸 바는 여기까지이며 더 자세한 것에 닿을 수 없으니 마음에 안타까움이 있다. 후환을 없앨 처방을 내리지 못함에 머리 조아리며 중책을 후손에게 떠넘기는 바이니 심히 부끄럽다.

언제나 적은 이 세상의 바깥에 있으면서 코앞에 있기도 하다. 그들의 시간과 공간은 우리네와 다르기 때문이다. 그들을 알아보기도 어려운 일이요, 언제 나타날지 알아냄도 어려우니 의혹지심의 수양에 게으름 피우지 말 것이며 사물을 빠짐없이 명찰(明察)함이 마땅하다.

만약 원린자를 발견한다면 원린자의 병법으로 고스란히 맞서야 한다. 유가나 불가의 가르침을 들먹여 사악한 심성을 거둬들이겠다고 망령된 행동을 하면 아니 된다. 그들은 인간의 마음이 강하지 못함을 잘 알고 있다. 손가락만 볼 줄 알지 달은 놓치고 마는 인간의 어리석음도 잘 알고 있다. 그들은 속는 자가 아니라 속이는 자들이며 끝내 야욕을 놓지 않는 자들이다.

원린자를 발견하는 즉시 주살하고 시신을 내걸어 본보기를 삼는다면 감히 다른 원린자들이 천하를 넘보지 못할 것이다.

一

지금으로부터 까마득한 옛날, 조선이 고려라는 이름을 쓰기도 훨씬 전인 시절에 좁은 땅덩어리가 세 나라로 분열되어 각축을 벌이던 때가 있었다. 이들 중 마지막으로 패권을 잡게 되는 나라는 신라로, 알에서 태어난 사람(朴赫居世, 박혁거세)이

세우고 다스렸다.

전해지는 말에 따르면 박혁거세는 신라의 창업을 다진 지 61년 만에 하늘로 승천하고 육신의 껍데기만이 땅으로 흩어져 떨어졌는데, 사람들이 시신을 수습해 장례를 치르려 하자 집채만 한 뱀이 방해를 해 결국 몸을 다섯으로 나눠 묻어 이로써 능은 다섯이 되었다 한다(五陵).

《삼국사기》나 《삼국유사》가 직접적으로 언급하진 않았지만 (그럼으로써 백성들이 건국 시조를 상당히 신격화하고 있지만), 나는 이 믿지 못할 이야기에서 다른 무엇보다 '원린자의 냄새'를 감지한다. 육십오능음양군자와 원린자는 인간의 첫 조상이 이 땅에 나타나기 이전부터 존재해 왔다. 눈 맑은 사람들이 그들의 정체를 조금씩 깨달아 나가는 현세에 비해, 그 당시 사람들은 원린자의 출현에 의심을 두지 않았다. 무지함이 지나친 고대 세상에서 커다란 뱀이나 날개 달린 말, 혹은 색깔을 띠는 알 따위로 이게 세상의 사특한 마물을 의심하는 이는 아무도 없었다. 오직 글로 찬양을 하고 창칼로 이견을 막고 제례로 기념을 할 뿐이었다. 그러나 그들은 둔갑술에 능란한 만큼 사람을 속이는 데도 탁월한 종자들이다.

오늘날의 후학들은 깨달아야만 한다. 기이함을 남긴 조상을 신격화하고 신화로써 전승을 확립하라는 교지조차 사실 원린자들의 병법일 수 있다는 사실을 말이다. 신격화한 대상의 근처에는 늘 원린자들이 관계해 있다. 신화와 전설을 어지러이 조장한 그들이 인간의 형상을 띤 간자(間者, 첩자)로 권력자에게 접근해 천하를 삼키려는 야욕을 드러낸 바는 한두 번이 아니다. 박혁거세의 주변에 등장해 신화의 한 대목을 차지한 신성 동물(神物)들은 장엄한 역사의 조력자라고 보기에는 이게 오랑캐의 냄새가 너무나도 짙다.

나는 신라시대에 처음으로 희미하게 모습을 보였던 어떤 원린자를 알고 있다. 그가 바로 일신십두 기문둔갑자이다. 그 시대 그곳에도 원린자는 있었다. 사악한 둔갑술자는 내가 이 글을 남기는 지금도 죽지 않고 살아 세상 어딘가에서 재기풍운을 꿈꾸고 있는 것으로 안다.

만사에 의혹하는 마음을 품고 경계하는 뜻을 세움은 사람의 도리에 어긋나지 않는다.

전통과 경애를 내세우는 고지식한 선비들이 이 글을 본다면 옛 선현의 창업신화를 불온한 상상으로 옥되게 했다고 비판할지도 모르겠다. 허나 그런 것은 대수롭지 않다. 진실로 우리에게 중대한 것은 그런 선현에게 음모를 꾀한 음험한 것들의 정체를 발본색원하려는 노력, 즉 전대미문의 괴수 오랑캐를 아름다운 이 강토에 발 디디지 못하게 하는 일이다.

二

　만노군(萬弩郡, 오늘날 충북 진천) 태수의 배다른 손자요, 서라벌의 이름 낮은 육두품 가문 출신인 향총(響聰)은 일찍이 장래가 촉망되는 화랑이었다가 중년이 되어서는 병권에서 기염을 토하는 병부시랑이 된다. 상식을 능가하는 출세에 신라 백성들은 그리 놀라지도 않았는데 향총이 출전한 싸움마다 패배라고는 없는 통쾌한 승리가 뒤따랐기 때문이다. 전쟁이 잦아 민심이 흉흉하던 그 시절, 왕조와 백성들은 하나 되어 향총에게 두터운 신임을 보냈다.

　향총이 거두었던 승리를 들여다보면 흥미로운 사실을 엿볼 수 있는데 그것은 백전백승의 결과보다 실질적인 전투의 과정이다. 소문에 의하면 고구려, 백제군은 그의 이름만 들어도 창칼을 떨어트렸다는데, 향총이 거느린 군사가 멀리서 보이기 시작하면 바람이 불지 않음에도 깃발이 저절로 한 방향으로 젖히고 하늘에는 까마귀, 땅에는 뱀이 새카맣게 출몰했다고 한다. 재수 없는 날짐승과 기어 다니는 것들 뒤로 향총의 검은 갑옷이 보이기만 해도 적들은 공포로 몸을 떨었다. 향총은 '씨를 말려 버린다'는 포고로 무자비하게 적을 처단했는데, 항복하는 자를 받아주지 않았고 백기를 들고 오는 전령도 목을 베었으며 포로들도 극악스럽게 고문하여 악명을 떨쳤다.

그는 같은 편에게도 전형과 주의가 아주 포악하였다. 향총은 자비심을 모르는 자였고 피가 튀고 살점이 찢기는 광경을 즐겼다. 군률을 어기는 자들은 죄의 경중에 아랑곳없이 무거운 형벌을 내렸고 이를 견디다 못해 탈영하면 목을 베어 창대에 매달아 전시를 했다.

향총과 전투 현장을 오래 누빈 어떤 장수는 그가 악귀의 도움으로 싸움을 승리로 이끈다고 했다. 실제의 백병전이 벌어지기도 전에 적군은 떼로 달려드는 까마귀와 뱀의 모습만 보고도 얼이 빠진 나머지 무기도 성도 버린 채 도망을 친다는 것이다. 자연을 부리는 기이한 요술은 사람의 능력으로 가능할 수 없는 것이어서, 틀림없이 신령이나 악귀 같은 존재가 그의 뒤를 받쳐준다는 게 사람들의 공통된 말이었다.

적이나 아군이나 검은 갑옷의 향총이 짐승을 소환하는 목격담이 일치하니 그의 악명은 점점 절대적인 것이 되어갔다. 무당이나 요술사 중에서도 까마귀와 뱀을 떼로 부리는 자는 없으니 당시의 무지한 군졸들이 지휘관의 괴능력을 악귀와 연결시킴도 무방한 일은 아닐 터였다.

이런 이유로 향총의 군대는 피를 흘리지 않고도 손쉽게 승리를 거둔 모양인데, 향총은 자신이 까마귀나 뱀을 몰고 다닌다는 소문이 부중에 일절 돌지 못하게 했고, 실제로 누설하다가 적발된 이는 팔다리를 묶은 말 네 마리를 동서남북으로 달리게 해 사지를 끊어 죽이니 함부로 입을 놀리는 자가 없었다.

항상 창칼의 위협 속에 사는 군인으로서 초월적인 능력을 갖고 있다면 "나는 하늘과 땅의 만신이 돕는 사람이다" 하고 일부러 소문을 내야 할 것을 왜 그는 비밀을 엄수하려 했을까? 그의 앞서가는 힘에 겁먹은 왕이 미리 제거라도 할까 봐서일까? 아니면 그 힘의 근원에 천기누설을 꺼릴 만한 존재라도 개입되어 있어서일까?

무릇 전해 내려오는 기이한 말들에는 대부분 각자의 상상력이 중구난방으로 붙기 마련인데, 향총의 술법에는 유독 목격자가 많고 내용도 일관된다. 산신령이나 귀신은 꾸며낸 존재이지 우리네 살이(生)의 진실이 아니다. 남을 속이는 사기가 아니라면 향총의 행적은 미지의 힘이 개입되었음을 암시하는 것이라, 나는 오랜 시간을 들여 옛 서라벌 땅을 돌면서 그의 과거를 캐게 되었다.

육두품의 후손에다 서자이기도 한 향총은 젊은 시절 매우 출세지향적인 사람이었지만 근본 심성은 나쁘지 않았다고 전해진다. 그는 어떤 요승으로부터 어둠의 학문을 배우게 되었는데 이후 사람이 변해 악독하고 음험한 자가 되었다고 한다. 나는 이 요승이 누군지, 향총이 그를 어떻게 만나게 되는지 알기 위해 백방으로 수소문했고 천신만고 끝에 토함산 깊은 동굴에 은거하는 약초쟁이로부터 귀한 소식을 얻어낼 수 있었다.

병부시랑이 되기 전의 젊은 향총은 원인 모를 학질에 걸린 어머니를 치료하기 위해 토함산 토굴에서 백일기도를 올린 적이 있었다. 어느 날 치성을 드리는 향총의 등 뒤로 멧돼지가 나타났다. 향총은 아무런 해도 끼치지 않았지만 돼지는 새끼를 거느린 몸이었기에 주저 없이 덤빌 태세였다. 촛불 켠 토굴 구석에서 좌정하고 있던 향총은 목숨을 잃을 위기에 몰렸다.

이때 숲을 헤치고 키가 7척에 이르는 어떤 중이 나타났다. 중이 손에 쥔 붓으로 다른 손에 쥔 부적에 극(極) 자를 쓴 뒤 옆의 나무에 붙이자 멧돼지가 미친 듯이 달려와 그 나무에 머리를 받아 죽어버렸다. 놀란 향총이 스님은 누구냐고 묻자 중은 명봉이라고 자신을 소개했다. 향총은 무릎을 꿇고 그를 스승으로 올리는 예를 올린 후 도와달라고 했다. 명봉이 풀뿌리 씹으며 유랑하는 걸승에게 스승은 무슨 스승이냐고 하자, 향총은 원효나 의상 같은 허망한 이론가들이 아닌 현실의 천지개벽을 실현할 수 있는 스님이야말로 참된 고승이라고 답했다. 명봉이 그대가 원하는 것이 무엇이냐 물으니 향총은 제한된 신분을 넘어서는 출세야말로 이 몸이 원하는 바라고 답했다. 명봉은 말없이 등을 돌려 걸었고, 향총은 백일기도가 끝나지 않았음에도 그를 따라 산을 내려갔다. 걸어가면서 내 진정한 소망은 나라의 절대 권력을 잡는 일이라고 열변을 토하기도 하고 힘과 지혜를 달라 사정도 했는데, 명봉이 왜 유한한 권력에 미련을 두느냐고 묻자 향총은 '유한한 힘의 소용(所用)이야말로 짧은 생에서의 무한한 실(實)'이라고 확고히 답했다.

산을 내려와 냇가 앞에 다다른 명봉은 걸음을 멈춰서더니 건너편 숲에 있는 나무를 향해 빈 붓을 그어댔다. 놀랍게도 나무에는 "죽고 사는 길이 여기 있다(生死路隱 此矣)"라는 글귀가 또렷이 새겨졌다. 그러자 나무 위로 까마귀가 날아올랐고 가지에는 구렁이들이 또아리를 틀었다.

명봉은 고구려 평양성을 정벌하기 위한 대장군이 되려면 몇 번이나 싸움에서 이겨야 하느냐 물었고, 향총은 열 번 정도의 큰 전투를 이기면 뒤를 봐주는 이벌찬 대감의 도움으로 병부시랑에 오를 수도 있을 것이라고 답했다. 명봉은 열여섯 가지 광채가 나는 기이한 팔각형의 금속을 향총에게 주면서 까마귀와 뱀을 앞세운 진격의 술법을 가르쳐 주었다. 아울러 그대가 평양성을 들이칠 대장군이 되면 다시 나타나겠다며 수풀 사이로 사라졌다.

팔각 금속의 사용법을 연마한 향총은 열한 번의 전투를 거치면서 까마귀와 뱀을 앞세워 싸움마다 승리를 거두었다. 패배한 장군들이 옥에 갇히거나 강등되는 사이 향총은 상승을 거듭해 정말 병부시랑이 되었다. 군권을 장악하다시피하자 그는 즉각 왕을 배알해 고구려의 평양성을 칠 수 있도록 윤허를 구했다. 연전연승에 만족한 왕은 영토확장의 기치를 크게 휘날리며 군사 2만을 주어 북진을 허락했다.

출전이 임박한 어느 날이었다. 몹시 벼락이 치고 비가 퍼붓던 깊은 밤중에 향총의 침소로 명봉이 연기처럼 나타났다. 향총이 무릎을 꿇고 머리를 조아리자 명봉은 평양성을 점령해야만 하는 이유를 들려주었다. 불심을 전파하고 인간들끼리의 싸움을 종식시키기 위해 지상에 내려온 남해석가모니(南海釋迦牟尼)가 대자대비의 법력을 행사하다가 이단의 박해자들에게 사로잡혀 살이 찢기고 피가 흐트러져 평양성 지하뇌옥에 갇힌 지 10년째인데, 다가오는 단오날이면 죽음과도 같은 잠에서 깨어나 다시 눈을 뜨게 되니 그날을 길일로 잡아 반드시 위대한 유일신(唯一神)을 구출해야 한다는 말이었다. 만약 남해석가모니를 무사히 데려오기만 하면 삼국의 통일된 왕은 그대가 될 것이라는 명봉의 말에 향총은 이 일에 자기 목숨을 내놓겠다고 피로써 맹세했다. 명봉은 사람의 가죽으로 만든 것처럼 보이는 주머니를 하나 건네준 뒤, 해방의 날에 대비한 '대참살의 법회'를 위해 잠시 수련에 들어갈 것이니 거사가 성공할 때 이 주머니를 열면 내가 찾아갈 것이라고 다짐하고는 다시 연기로 화해 사라졌다. 눈을 뜬 향총은 명봉대사가 사라진 북쪽을 향해 절을 올렸다.

4월 열아흐레, 북쪽으로 진격한 2만 신라군은 파죽지세로 고구려군을 밀어붙였다. 향총은 팔각 금속으로 까마귀와 뱀들을 불러들였고 이들이 만들어낸 무시무시한 광경 앞에 감히 앞을 막아서는 고구려군은 없었다. 신라군은 이전에도 그랬듯이 싸우지도 않고 승리를 거두었고 쉽게 대동강을 건너 평양성 앞까지 다다랐다. 바야흐로 일생일대의 야심이 실현되느냐 좌절되느냐는 이 마지막 한판 싸움에 달렸기에 향총은 어느 때보다 긴장했다.

그러나 성은 텅 비어 있었고 문은 활짝 열려 있었다. 이 같은 광경에 신라군은 몹시 의아해했다. 평양성은 고구려 최고의 장수 율복태로(率福泰勞)가 지키는 난공불락의 요새라고 들어왔기 때문이다. 매사 신중한 향총도 이 뜻밖의 사태에 몹시 의심이 들었지만 어느덧 그만큼의 자만심도 늘어, 여태껏 행사한 천지개벽의 병법을 직접 목격하고 놀란 고구려군들이 방방곡곡에 소문을 냈기 때문에 성안의 군사들도 겁을 먹어 도망친 것이라고 쉽게 판단했다. 심사숙고를 할 새도 없이 병부시랑 향총은 평양성 지하뇌옥을 표적으로 신라의 깃발을 꽂으라는 돌격신호를 보냈다. 사기가 오를 대로 오른 신라군은 약탈할 욕심에 경계심도 잊고 우루루 달려 들어갔다.

그러자 일부러 성문을 열고 안팎으로 매복해 있던 율복태로의 대군이 신라군을 역습했다. 훈련만을 했을 뿐 (까마귀와 뱀 덕분에) 실전을 많이 겪지는 못했던 신라군은 경계심마저 버린 판국이라 고구려군에게 쉽게 무너졌다. 패배할 운명을 암시라도 하듯 성문은 무겁게 닫혔고 2만의 신라 군사는 고구려 무적 정예병들의 칼에 금세 1만으로 줄고, 수천으로 또 준 다음에는 수백 정도만 남고 말았다. 향총은 팔각 금속을 꺼내 까마귀와 뱀을 불러냈지만 눈을 부리부리하게 뜬 맹장 율복태로의 목소리는 그보다 더 위압적이었다.

"저것이 바로 수많은 전장터를 기만해온 가짜 요술이다! 까마귀는 쪼지 못하고 뱀은 물지 못한다. 물러서지 마라! 물러서는 자는 목을 베겠다!"

율복태로의 말은 사실이었다. 새카맣게 성을 뒤덮은 까마귀도 발을 디딜 모든 공간을 장악한 뱀도 실제로는 사람에게 닿지 못했다. 그것은 말 그대로 허상에 불과했던 것이다. 상대의 겁을 이용한 병법을 맹신해 현실의 자구책을 소홀히 한 향총은 그제서야 후회막급, 스승 명봉의 이름을 부르며 절규했지만 때는 늦었다. 살아남은 군졸은 모두 포로가 되었고 그 역시 고구려군 몇 명을 죽였지만 결국 힘이 다해 사로잡히는 신세가 되고 말았다.

율복태로는 향총을 포박하여 꿇려 앉히고 고구려를 침략한 이유를 물었다. 향총은 평양성의 지하뇌옥에 갇혀있는 남해석가모니를 구출하러 군사를 이끌고 왔다고 답했다.

"그럴 줄 예상하고 있었다. 마침 오늘이 그자가 갇힌 지 10년이 되는 단오라 뇌옥에서 이상한 기운이 감돌고 있었지."

율복태로는 많은 고구려 군사들의 호위 속에 향총을 성안 깊숙한 곳까지 끌고 갔다. 걸어갈수록 길은 가팔라지고 축축한 지하 공간으로 일변했다. 벽에 설치된 횃대에서 불똥이 된 기름이 뚝뚝 떨어졌다. 횃불은 갈수록 많아지고 차가운 습기도 가득해지더니 마침내 온통 강철로 쇠창살을 댄 거대뇌옥이 등장했다. 갑주로 단단히 무장한 옥졸들이 일정한 거리를 둔 채 뇌옥을 에워싸 감시하고 있었다. 촛불을 밝힌 서안 앞에는 누군가가 뇌옥 안의 죄수를 오랜 시간 연구한 듯 쓰다가 만 서책이 있었다 (고구려의 《신기神記 5권》이라고 알려져 있지만 소실되어 오늘날까지 전해지진 않는다). 서책은 아직 붓이 마르지 않았고 먹물 냄새가 짙었다. 그리고 뇌옥 안에는 이제 막 눈을 뜬 것 같은 어떤 자가 침상에서 일어나 앉아 이쪽을 보았다.

"저 자를 보고 남해석가모니라고 일컫는 것인가?"

율복태로가 창살 안으로 횃불을 비추었다. 향총은 죄수의 얼굴을 보고 깜짝 놀랐다. 그것은 불상으로 익숙했던 석가모니의 얼굴이 아니었기 때문이다.

그것은 정확히 말해 '천면(川面)' 즉, 물의 얼굴이었다. 물처럼 흐느적거리는 액상이 전체적으로 사람의 형상을 가짐은 물론 얼굴 표정까지 짓고 움직임을 보였다. 머리통도 팔다리도 흉배도 있었지만 모든 것이 투명했고 그릇 속의 물처럼 정체된 흐름의 기운을 보였다. 어느 일부분이 흘러넘치거나 따로 떨어지는 일은 없었다. 말 그대로 몸에 맞게 담은 물로 형성된 사람이 정상적으로 움직였다. 얼굴이 있는 곳에도 구체적인 눈코입은 존재하지 않았고, 물결치는 면상의 흐름 속은 '이 세상에서 구할 수 없는 진리의 공백'으로 가득했다. 향총은 태어나서 처음으로 느낀 충격에 눈앞이 아득해졌다. 저것이 과연 불가의 진정한 실체란 말인가?

서로를 바라보는 사이 깊은 잠을 자고 일어난 듯한 물의 형상 구석구석에서 변화가 일어났다. 물은 처음에는 서서히 살과 옷의 형태를 갖추어가 향총의 모습으로 변화하더니, 잠시 후에는 그 모습을 지워가며 새로이 율복태로의 모습으로 변화했다. 마치 쌍둥이처럼 감쪽같이 똑같은 모습이었다.

율복태로가 향총에게 말했다.

"이 요괴는 뱀으로도 둔갑할 줄 알고 소로도 둔갑할 줄 안다. 커다란 알로도 둔갑이 가능하고 날개 달린 말로도 둔갑이 가능하다. 많은 고구려 백성들이 이 요괴를 천지신명으로 받들어 모시다가 어리석게도 당하고 말았다. 이놈은 사람을 먹어 섭생하는 악귀 중의 악귀인 것이다. 백성들을 꼬여내고자 변화술법으로 부처를 흉내 낸 적이 있을지는 몰라도 그대가 찾던 남해석가모니는 아니다."

"아니야……. 그렇지 않아. 지금 나를 이상한 환영으로 속이는 것은 바로 그대 고구려의 장수다. 저분은 중생을 구제하기 위해 강림하신 남해석가모니가 틀림없어. 나는 그분의 사도로부터 법력을 전수받아 영원히 패배하지 않는 불전(佛戰)의 맹위를 이어왔다."

"허상에서 눈을 떠라. 그대를 패배하게 만든 이는 신이 아닌 사람의 아들인 나 율복태로가 아니던가? 그분의 사도라니 누굴 말하는지 알겠군. 까마귀와 뱀의 술법을 알려 준 앞잡이 놈을 말하는 것이겠지? 그놈은 그대가 알던 것처럼 승려도 아니야. 그놈 수법이 원래 남을 속이는 것이다. 오로지 속이는 요령만 알 뿐 직접적으로 남을 해칠 힘도 기운도 없는 하찮은 작자에 불과하단 말이다. 놈은 그런 이유로 그대 같은 대리인을 선택한 것이다. 오로지 힘 있는 대리인이 있어야만 자신은 구하지 못할 이 요괴를 구해낼 수 있을 테니까. 그대는 이 요괴를 구출할 놈의 꾀에 고스란히 이용당한 것이다."

"아니야. 명봉대사는 나를 신라의, 아니 삼국의 왕으로 만들어 준다고 했어…… 그분은 놀랄 만한 법력을 가지고 계신 분이다! 내가 이긴 열한 번의 전투가 그걸 증명한다! 만약 그분이 이곳에 오시기만 하면 당장 너희들을 한 줌의 재로 만들어 버릴 것이다!"

"그런 법력을 가지고 있는 자가 왜 지금은 그대를 구하러 오지 않나?"

그러자 향총은 율복태로에게 당장 내 품속에서 가죽주머니를 꺼내 열어보라고 소리쳤다. 그것을 열면 명봉이 와서 자기를 구해줄 테니 나의 말이 맞는지 그대의 말이 맞는지 같은 대장부로서 확인해 보자고 했다. 사로잡힌 향총으로서는 마지막 지혜를 짜낸 최후의 노름인 셈이었다.

고구려 장수 하나가 향총의 검은 갑옷 속에서 요상하게 생긴 가죽주머니를 꺼냈다. 주머니를 건네받은 율복태로는 약간 경계하는 얼굴로 쳐다보더니 열어 보지는 않고 이내 불길이 치솟는 고문용 화로 속에다 던져 버렸다. 향총이 "이놈!" 하고 소리를 질렀다.

그러자 단숨에 치솟는 불길 사이로 7척 장신의 승려 명봉의 모습이 나타났다. 그는 향총을 쳐다보지 않았다. 오직 천면의 둔갑자만을 쳐다볼 뿐이었는데 평소 자신만만하던 요승의 표정에는 일을 완수하지 못한 수하의 죄스러움과 비굴함만이 가득 차 있었다. 자신을 쳐다보지 않는 명봉을 향해 향총이 욕을 퍼부으며 저주해도 요승은 결코 실패자를 돌아보지 않았다. 율복태로의 부하가 물을 끼얹어 불을 끄니 명봉의 모습도 사라졌다. 향총은 차디찬 땅바닥에 머리를 쾅쾅 박고 알아들을 수 없는 소리로 절규했다.

갑자기 뇌옥 안의 천면 둔갑자가 크게 웃기 시작했다. 어느새 그의 몸은 금빛이 도는 석가모니상으로 바뀌어 있었다. 율복태로가 칼을 뽑아 가까이 다가갔을 때 향총은 금불상의 전신에서 열 개의 얼굴이 튀어나오는 눈을 믿지 못할 광경을 보았다. 몸 이곳저곳에 붙은 열 개의 머리가 무지한 인간들에게 저주와 악담을 퍼부어댔다. 분명한 한민족의 언어였지만 그중에는 알아듣지 못할 이상한 언어도 있었다. 율복태로는 군사들을 시켜 쇠창살마다 나무로 만든 기이한 부적을 붙였고 짐승의 피가 섞인 끓인 물을 뇌옥 안으로 퍼부어댔다. 그러자 뇌옥 안은 조용해지고 금불상은 다시금 알아보지 못할 형태로 둔갑을 하며 움츠러들었다.

율복태로는 즉결처분으로 향총에게 사형을 선고했고 이를 곧바로 집행했다.

인간세상을 초월하는 비밀이 누설될까 봐서인지 향총은 신라에 대한 정보를 캐기 위한 어떠한 고문과 옥살이도 당하지 않았다. 단지 율복태로의 부장이 휘두른 단칼에 목이 날아갔을 뿐이다.

三

천면의 둔갑자, 즉 기문둔갑자를 애당초 가두고 관리했던 입장에서나, 또한 깨어난 그를 손쉽게 제압한 것으로 보아 아마 율복태로는 우리가 알고 있는 것보다 훨씬 많이 원린자의 비밀에 관해 알고 있었을 것이다. 그러나 아무리 행방을 들추어도 그의 가계 내력이나 후손을 찾을 길이 없으니 막막하다. 그가 사관을 시켜 쓰게 한 《신기 5권》 역시 소실되어 전하지 않는다. 분명 그 다섯 권의 사서에는 우주 별천지의 많은 비밀이 담겨 있었을 터이니 안타깝기 그지없는 일이다. 단지 삼국시대에도 사악한 이계 원린자의 침입을 막으려 애쓴 영웅들이 여전히 있어 왔다는 사실 하나만으로 나는 희망을 가지려 한다.

향총이 참수되어 죽고, 보름 뒤 신라왕은 향총의 머리를 고구려 사신으로부터 받게 된다. 대노한 신라왕은 당나라에 사신을 보내어 지난 시절 맺었던 동맹을 재확인하고 나당 연합군으로 구성된 10만 병력을 평양성으로 진격시켰다. 신라왕이 직접 참가한 공성전은 길고 참혹하게 이어졌지만 율복태로는 잘 버텨냈다. 그러나 명장 향총을 잃고 체면을 구긴 신라왕은 쉽게 물러설 기색이 아니었다.

기나긴 전쟁의 나날 끝에 율복태로는 신라군의 화살이 어깨에 박히는 부상을 입는데, 무더운 날씨 탓에 화살 맞은 자리가 곪아 열병으로 자리에 누웠고 결국 평양성 전투가 벌어진 지 61일째에 병사해 49세로 생을 마감하게 되었다. 율복태로가 죽던 날 하늘에서는 핏빛 비가 쏟아지고 평양성 깊은 곳 어딘가에서는 사악한 웃음소리가 끊이질 않았다고 한다. 비가 그친 뒤 절정기 여름의 지독한 더위와 가뭄이 몰려왔다.

서로 많은 군사를 잃은 양측은 싸움이 장기전으로 접어들어 식량이 바닥나고 전염병까지 돌자 마지못해 화친을 맺기로 결정했다. 신라왕은 율복태로를 죽여 향총의 원수를 갚았다는 명분에 마지못해 만족하고, 출발 때와 달리 절반만 남은 군사를 이끌어 신라로 돌아왔다.

평양성의 피해는 컸다. 성곽 여기저기가 파손되고 불탔으며 지하뇌옥도 무너진 돌더미에 깔려 흔적도 찾을 수 없게 되었다. 이 평양성은 고려시대에야 복구되었지만 비밀은 영원히 묻혀버렸고 지하뇌옥 안의 존재도 행방을 알 수 없게 되었다. 건물을 보수한 사람들에 의하면 평양성에는 지하뇌옥 같은 것이 아예 존재하지 않았다고도 해, 향총과 율복태로의 전쟁 이야기에 단순히 민간야담이 섞인 것이 아닐까하는 의견도 항간에 제기되고 있다.

그러나 영양왕 시절 겨울의 평양성에서는 《신기 5권》(아마도 향총이 성의 지하에 잡혀 들어왔을 때 보았던 그 비밀스런 책)의 일부가 타다 남은 재로 발견되었다고 한다. 나는 빛바랜 그 문서를 어렵게 손에 넣었는데, 맞지 않는 획수와 휘갈겨 쓴 글자는 급박했던 전투의 와중에도 원린자를 깨우쳐야만 할 후손을 위해 도움될 말을 남기고자 한 저자의 지혜를 엿볼 수 있었다.

(…) 불이 붙고 옥이 깨져 어수선한 가운데 기문둔갑자도 마침내 달아나니 장군의 어리석음으로 대업도 망치고 어지러운 후환만을 남기게 되었다. 왜 기문둔갑자를 사로잡은 신이한 업적을 남기고도, 별반 인재도 아닌 향총 따위를 서둘러 목 베어 보내 커다란 화를 자

초했는고? 장군은 홀로 신비를 탐하고 술법자를 오로지하다가 이제 화난 적병들의 침략으로 모든 구도와 정진을 망쳐 버렸으니 어찌 허무하다 하지 않겠는가. 다만 기문둔갑자가 죽지 않아 고구려 백성 사이를 활보할 바가 심히 염려되니 내 다가올 죽음을 잠시 지체하여 이 글을 남기는 까닭이며 그 뜻도 여기에 있다. 기문둔갑자를 만나거든 반드시 (…)

내가 손에 넣은 《신기 5권》의 내용은 이것이 전부였다. 읽고 또 읽어 부족한 후학으로서 기껏 미루어 짐작한 것은 율복태로가 원린자의 존재를 상당히 알고 있었으며 나름의 학문까지 정립한 것은 아닐까 하는 밝은 추측이다. 그것도 지금보다 몇백 년이나 앞선 삼국시대에 말이다. 언제나 그랬듯 선현의 가르침과 행적은 오늘날의 사람보다 앞서고 명쾌한 바가 있다. 그렇지만 그만큼의 흠도 있다. 향총을 서둘러 목 벤 그의 결정으로 결국 귀중한 사료가 불타버렸고 목마른 우리들에게 아무런 비결도 전해주지 못하니 이야말로 참으로 안타깝고도 안타까운 일이 아니겠는가.

꽃꽃꽃

이장헌은 《귀경잡록》을 덮고 한숨을 내쉬었다.

"자네가 간촌 마을에서 본 것이 무엇이었나?" 오춘교가 물었다.

"거긴 까마득히 깊은 산속 마을이었어……. 온통 불이 꺼져 있었는데 집 한 채만이 은은한 빛을 내고 있었지."

"소의 눈이 내는 빛이었겠지?"

"맞아. 내 평생 그렇게 큰 소는 처음이었다네. 문이 열렸을 때 그놈이 천 서방을 찢어 버리면서 튀어나왔네. 두 발로 선 채로 말일세. 놈의 손가락은 사람처럼 움직였어."

"정말로 머리가 열 개였나?"

오춘교가 질문하자 이장헌의 얼굴에 끔찍한 기억을 떠올린 자의 경련이 나타났다. 오춘교가 얼른 물그릇을 대었지만 물은 이장헌의 목구멍으로 넘어가지 않고 뺨을 타고 흘러내렸다.

"스무 개가, 아니 삼십 개가 넘어." 이장헌이 떨면서 답했다.

"뭐라고! 그게 정말인가?"

"소의 온몸에 사람들 머리가 붙어 있었거든. 살점이 반죽처럼 달라붙어 소에게서 떨어지질 않았어. 방에서 나온 여러 목소리는 그 대가리들이 서로 떠들던 거였다네. 명봉대사…… 최명봉……. 아마도 그자가 세상에 해를 끼칠 목적으로 주술을 써서 검은 소, 아니 기문둔갑자를 오늘날까지도 불러들였을 거야……. 최명봉 역시도 사람이 아니라 하찮은 원린자였겠지. 그자는 나보고 '토사구팽'을 들어봤냐고 했네. 저 자신도 이제는 같은 편에게 잡아먹혀 소에 머리가 붙어 버렸고 촌장도 붙어 버렸어. 그리고 이제 나를 따라갔던 군노 사령들의 머리도 검은 소의 몸통에 붙게 되겠지. 일신십두가 아니라 일신백두는 족히 될 걸세!"

오춘교는 탄식 같은 숨을 토해 내다가 다시 친구의 손을 잡았다.

"장헌이, 자네 덕분에 탁정암도 잘못 알고 있던 진실을 하나 알게 되었네. 그 검은 소의 머리는 열 개가 아닌가 보네. 잡아먹은 희생자들의 머리가 개수에 상관없이 몽땅 자기 것이 되는 모양일세."

"그 말을 듣고 보니 내게도 떠오르는 게 있네." 이장헌의 숨이 가빠졌다.

"뭔가, 그게?"

"검은 소에게 당한 여섯 마을이 전부 범죄자들만 사는 마을이었어. 소에게 들러붙은 그 자들의 머리는 주인을 외면한 채 제각기 지껄여댔어. 아주 험악하고 외설적인 말들을 나누었지. 이제 알겠어……. 검은 소는 그렇게 악을 축적하면서 힘을 키우는 게야. 일부러 악한 인간들만 골라 몸과 마음을 흡수하여 더욱 커다란 악으로 성장하는 거란 말일세.

그간 미안했네. 이제는 《귀경잡록》의 글귀가 거짓이 아님을 인정하겠네. 우리는 천인공노할 미지의 악에 노출되어 있네. 그러나 너무 늦게서야 깨달은 거야. 저런 무시무시한 악귀가 그 오랜 세월을 견디고 살아남아 조선 천지를 돌아다니니 앞으로 어떡하면 좋단 말인가?"

말을 마친 이장헌은 심하게 기침을 했다. 쿨럭이는 사이 이불은 그가 토해 내는 피로 새빨갛게 물들었다. 오춘교가 문을 열어 하인들을 불렀지만 때는 늦었다. 이미 이장헌은 《귀경잡록》을 품에 끌어안은 채 눈을 크게 뜨고 죽음을 맞이한 후였다. 견디지 못할 현실의 충격을 망각 속에 던져 줄 저승사자가 자비롭게도 그를 데려간 것이다.

지옥에서 온 사무라이

1

더 이상 조선에 머물 이유가 없어진 고바야시 야스오는 홋카이도로 돌아왔다. 전쟁은 끝나지 않았지만 그는 임무를 완수했다. 기무라 겐지라는 가짜 이름을 군적에 올린 야스오는 자신이 전사자로 집계될망정 탈영병으로 몰릴 일은 없다고 확신했다. 그가 일본으로 귀환했음을 아는 이는 아무도 없었다. 반 식물인간 상태임에도 야스오는 진정한 공포는 이제부터 시작이라는 것을 알았다.

영주(大名) 사가모리 도시로는 귀환자들의 모습에 크게 놀랐다. 야스오와 함께 보낸 9명의 가신들은 2명으로 줄어 있었다. 그들은 최고의 실력을 갖춘 닌자 특작대(忍者 特作隊)였지만, 일기당천의 기백은 사라지고 없었다. 탄탄한 젊음의 육체는 죽음을 앞둔 노인의 외양으로 바뀌어 있었다. 검은 머리칼은 하얘졌고 원기로 응집되었던 눈동자는 풀려 버렸다. 영주는 미지의 거대한 손이 그들의 몸통을 사로잡아 혼백이 빠져나올 때까지 쥐어짠 것 같은 인상을 받았다. 그들은 이야기할 때 상대방의 뒤에 시선을 두었는데 마치 거기에 보이지 않는 무언가가 있는 듯했다. 이 모든 게 불과 다섯 달 만의 변화였다.

영주는 그들이 조선에서 가져온 물건을 불안과 흥분이 뒤섞인 눈으로 바라보았다. 검은 천에 가려진 그것은 살아 있지 않음에도 살아 숨 쉬는 것처럼 보였다. 그 아래에 눈을 뜨지 못한 야스오는 시체처럼 누워 있었다.

2

다섯 달 전까지만 해도 고바야시 야스오는 군인이 아니었다. 그는 밤을 무대로 활동하는 악당들 사이에서 꽤 명성이 자자한 도둑이었다. 변장술에 능통하고 어떤 담도 넘을 수 있는 야스오는 관찰력이 탁월하고 기억이 정확했다. 어떤 금고에 보관한 보물도 감쪽같이 훔쳐갔다. 어떤 자물쇠를 붙여도 구조를 꿰뚫어 보고 따 버렸다.

관헌들에게 쫓기는 일이 부지기수였으나 한 번도 체포된 적은 없었다. 신출귀몰하게 방방곡곡을 돌아다녔고 밀수에도 손을 댔으며 외국어도 능통했다. 부잣집만 턴다는 철칙에 아는 사람들은 그를 '대도'라고 불렀으나, 사실 그는 힘없고 겁 많은 갑부만 건드렸다. 부리는 하인이 많거나 사무라이를 고용하는 세도가는 범행 대상에 넣지 않았다. 개죽음당할 짓은 함부로 하지 않는다, 이것이 야스오의 철칙이었다. 그렇게 조심스런 야스오도 누군가에게 주시당하고 있는 줄은 몰랐다.

오타루 지방의 전당포를 턴 돈을 노름판에서 잃은 작년 겨울의 그날, 야스오는 기생을 끼고 여관으로 들어갔다. '고하루(小春)'라는 여관의 주인은 야스오가 들어오기 한 시간 전부터 복면 쓴 괴한들에게 협박을 당하고 있었다. 뒤통수를 파고드는 칼끝이 두려운 주인은 '돈 많은 뜨내기'가 돌아왔다는 사실을 즉각 괴한들에게 알렸다. 이런 사실을 모르는 야스오는 방에 들어가자마자 습격을 받았다. 괴한들은 야스오를 제압한 후 불을 밝히고 단도를 꺼내 왼쪽 팔과 오른쪽 다리에 상처를 냈다. 야스오의 피를 본 기생이 커다랗게 뜬 눈알에 실핏줄이 터질 정도로 기겁했다. 기생은 괴한의 우두머리가 휘두른 단칼에 비명도 지르지 못하고 죽었다. 야스오는 꽁꽁 묶인 채 가마에 실려 어딘가로 끌려갔다.

바깥을 볼 수 없는 야스오는 재산을 도둑맞은 어떤 부자가 사무라이들을 고용해 보복하는 것이라고 여겼다. 어떤 놈이 자신의 정보를 흘렸는지 원한 있는 자들을 하나하나 떠올려 보았으나 쉽게 답이 나오지 않았다. 속도를 내어 달리던 괴한들이 어딘가에서 멈춰 섰다. 기생의 시신을 내다 버리는 소리가 들려왔다. 깊은 산속이 틀림없었다. 다시 이동은 이어졌다. 차가운 바람과 풀내음이 사라지고 점차 웅성대는 소음이 들려왔다. 군호를 대는 소리, 합창 같은 대답, 병장기가 부딪치는 강철음, 허드렛일을 하는 자들의 고함……. 야스오는 본능적으로 폭력집단이 있는 곳, 그러나 불법이 아닌 질서와 조화가 확립된 장소 안으로 끌려왔음을 알았다. 도대체 누가 자신을 납치했는지 의아했다.

가마가 땅바닥에 놓였다. 눈앞이 밝아지면서 재갈과 오랏줄도 풀렸다. 그곳은 청룡을 수놓은 기둥이 사방을 받치고 불교 양식의 회화가 지붕을 장식한 정자 안이었다. 나무 계단 아래에 무사들이 서슬도 시퍼렇게 칼을 차고 서 있었다. 야스오는 긴장했다.

"네가 고바야시 야스오냐?"

노인 하나가 앞으로 걸어 나왔다. 키가 작고 너구리처럼 생겼지만 함부로 범접할 수 없는 존재감이 느껴졌다.

"영주님이 묻고 계신다! 답하라!"

그를 납치한 자들의 우두머리가 칼집으로 어깨를 쳤다. 야스오는 눈앞의 노인이 30만 석 곡식의 영주인 사가모리 도시로라는 사실을 알았다. 그가 붙잡혀 온 이곳은 100여 년 센코쿠(戰國) 시대의 숱한 전투 역사를 자랑해 오던 요새인 호시노 성채였다. 엄청난 숫자의 가신들과 무사를 거느린 사가모리 가문은 조상 대대로 홋카이도 지방에서 막강한 자치 권력을 행사해 어느 누구도 쉽게 범접할 수 없었던 무인집단이었다. 때로 그들 가문은 나라를 위한 일에도 앞장섰는데 과거 미나모토 가의 반역으로 천황이 암살위기에 처하자, 도시로의 증조부 사가모리 다카시는 오사카로 정예병들을 출동시켜 단숨에 난을 평정했다. 이후 사가모리 가는 전국에 이름을 드날리는 구국공신의 벌열(閥閱) 가문이 되었다.

직접 만나긴 처음이었지만 야스오 역시도 명성을 들어본 적이 있었다. 그러나 노인의 팔이 하나밖에 없었기에 야스오의 눈살은 저절로 찌푸려졌다. 노인의 음성이 커졌다.

"네가 야스오가 맞냐니까?"

"제가 고바야시 야스오가 맞습니다."

"항간에는 네가 낮 올빼미라고 불리고 있다지?"

"아는 바가 없습니다."

"해가 떠서 누구든지 보아도, 달이 져서 아무것도 안 보여도 눈독을 들인 물건은 반드시 훔친다는 도둑놈."

"왜 저를 데려왔습니까?"

"도쿠베이."

영주가 이름을 부르자 납치를 이끈 우두머리가 단도를 꺼내 들었다. 저항할 틈도 없이 단도가 다시 팔을 그었다. 영주는 눈을 가늘게 뜨고 야스오가 흘리는 피를 바라보았다.

"참으로 놀랍구나⋯⋯. 네가 세 나라 말을 할 줄 안다는 게 사실이냐?"

영주는 하나밖에 없는 팔을 들어 손가락을 하나하나 말아 쥐었다.

"명나라, 남만(南蠻, 포르투갈), 그리고 네 아버지의 고향 나라 말."

"저는 일본 사람입니다."

"네 아비 이름은 박영걸이고 옛날 탐라국이라고 부르던 섬의 어부야. 풍랑에 휩쓸려 죽을 뻔하다가 해적들에게 발견되었지. 나가사키 수군에게 구조될 때까지 거기서 온갖 고생을 했고."

야스오의 목덜미로 식은땀이 솟았다. 조선인의 피가 흐른다는 이유로 온갖 차별과 박해를 받다가 결국 범죄의 길로 떨어진 과거가 주마등처럼 지나갔다. 아버지는 보호를 해주는 대신 어느 날 말 한마디 없이 야스오와 어린 동생을 남겨두고 사라졌다. 벙어리에다가 늘상 공포에 질린 눈을 치켜떴던 어머니는 이제 얼굴조차 기억나지 않는다.

이 외팔이 노인은 아무도 모르는 자신의 과거를 알고 있다. 야스오는 무서운 계략에 말려들었음을 알았다.

"너의 근본 따위는 중요치 않다, 야스오. 나는 네가 외국 말에 능통한지 그게 궁금할 뿐이야."

"조금씩은 할 줄 압니다." 야스오가 답했다.

"조금씩이라……. 임무를 행하고 오는 데 지장은 없을 정도겠구나."

"임무라니요?"

"태합전하(太閤殿下, 도요토미 히데요시)께서 장차 대군을 파병할 계획이시다."

"파병? 그 무슨 황당한 말씀이시오?"

"조선과 명나라를 복속시키려는 파병 말이다."

"전쟁이 난단 말입니까?"

"그렇다. 우리나라의 모든 영주에게 총동원령이 떨어졌다. 너희들한테도 곧 대규모의 징집령이 떨어질 거야."

"그럼 저를 데려오신 건……."

"조선에 다녀와야 한다."

영주는 하나밖에 없는 팔을 들어 보였다.

"나는 동원령에 응하지 않기 위해 내 스스로 한 팔을 잘라 버렸다. 원대한 야망을 이루려는 마당에 타국에서 전사할 수야 없으니까. 하지만 너는 가야 한다. 조선에 가되 일개 사병으로 참전하지 않는다. 내 아들을 수행하는 특작대의 일원이 될 것이다."

장칼을 세 개나 허리춤에 찬 청년이 걸어 나와 영주의 곁에 섰다. 무사의 집념이 구석구석까지 배인 얼굴이었으나 필요할 때만 기백을 발산할 영특함이 감춰져 있었다. 솟아오르는 태양과 바다의 파도가 함께 연상되는 청년이었다. 영주의 아들 사가모리 류노스케였다. 훌륭한 이목구비와 신체를 지녔지만 야스오보다 최소 열 살은 어릴, 아직 앳된 나이였다. 야스오가 영주에게 물었다.

"그렇다면 아드님은 전사해도 괜찮은 겁니까?"

"이놈! 말을 삼가라."

도쿠베이의 칼집이 야스오의 어깨를 찔렀다. 이번의 타격에 야스오는 고통의 신음을 토했다. 드러나지 않게 힘의 강도를 조절할 수 있는 노련한 검객임이 틀림없었다.

"아마도 역관 노릇을 하면서 아드님을 지키라는 분부 같은데 저는 칼은 물론 총 쓰는 법조차 모릅니다."

"도쿠베이와 내가 자네를 지켜줄 테니 아무 걱정할 것 없네."

류노스케가 입을 열었다. 야스오는 이 조선행이 매우 위험하니 절대로 가서는 안 된다는 예감에 사로잡혔다. 영주가 다가와 시야를 가렸다. 그의 얼굴에서 미소가 사라졌다.

"찾아야 할 사람이 있느니라. 그자가 네 피를 보고 나면 틀림없이 박영걸의 후손이란 걸 알게 될 것이다. 이제 전쟁이 나면 조선은 어수선해진다. 그 틈을 타 그 자한테서 뭘 빼앗아 오는 거다. 그 일을 할 수 있는 유일한 사람이 바로 너다."

"뭘 빼앗아 오는 겁니까?"

"아직은 알 필요 없다. 그저 류노스케가 시키는 대로만 하면 돼. 무사히 임무를 마치고 돌아오면 너는 귀족이 된다. 두 번 다시 숨어 사는 죄인이 되지 않아도 된다."

"제가 모르는 비밀이 너무 많습니다. 알려 주십시오."

"차차 알게 될 것이다."

"제 아버지는 대체 어떤 분이셨지요?"

"네가 자라오면서 귀가 닳도록 들었던 것처럼 평범한 어부는 아니었다. 지금은 그것만 알아 둬라."

"아버지는 나이를 먹지 않았고 항상 똑같은 외모였습니다. 영주님께서 알고 계신 게 있습니까?"

"네 아버지는 아마 백 살도 넘을걸?"

도시로 영주가 씩 웃었다. 그는 더 이상 질문에 답하지 않겠다는 듯 등을 돌렸다. 야스오가 목소리를 높였다.

"저는 조선에 가기 싫습니다. 여기서 죽이든지 놓아주든지 알아서 하십시오."

"너 말고도 갈 수 있는 자격을 가진 사람은 또 있다. 잘 생각해보면 알 거야. 그 사람이 너 대신 화살이 날아다닐 조선으로 가길 원하느냐?"

야스오가 그 말의 의미를 깨닫는 데는 한참이나 걸렸다.

영주가 눈짓하자 도쿠베이가 손뼉을 쳤다. 젊은 여자 하나가 끌려왔는데 야스오를 발견하자마자 눈물을 보였다. 야스오의 표정이 눈에 띄게 변했다.

"나츠코!"

"오빠!"

야스오가 일어나려 하자 무사들이 그를 에워싸 제압했다. 땅바닥에 붙지 않은 한쪽 귀로 영주의 목소리가 흘러들어 왔다.

"네가 목숨보다 소중히 여기는 여동생은 내가 잠시 데리고 있겠다. 네가 실패하면 저 아이를 대신 조선에 보낼 것이다. 너랑 피가 같으니까."

"가겠소! 갈 테니 나츠코를 풀어 주시오!"

영주의 목소리가 거칠어졌다.

"잘 들어라. 임무를 완수하지 못해도, 중간에 도망을 쳐도, 질병이든 전투든 천재지변이든 내 아들이 죽고 너 혼자만 살아 돌아와도 네 동생의 목숨은 장담할 수 없다."

야스오는 함정에 빠졌음을 알았다. 놈들은 동에 번쩍 서에 번쩍한 대도 야스오의 신상을 철저히 파악하고 있었다. 나고야에 여동생이 산다는 사실까지 알았고 실제로 그녀를 납치해 왔다.

나츠코는 야스오의 유일한 혈육이었다. 오빠가 도둑인 줄은 모르고 아직도 떠돌이 장사꾼인 줄로만 안다. 야스오는 훔친 재물로 동생을 키워 믿음직한 청년에게 시집보내는 데 반평생을 보냈다. 이제 그녀가 인질로 잡혔으니 조선으로 갈 수밖에 없었다.

그러나 의문은 도처에 널려 있었다. 놈들이 속 시원히 알려준 건 하나도 없었기 때문이다. 대체 뭘 가져오라는 걸까. 무슨 작당을 하려는 걸까. 우리를 이 꼴로 만든 아버지는 어떤 비밀을 가진 사람이었을까.

3

겨울이 가고 봄이 왔다. 짧은 기간 동안 야스오는 집중적인 전투 훈련을 받았다. 영주는 동생을 인질로 잡은 채 야스오를 감시했다. 가혹할 정도로 조선어 교육을 시켰지만 임무에 관해선 아무것도 가르쳐주지 않았다.

덴쇼 20년(1592년) 4월 열사흗날 야스오는 10만에 육박하는 군사들 틈에 섞여 조선으로 출발했다. 이들을 실은 군함만도 700여 척에 달해 쓰시마 앞바다가 황색으로 얼룩졌다. 약관 스무 살의 사가모리 류노스케는 조선 출병의 1번대 대장인 코니시 유키나가 휘하에서 조총병을 지휘하는 철포대장(撤砲大將)이 되었다. 야스오를 포함한 아홉 명의 사무라이들도 자연히 류노스케의 부대에 배속되었다.

야스오는 아버지의 고향 나라가 전혀 전쟁 준비를 하지 않아 속수무책으로 무너지는 모습에 충격을 받았다. 싸움 같지도 않은 싸움이었다. 조선군은 탈박갑옷에 장칼을 든 일본군의 모습에 꽁무니부터 빼기 일쑤였다. 백성들보다 관리들이 더 빨리 도망쳤다. 어떤 지휘관은 도주하기 전, 탈취를 우려해 스스로 배를 침몰시키고 식량고에 불을 지르기도 했다.

싸움마다 연전연승이었다. 일본군은 눈 깜빡할 사이에 부산을 함락시키고 파죽지세로 진격했다. 많은 조선 사람들이 죽고 약탈당했다. 야스오는 그들을 무턱대고 죽이진 않았지만 붙잡힌 누이동생이 걱정돼 목숨 바쳐 류노스케의 곁을 지켰다. 일본군은 더욱 기세를 올려 밀어붙여 양산, 청도, 대구를 장악하고 인동과 선산을 거쳐 충주에 다다랐다.

밤이 되자 척후를 나갔던 첩자들이 달려와 신립이라는 장수가 탄금대에 배수진을 치고 있다고 보고했다. 그는 조선에서 명장으로 통하고 있으며 특히 기마술에 능통하다고 했다. 코니시 유키나가는 군졸들을 모은 자리에서 "내일 우리의 조총은 무지한 조선군들에게 본때를 보여줄 것이며 반드시 가토 대장(가토 기요마사)보다 한발 앞서 수도 한양을 점령해야 한다"고 일장연설했다. 사기가 오른 군졸들이 함성을 지르며 환호했다. 신립이란 장수가 누군지는 몰랐지만 야스오는 내일은 힘든 하루가 될 것임을 예감하고 일찍 잠자리에 들었다.

그는 여동생과 처남에게 식사를 대접받는 꿈을 꾸다가 누군가 자신을 흔드는 바람에 깨어났다.

"출발한다. 일어나라."

도쿠베이의 한껏 낮춘 목소리였다. 야스오는 영주가 지시한 비밀 임무가 시작되었음을 눈치챘다. 모든 군졸이 곯아떨어진 시각에 도쿠베이는 조선 사람의 복장을 하고 있었다. 야스오는 그를 따라 걸었다. 차츰 군영이 멀어지고 인적도 드물어지더니 산골짝이 나왔다. 어둠 속에서 사가모리 류노스케와 여덟 무사가 튀어나왔다. 모두 조선인의 복장을 하고 있었다. 처음 보는 사람이 있었는데 일본인 같지가 않았다. 비쩍 마르고 매부리코를 지닌 그 남자는 야스오에게 보퉁이를 던졌다.

"이걸로 얼렁 갈아입으소. 댁이 우리말 할 줄 아는 사람인 모양인데 내 말 알아듣니껴?"

사투리가 워낙 심해 간신히 의미를 헤아릴 정도였다.

"알아듣기는 알아듣소."

"이세룡. 야스오에게 계속 조선말을 시켜봐."

류노스케가 명하자 이세룡이란 조선 남자는 "하이!" 하고 답하고 다시 야스오에게 조선어로 질문했다.

"우리 말을 귀로 듣는 거 말고, 어느 만큼 할 줄 아니껴?"

"크게 복잡한 거노 말고는 다 할 수 있소."

"내가 이래 지껴도(지껄여도) 다 알아듣니껴? 우리 갈 데가 경상도 산꼴짝이라."

"알아듣스무니다."

"됐습니다, 나리. 우리말을 아주 잘합니다."

이세룡이 일본어로 말했다. 류노스케가 작은 주머니를 던지자 이세룡의 얼굴이 환해졌다.

"나머지 황금은 무사히 일을 마치고 나면 준다."

이세룡이 머리를 조아렸다. 야스오가 옷을 다 갈아입자 류노스케는 수하들을 모아놓고 말했다.

"우리는 충주 전투에 참가하지 않는다. 한양으로 진격하지도 않는다. 아버님께서 지시하신 목적지로 빠진다. 모두 김국도라는 이름을 잘 외워둬라. 우리는 이자를 찾으러 가는 것이다."

"그 김국도는 조선에서 중요한 인물입니까?"

나이 지긋한 사가모리 가의 가신 마쓰헤이가 물었다.

"퇴직하고 낙향한 조정 관리라고 들었네."

"만나면 어떻게 합니까? 죽입니까? 데려갑니까?"

"뭔가를 받아내야 해. 그때까지 절대로 죽여선 안 돼."

야스오가 끼어들었다.

"여기 조선말 잘하는 첩자가 있는데 구태여 나를 데려온 이유는 뭡니까?"

"가보면 안다. 그리고."

이세룡은 야스오의 옷을 치우느라 마침 자리를 비웠다.

"저 첩자놈은 일본어를 할 줄 아는 조선인이지만 자넨 조선말을 하는 일본인이잖아."

"내 아버진 조선 사람이었소. 일이 다 끝나면 나를 죽일 거요?"

"말이 많구나."

도쿠베이가 칼집으로 야스오의 배를 찔렀다. 야스오는 신음을 참았다. 이세룡이 돌아왔다.

"옷을 다 처리했습니다요."

"수고했다. 바로 출발할 테니 길을 안내해라."

"예."

이세룡이 어둠에 싸인 산길을 앞장서 나아갔다. 열 명의 일본인이 뒤를 따르기 시작했다.

4

그들은 하루 밤낮을 쉬지 않고 달려 경상북도 섭주에 다다랐
다. 김국도가 산다는, 평지내륙과 산간촌락의 특징을 절반씩 갖
춘 지방이었다. 야스오는 섭주의 공기를 대하자마자 불쾌한 느
낌을 받았다. 흙이 붉은색을 띠고 토질은 미숫가루처럼 부드러
웠다. 한눈에 봐도 식물이 잘 자랄 수 없는 환경이었다. 초저녁
의 시야에 희미한 야산의 나무들은 붉은 토양에서 벗어나고 싶
다는 듯 기형적으로 휘어지고 꺾였다. 엉망진창으로 뒤엉긴 나
뭇가지들은 교미하는 뱀을 연상시켰다. 그들의 뿌리를 받은 산
역시도 굴곡이 격심해 요상한 인상을 주었는데, 마치 철없는 도
깨비들이 하늘에서 내려와 온갖 주무르고 뒤틀어 분탕질을 치
다가 내버려 둔 것 같았다. 개화를 기다리는 4월의 새싹은 고개
를 숙일 대로 숙였는데 앙증맞다기보다는 꼬리의 독으로 사람
을 공격하는 전갈과 비슷했다.

산 아래 펼쳐진 초가집도 마찬가지였다. 이웃과 간신히 붙어
있는 가옥들은 소금을 맞아 뒤틀리고 발악하다가 마지막 숨을
토한 후 죽어 버린 지렁이처럼 보였다. 변색되고 탈색된 낡음의
징후도 죽은 지렁이의 그것과 똑같았다. 불이 켜진 곳은 하나도
없었다. 가축의 울음도 산짐승의 기척도 찾아볼 수 없었고 밥
짓는 연기 하나 보이지 않았다.

"집집마다 사람 대신 귀신이라도 들어앉은 것 같군." 류노스케가 말했다.

"모두 피난을 가서 마을이 텅 비었습니다." 이세룡이 말했다.

"조정의 관리를 지냈던 놈이 이런 곳에서 산다고?"

류노스케가 웃었다. 도쿠베이가 말했다.

"일부러 여기 눌러앉은 게 아닐까요? 좀 재수 없는 곳이긴 해도 은신처로는 제대로입니다."

이세룡이 앞으로 나섰다.

"여기 섭주는 고려시대부터, 또 그 전의 삼국시대부터 신비한 일이 하도 많아 귀신의 땅이라고 불렸던 곳입지요. 진짜인지 가짜인지 몰라도 사람들 입에 오르내리는 괴이한 일이 하나둘이 아닙니다요. 무슨 이유로 김국도를 노리시는 건진 모르지만 그 양반도 특이한 사람이라고 소문이 자자했습니다요."

"저 집에 그자가 있단 말이지?"

류노스케가 초가집 일색인 마을에서 가장 으리으리한 기와집을 가리켰다.

"그렇습니다."

"그가 아직 피난을 못 간 게 사실이냐?"

"예……. 보시다시피 챙겨야 할 짐이 많은 대갓댁이니까요."

"챙겨야 할 짐이라……." 류노스케가 또 웃었다. "옮기기 힘든 짐이 있어도 그렇겠군."

"저 집엔 모두 열세 명이 있습니다요. 김국도 부부에 어린 아들이 둘, 하인이 남자 다섯에 여자 네 명입지요."

"김국도가 특이한 사람이라고 소문이 자자했다는 건 무슨 소리지?"

"집 안에만 틀어박혀 바깥 출입을 전혀 안 한답니다. 별채 안에서 이상한 글공부를 하는 모양인데 밥도 그리로 가져오게 하고 아무도 들이지를 않는다고 하지요. 방 안에 혼자 있는데도 가끔 누군가와 알아들을 수 없는 말로 이야기를 나눈다고도 하는데 인기척을 느끼면 입을 다물어 버린답니다."

"그런 소문은 어디서 들었나?"

"하인들 입에서요."

"오호라, 그렇다면 하인들은 김국도와 한패는 아닌 모양이군."

"예?"

이세룡은 류노스케의 말이 무슨 뜻인지 몰라 고개를 갸웃거렸다.

"김국도는 흑산도와 울릉도에서 관리를 지냈다가 벼슬을 내놓고 왔습니다만, 하인들은 거기서 데려온 게 아니라 섭주에 와서 구한 걸로 알고 있습니다요."

"그럼 그가 벼슬아치였단 걸 입증할 수 있는 이는 없단 말이로군."

"조정의 벼슬을 했다는 건 사실입니다요. 경주에 첨성대라고 천문을 관측하는 건물이 있었는데, 몇 년 전 이 나라에 전국적인 대형 공사가 있었습니다요. 똑같은 첨성대를 팔도에 하나씩 세우는 일이었지요. 공사를 감독하던 이가 김국도였는데 당시에 저도 부역에 동원되어서 그자를 본 기억이 있습니다요."

"천문을 관측하는 건물이라!" 류노스케의 눈이 빛났다.

"예. 가혹하게 매질까지 해가면서 열성적으로 일에 매달렸지요. 주상전하의 어명이라면서 '별의 그림자들이 하나로 화하는 장소를 정확히 계산해 일렬옥좌를 지어야 한다'고 연설했던 기억이 생생합니다요. 우리 같은 아랫것들이 어명인지 거짓명인지를 어찌 알겠습니까마는 어쨌거나 새 첨성대 건축은 뜻을 이루지 못했습니다요."

"어째서?"

"어느 날 갑자기 무장한 군졸들이 김국도를 잡으러 왔거든요. 물론 김국도는 벌써 도망친 후였습지요. 군졸들을 지휘한 장군은 일언반구 말도 없이 금줄을 쳐서 작업을 중지시키고는 부역자들을 고향에 돌려보냈습니다요. 그 뒤에 의금부 도사들이 폭약을 가져와 짓던 건물을 폭파시켰다는 소문이 돌았습지요. 직접 보진 못했습니다만."

"그게 언제였나?"

"4년 전입니다요."

"그럼 김국도가 여기 숨어 사는 걸 알면서도 왜 관가에 고발하지 않았나? 그자가 도망치는 죄인이라며 큰 상금을 받았을 거 아니야?"

"죄인이라는 벽보가 붙은 적이 단 한 번도 없었습니다요. 부역에서 해방되었을 때 장군이 뭐라 그랬는지 아십니까? '관측대 공사에 관한 일은 너희들 기억에서 하나도 남김없이 없애 버려라. 만약 여기서 있었던 일이나 김국도라는 인물에 관해 떠벌리고 다니면 죄인으로 간주해 잡아 가두겠다.'"

"옳지, 우리가 제대로 찾아온 것이 맞구나."

류노스케는 회심의 미소를 지으며 사람들을 둘러보았다.

"여기서 휴식하다가 날이 완전히 어두워지면 내려간다."

그는 수하들에게 각자가 해야 할 일을 알려 주었다. 이세룡이 요깃거리를 준비했다. 야스오는 홀로 남만어와 조선어, 그리고 명나라 말까지 문장을 연습했다.

"네가 갖고 있는 물건은 어디에 숨겼느냐?"

'물건'에 그는 황금, 조총, 금궤 따위 단어를 차례로 끼워 넣었다. 이세룡이 육포를 돌렸다. 요기를 하는 사이 날은 점점 어두워졌다. 도쿠베이가 칼을 꺼내들고 날을 살펴보았다. 피를 봐야만 하는 순간이 시시각각으로 다가오고 있었다. 야스오는 김국도의 집에 가기 싫었지만 누이동생을 생각해야만 했다. 영주가 그녀를 해칠 것 같았기에.

5

밤이 깊었지만 김국도의 집에서 잠든 이는 아무도 없었다. 대청 마당에는 횃불이 활활 타올랐고 하인들은 바쁘게 짐을 꾸리고 있었다. 수레 네 대에 기묘하게 생긴 쇳덩이들과 책을 묶은 보퉁이들이 가득했다. 하인들은 어마어마하게 많은 양의 짐을 처리하느라 침입자가 다가오는 줄도 몰랐다.

김국도의 수노(首奴)인 행랑아범이 황소가 울부짖는 소리를 듣고 외양간으로 걸어갔다. 바로 그때 나타난 도쿠베이의 칼이 노인의 어깨를 세로로 베었다. 행랑아범의 너덜해진 어깨와 가슴으로 피가 분수처럼 솟았다. 곁에 있던 여종이 소리를 지르려는 찰나, 쌍검을 쓰는 무사인 타츠야가 먼저 출수했다. 잘려 날아간 여종의 머리에서 비명이 나오다가 끊어졌다. 두 사람이 죽어 넘어지자 하인들은 말로만 듣던 왜군이 쳐들어온 줄 알고 짐도 주인도 버리고 도망쳤다. 그러나 난입한 무사들은 그보다 빨랐다. 오랜 기간 전쟁이 없어 손이 근질거렸던 그들은 비무장 상태의 하인들을 닥치는 대로 살육했다. 차마 눈 뜨고 볼 수 없는 학살이었다.

"김국도는 어디 있지? 김국도는 어딨어?"

류노스케는 이세룡의 목덜미를 쥔 채 성난 표범처럼 으르렁거렸다. 그의 보검에서 떨어진 핏방울이 마당에 꼬리를 그렸다.

류노스케의 혈족인 류세이와 센자부로는 아이들이 기거하는 방으로 짓쳐들어 갔고, 영주 사가모리 도시로를 받들어 젊은 시절을 전장터에서 보낸 타츠야, 마쓰헤이, 도메조는 쓰러진 하인들을 하나하나 확인하면서 죽였다. 젊은 무사 히로유키와 세이잔이 외양간을 뒤지는 사이, 류노스케와 도쿠베이 그리고 야스오는 이세룡의 안내를 받아 별채로 내달렸다.

"바로 저깁니다요!"

작은 건물 창호지 문에 머리에 정자관(程子冠)을 쓴 남자의 그림자가 비쳤다. 바깥의 소란에도 불구하고 그는 일어나지 않았다.

류노스케가 손짓하자 도쿠베이가 섬돌에 뛰어올라 열 십 자로 칼을 휘둘렀다. 조선 가옥의 빈약한 문짝이 네 동강으로 박살 나면서 서안 앞에 가부좌를 틀고 앉은 중년의 선비가 나타났다. 그의 얼굴은 지나칠 정도로 하얬지만 그만큼 기세가 맑고 위풍당당했다. 괴한의 침입에도 꿈쩍 않는 선비의 옆에는 수북하게 쌓인 책이 보퉁이에 묶이기만을 기다리고 있었다. 야스오는 한자가 아닌 이상한 도형 같은 것이 책의 제목을 대신하고 있음을 보았다. 무사들은 이상한 책들에 둘러싸여 햇볕을 받지 못한 허연 남자를 대하자 기괴한 느낌에 사로잡혔다. 류노스케가 소리쳤다.

"야스오! 지금부터 내가 하는 말을 조선말로 전하라!"

“예.”

“그대가 김국도인가?”

“그렇다. 내가 김국도. 너희들은 바다를 건너온 왜적들이냐?”

야스오가 류노스케의 질문을 통역하자 김국도가 답했다. 노여움으로 목소리가 쩌렁쩌렁 울렸다. 야스오도 류노스케도 그가 보통 인물이 아님을 깨달았다.

“묻지 않았느냐! 왜적들이 맞냐고!”

“우리는 너희 무지한 것들에게 깨우침을 주려고 온 태합전하의 사무라이들이다.”

“풍신수길의 졸개들이 어찌하여 조선 사람의 옷을 입고 있는 것이냐?”

도쿠베이가 기합과 함께 칼을 휘둘렀다. 머리에 쓰고 있던 정자관이 종잇장처럼 잘렸지만 김국도는 꿈쩍도 하지 않았다. 류노스케가 단도를 꺼내 김국도의 목젖 아래에 들이댔다.

“검은 연기가 나는 돌을 네가 가지고 있다지? 그걸 가지러 왔다.”

야스오는 황금이나 조총이 아닌 돌이란 말에 잠시 말문이 막혔지만 정확하게 ‘검은 연기가 나는 돌’을 조선말로 옮겼다. 김국도의 눈이 커다래졌다.

“그게 무엇이냐? 돌에서 어떻게 연기가 난단 말이냐?”

“이 책에 나와 있는 돌 말이다.”

류노스케가 붓을 빼앗아 화선지 위에 ‘귀경잡록(鬼境雜錄)’이라는 네 글자를 썼다.

"우리 일본에도 사본이 있으니 잡아떼도 소용없다."

김국도가 류노스케를 보고 웃었다.

"하하하. 그렇다면 그대는 누가 베껴 쓴 글귀 따위를 믿고 바다 건너 조선까지 왔단 말인가?"

"사본임에도 살아 숨 쉬고 있는 책이야. 우리나라에서도 많은 사람이 금단의 비밀을 캐다가 죽었어."

"그대의 눈으로 직접 보았는가?"

류노스케는 바로 대답하지 못했다.

"누군가 시켜서 온 하수인에 불과하군. 그대는 맹목적인 명 때문에 내가 부리는 사람들을 죽였다."

"돌 하나 때문에 가족들까지 죽어도 좋단 말인가?" 류노스케가 단도를 지그시 밀었다.

"돌인지 책인지 그런 것은 난 모른다."

"목숨을 걸어서라도 지키겠다 이거지?"

칼끝이 김국도의 목덜미를 파고들자 한 방울 피가 흘러내렸다.

"어차피 죽일 셈이 아니었느냐?"

"내놓는다면 마음을 바꿀 수도 있다."

"이놈! 네놈 몸가짐을 보아하니 단순한 일개 왜적은 아니로구나. 밀명을 띤 작당들의 수장이 틀림없으렷다. 누가 시켰느냐? 또 네 이름은 무엇이냐?"

"잘 들어라. 네 앞에 있는 사람은 앞으로 온 천하를 호령할 영웅인 사가모리 도시로 님의 장자 사가모리 류노스케다."

방 안에 있던 무사들은 일측즉발의 분위기에 류노스케의 간 큰 목소리까지 더해지자 바짝 긴장했다. 천하 호령이라니, 태합 전하가 듣기라도 했다면 목이 열 개라도 모자랄 망언이다.

"오오라, 허황된 글귀를 쫓아 헛된 꿈을 꾸는 자들이로구나."

"그따위 말을 늘어놓는다는 사실부터가 돌을 안다는 소리야. 살고 싶다면 당장 내놔."

"모른다고 말하지 않았느냐."

"거짓말이다. 조선의 선비는 공자왈 맹자왈이나 할 뿐이지, 이런 도형과 기호 따윈 배우지 않아."

류노스케가 바닥에 펼쳐진 책을 가리켰다.

"역학과 천문학은 내가 일생을 바친 공부였다."

"돌을 갖고 저 하늘 바깥으로 날아갈 수 있는 법을 터득하려고?"

류노스케가 비아냥거리자 김국도가 손바닥으로 책상을 내리쳤다.

"무엄한 놈들! 네놈들은 길을 빌린다는 구실로 남의 나라 땅을 짓밟고 아무 죄도 없는 사람들을 학살했다. 이미 나는 살기를 바라지 않는 몸, 죽어서 강토를 떠도는 귀신이 될 테다. 그렇게라도 해서 너희 왜구들을 절대로 고향으로 돌려보내지 않겠다."

"수작은 그만 부려!"

류노스케도 지지 않았다.

야스오는 고향으로 돌려보내지 않는다는 말에 등골이 오싹했다. 무슨 이유에서인지 그는 다시는 여동생을 보지 못할 거라는 예감에 휩싸였다. 바깥이 피바다가 되고, 또 지금 세 자루의 칼이 목을 겨누는 상황에서도 눈썹 하나 까딱하지 않는 이 재수 없는 선비는 충분히 그런 저주를 내릴 수 있을 것 같았다. 물고기가 더 몸집이 큰 물고기를 알아보듯 야스오의 본능이 그걸 알려주고 있었다. 천둥과도 같은 충격파가 두 사람 사이에 흘렀다. 김국도 역시 낯선 존재감을 눈치챘는지 야스오에게로 시선을 돌렸다.

"너는 조선말에 서툴지만 생김새가 꼭 우리나라 사람 같구나. 혹 귀화한 조선인의 후예는 아니더냐?"

"이 사람이 누구냐면 바로……."

류노스케가 낮게 말했다. 그때 누군가 밖에서 들어오는 사람이 있었다.

"도련님, 타츠야입니다."

애꾸눈 무사가 젊은 여자와 어린아이 두 명을 끌고 왔다. 온몸에 피칠갑을 한 무사들이 그들의 뒤를 따라 들어왔다. 불한당들의 칼끝에 아직도 더운 핏방울이 흘렀다. 류노스케가 싱긋 웃더니 야스오를 뒤로 밀쳤다.

"가장 어린 것부터 데려와라. 이것들을 차례로 베어도 실토 하는지 안 하는지 보자."

"살려 주세요! 아버지, 살려 주세요!"

댕기머리를 땋은 아이가 울부짖었다. 죽음의 공포에 직면한 아이의 표정은 과장이 아니었다. 도메조가 칼을 머리 위로 치켜 들었으나 김국도는 꿈쩍도 하지 않았다.

"아버지, 살려 주세요!"

"학승아, 오랑캐의 칼을 겁내지 마라. 이 아비도 곧 너를 따라 갈 것이다."

"살려 주세요! 죽이지 마세요!"

나이가 더 많은 소년이 류노스케의 다리를 붙잡았다.

"그치지 못하겠니!"

김국도의 아내가 소리치자 아이들이 울음을 뚝 그쳤다. 그녀 는 두 아이를 한 손에 하나씩 끌어안은 뒤 류노스케를 노려보던 눈길을 돌연 남편에게로 돌렸다. 야스오는 그녀의 눈에 가득한 것이 놀랍게도 깊은 증오일 뿐 다른 감정이 없음을 깨달았다. 하지만 그런 것에 신경 쓸 틈도 없었다. 살인을 한 적이 없던 야 스오는 여자와 아이들이 죽는 걸 원치 않았기에 마음이 급해졌 다. 류노스케가 여세를 몰았다.

"마지막 기회다. 김국도. 돌을 내놓으면 식구들은 무사하다."

"오랑캐에게 빌붙어 목숨을 보전하느니 죽음을 택하겠다. 어서 베어라."

"역시 아버님 말씀이 맞구나……. 위장이야! 이들은 네 부인도 네가 낳은 자식들도 아니야!"

류노스케가 감탄스런 표정을 지었다. 김국도의 눈에 미세한 흔들림이 보였다.

"돌을 내놓고 가족들 목숨을 구해!" 야스오가 참지 못하고 소리쳤다.

"왜놈의 개야! 그렇게 돌을 원한다면 마당에 널렸으니 몽땅 가져가거라!"

류노스케가 야스오를 잡아당겼다.

"왜놈? 흥, 김국도! 잘 봐라. 네 앞에 있는 이 사람이 누군지."

류노스케의 단도가 야스오의 팔을 긋자 선명한 녹색 피가 흘러내렸다.

"잠깐!"

김국도가 손을 들었다. 표정은 처음 그대로였지만 손가락은 눈에 띄게 부들거리고 있다.

"이럴 수가……. 청록혈(靑綠血)을 가진 자가 드디어 나타나다니. 대체 너는 누구냐?"

야스오는 아무런 대답도 할 수 없었다. 아는 것이 없었으니까. 그가 아는 건 태어날 때부터 피가 녹색이었다는 사실뿐이다. 수차례나 이유를 물었지만 아버지는 끝내 대답해 주지 않았다.

아버지가 말했던 건 "너의 녹색 피가 알려지면 죽이려는 사람이 생길 것이니 반드시 비밀로 해야 한다"는 말뿐이었다.

김국도가 약간 친근한 어조로 말했다.

"잠깐만……. 청록혈을 가진 몸인데도 너는 나에 대해 모르는 것 같은데……. 어찌 된 일이냐? 왜 이런 놈들과 어울려 다니느냐? 사정도 모르고 여기 이끌려 왔느냐? 너 말고 같은 피를 가진 사람들은 더 없느냐?"

"이 사람은 박영걸의 후손이야." 류노스케가 말했다.

"뭣이! 박영걸? 그 고얀 놈이……." 김국도가 크게 놀랐다. "'그 몸'을 갖고 감히 여기서 후손을 만들어? 아뿔싸! 내 이렇게 아둔했다니. 어찌하여 그런 가능성을 생각조차 하지 않았던고……."

김국도가 머리를 감싸 쥐었다. 지금까지의 근엄함이 거짓말처럼 사라졌다. 아양에 가까운 친근함이 얼굴에 가득했다. 어느새 그는 야스오에게 손가락이 긴 손을 내밀기까지 했는데 류노스케가 칼을 겨누자 도로 손을 거두었다.

"사가모리 류노스케라고 했나? 가족들은 정말 살려줄 텐가?"

김국도의 눈에서 뜻 모를 열기가 뿜어졌다. 류노스케가 빈정거렸다.

"하하, 인격이 겹겹이로군. 솔직해지는 게 어때? 가족들 걱정이 아니라 청록혈을 지닌 자를 만났으니 마음이 변한 거라고."

"돌의 주인이 나타났는데 더 숨긴들 무슨 소용이란 말인가? 넘길 수밖에 없을 바에야 헛된 피까지 뿌리고 싶진 않다."

"갖고 있는 게 사실이었군."

"그래. 돌은 내가 갖고 있다. 단 한 번도 쓴 적은 없지만."

"당연히 쓰질 못하겠지. 돌의 주인이 아니니까."

"그대 역시 돌의 주인은 아니지."

"하하하. 이제부터 돌은 우리 사가모리 가문의 것이 된다."

"귀담아들어라. 주인 아닌 자가 돌을 취하면 그가 얻는 것은 천하의 제패가 아니야. 시작도 끝도 없는 지옥일 뿐이야."

류노스케가 성난 기세로 탁자 위에 칼을 박았다.

"《귀경잡록》에는 너의 성품까지 자세히 기록되어 있다. 웃는 낯가죽 뒤로 음흉하고 교활한 본색이 있다고."

"믿을 것은 붓으로 쓴 허언이 아니라 그대에게 닥칠 재앙이다."

"돌은 어디 있어?"

"아무도 모르는 동굴에 숨겨 놓았다."

"여기서 가깝나?"

"산을 타야 하지만 그리 멀진 않다."

"그렇다면 바로 출발하지."

"가족들은 살려줄 텐가?"

"네 뜻 모를 속이 꼭 우리나라의 화산을 닮았구나. 나중에 필요할지 모르니 가족들은 일단 인질로 잡아 두겠다."

김국도가 일어나 두루마기를 몸에 걸쳤다. 말과 달리 그가 가족을 걱정하지 않는다는 게 행동으로 드러나고 있었다. 그는 서두르고 있었다. 류노스케가 긴장한 목소리로 물었다.

"거기 지네가 있을 테지?"

"지네? 무슨 헛소리야?"

"《귀경잡록》에 나온 날개 달린 지네 말이다."

김국도와 류노스케의 시선이 맞부딪쳤다.

"모른다고 한들, 있긴 있었는데 수명이 다 되어 죽었다고 한들, 지금 동굴에서 기다리고 있다고 한들 그대가 나를 신뢰하겠는가?"

"묻는 말에만 대답하라."

"지네는 수명이 다 되어 이미 죽었다."

"거짓말하지 마."

"지금 그대는 진실을 알지도 못하는 후대의 글쟁이가 추측으로만 일관한 책을 액면 그대로 믿고 있다. 《귀경잡록》인지 뭔지 그런 쓰레기는 뒷간의 종이로 이용할 가치조차 없어. 떼로 몰려와 창칼을 들이대며 뻗대지만 내 눈에는 그대의 미숙함이 다 보인다. 배포를 키워라. 동굴에 가서 지네가 없는 걸 알게 되면 망신당할 것은 그대니까."

"정말 없단 말이지?"

"날개 달린 지네가 있다면 내가 너희들을 가만두었을 성 싶으냐?"

"좋아. 앞장서라."

도쿠베이가 물었다.

"도련님, 여자와 아이들은 어떻게 합니까?"

"숨만 쉴 수 있게 꽁꽁 묶어서 방에 던져 놓게. 지금부터 우리가 해야 할 일엔 큰 위험이 따를지 몰라. 인질을 감시할 자는 필요 없어. 모두가 그 동굴로 가야 해."

"알겠습니다."

무사들이 여자와 아이들을 결박해 골방에 가두었다. 류노스케는 야스오의 등을 두드리며 '검은 연기가 솟구치는 신비의 돌'을 찾기만 하면 자네와 여동생의 고생은 끝이 날 거라며 격려를 아끼지 않았다. 통영갓의 끈을 졸라매 출타 준비를 끝낸 김국도의 전후좌우로 여덟 개의 칼이 몰려들었다. 칼꽃을 피운 상태로 김국도는 걸음을 옮기기 시작했다. 그는 시시때때로 야스오에게 눈길을 던졌으나 그럴 때마다 칼은 그의 몸을 파고들 기세였다. 야스오 역시 김국도에게 묻고 싶은 것이 많았으나 류노스케 때문에 참아야만 했다.

6

김국도는 칼이 목구멍을 노리는 상황에서도 척척 걸어 나갔다. 한두 번 가본 길이 아닌 듯 어두워진 산길을 조금도 주저하지 않았다. 징검다리를 밟고 건너야 하는 냇가에 다다랐을 때, 개구리처럼 팔다리를 써 높은 바위로 도약하는 그의 모습에 무사들은 적잖이 놀랐다. 도망칠 기회가 있었지만 어서 건너오라고 손짓할 정도로 김국도는 이제 길 안내에 열성적이었다. 류노스케와 도쿠베이는 의심의 눈초리를 거두지 않았다.

길은 다섯 차례나 꺾였고 갈림길도 세 개나 지나쳤다. 급한 경사로가 나왔을 때 김국도를 경계하던 칼의 포위망은 흐트러졌다. 길도 복잡해졌다. 어느 때부터인가 벌레 소리가 사라지고 무사들의 숨소리만이 공기를 가득 메웠다. 섭주의 밤은 칠흑 같아 아무것도 보이지 않았다. 비틀리고 휜 나무들이 도처에 가득해 사람으로 착각할 때가 한두 번이 아니었다. 야스오는 하늘에서 별똥별이 떨어지는 걸 보았다.

"바로 저 동굴이다."

김국도가 걸음을 멈추었다. 일행 앞에 빽빽하게 얽히고설킨 나무줄기들이 입구를 가로막은 동굴이 나타났다.

"들어가는 곳이 어디 있느냐?" 도쿠베이가 물었다.

"들어가는 방법은 따로 있다."

김국도가 시범을 보이듯 동굴로 걸어가자 눈을 믿지 못할 일이 벌어졌다. 그의 몸이 엄폐물로 가득한 입구를 투명하게 통과해 굴 안으로 사라진 것이다. 무사들이 사라진 김국도를 부르며 웅성거렸다. 이세룡은 소스라치게 놀라 바닥에 주저앉기까지 했다. 그러자 뒤엉킨 나뭇가지를 뚫고 김국도의 머리가 쑥 튀어나왔다. 이파리 하나 걸리적거리지 않았는데 마치 잘린 머리를 보는 것 같았다.

"이것은 민경(거울)을 이용한 눈속임에 불과하다. 어서 들어오라."

무사들은 김국도의 설명을 듣자 입구의 울창한 엄폐물이 맞은편의 숲과 놀랍도록 흡사하다는 사실을 깨달았다.

"흉계가 있을지 모르니 제가 먼저 들어가겠습니다." 타츠야가 나섰다.

"그럴 것 없네. 이세룡, 네가 앞장서라."

이세룡은 단순히 길 안내만 하면 황금을 얻으리라 믿었는데 상황이 생각보다 심각해지자 겁이 났다. 그는 들어가되 무사 한 명을 동행해 줄 것을 요구했다. 기다렸다는 듯 류노스케가 눈짓했고 도쿠베이가 단칼로 이세룡의 목을 베어 버렸다. 죽은 자의 비명이 메아리가 되어 어둠에 싸인 산을 뒤흔들었다.

"나라를 팔아먹는 놈은 살 가치도 없다. 역관은 하나로 족해."

야스오는 류노스케의 행동이 불안했다. 목표에 가까워질수록 그는 거칠고 잔혹해졌다. 통역을 할 수 있고 조선 지리까지 잘 아는 자를 처단한 건 똑똑한 처사가 아니다. 뭔가 믿는 바가 있어서일까.

"내가 먼저 들어가 보겠다."

만류에도 아랑곳없이 류노스케가 동굴 입구로 몸을 날렸다. 김국도처럼 그의 몸도 증발했다. 이내 동굴 안에서 목소리가 들려왔다.

"김국도의 말이 맞다. 장애 없이 통과할 수 있으니 모두들 들어오라."

도쿠베이를 비롯한 무사들이 차례로 동굴 안으로 진입했다. 눈속임의 엄폐물을 뚫자마자 습기로 가득 찬 석벽이 나타났다. 불빛은 없었고 희미한 악취만이 공기 중에 흘렀다. 어둠을 더듬으며 무사들은 조금씩 전진했다.

"발밑에 뭐가 있는데?"

류노스케가 멈칫거렸다. 다른 무사들에게도 무언가가 걸렸다. 발에 채이는 물건들의 달그락 소리가 시끄럽게 어둠을 뒤흔들었다. 도쿠베이가 허리를 굽혀 바닥을 유심히 살폈다.

"백골입니다."

젊은 무사들의 음성은 도쿠베이에 비해 침착하지 못했다.

"한두 개가 아니에요!"

"사방이 백골이야!"

"이건 말 같은데……. 저건 소 대가리고…….'

"아니야! 이건 사람의 뼈다귀야!"

"이 냄새는 뭐지? 속이 메스꺼워."

어수선한 기운이 무사들 사이를 감돌았다. 악취는 아까보다 심해졌다.

"침착들 하라! 이 정도야 예상하고 들어왔으니까."

도쿠베이가 호통을 치자 동굴 안이 조용해졌다. 류노스케의 당혹스러운 목소리가 이어졌다.

"김국도는 어디 있지?"

"조금 전까지 있었는데……."

"보이질 않습니다."

"김국도!"

"김국도! 어디 있나? 대답하라!"

도쿠베이의 부름에 응답하는 목소리는 없었다.

"함정이 있을지 모른다! 모두들 정신 바짝 차려라!"

동굴 깊은 곳에서 번져오는 파동을 느낀 이가 있었다. 코에서 두 줄기 피를 흘리는 야스오였다. 초목 같은 녹색 피를 보고 류노스케가 말했다.

"모두들 잘 듣게. 이 동굴 안에 검은 연기가 나는 신비의 돌이 있어. 누구든 먼저 찾는 사람이 힘껏 소리를 질러. 목적만 달성하고 나면 바로 이 재수 없는 곳을 벗어날 테니까. 조금만 참아라, 야스오.”

류노스케가 단도를 꺼내 야스오의 팔에 또 한 번 상처를 냈다. 단도를 거둔 그가 일본어가 아닌 미지의 언어로 주문을 외우자 야스오의 녹색 피가 어둠 속에서 야광을 발했다. 도메조가 이제 막 피운 횃불보다 밝은 광채에 야스오의 얼굴은 온통 녹색으로 물들었다.

땀으로 얼룩진 얼굴을 들고 류노스케가 기원을 올렸다.

“성하(星河)의 검은 연기로 이계의 지식을 전수하는 신비의 돌이여! 이제 허방에 길을 잃어 떨어진 긴 잠에서 깨어날 때가 왔나이다. 잊혀진 주인이 그대를 모셔가기 위해 후손을 보냈고 천신만고의 여정 끝에 이제 이곳까지 닿았습니다. 보십시오! 그대를 알현할 자격으로 흘리는 이 청록혈을…….”

야스오의 코와 팔에서 흐르는 피가 한층 강한 녹색을 띠었다. 동굴 끝의 깊숙한 어둠 속에서도 똑같은 녹색 빛이 생겨나기 시작했는데 그 위로 검은 연기 한 줄기가 생명력을 가진 듯 꿈틀댔다.

“류노스케 님! 저기에서…….”

“알고 있네!”

도쿠베이가 먼저, 류노스케가 그 다음으로 걸음을 옮겼다. 무사들이 빛을 향해 일제히 움직일 때였다.

“야스오!”

김국도의 목소리가 동굴에 쩌렁쩌렁하게 울려 퍼졌다.

"놈들을 믿지 마라. 놈들은 너를 이용하려 한다. 저 돌은 너의 것이다."

"어디 있냐! 이 비겁한 놈! 숨지 말고 나와라!" 타츠야가 표창을 꺼내들었다.

"야스오! 너와 내가 힘을 합치면 이 세상에서 우리에게 대적할 자는 아무도 없다. 훌륭한 네 조상을 저런 놈들의 홍수에 잃은 나는 네가 오기만을 기다려왔다."

"야스오! 저놈이 지금 조선어로 뭐라 지껄이고 있나?"

류노스케는 야스오를 바라보다가 그의 눈빛이 심상치 않은 걸 깨달았다.

"김국도의 말을 듣지 마, 야스오! 놈의 간특함이 자네 아버지를 죽이려 했어! 자네 아버지는 저 사악한 놈을 피해 우리나라로 피신한 것이야!"

"저자가 누군데요?" 야스오는 떨면서 물었다.

동굴 끝의 녹색 빛이 천천히 벽을 훑기 시작했다. 검은 연기는 사라지고 없었다.

"이럴 수가! 빛이 움직인다!"

누군가 소리쳤다. 암흑의 동굴 안에서 녹색 빛이 횃불처럼 벽을 타고 오르내렸다. 축축하고 습한 기운이 몰려왔다. 야스오가 소리쳤다.

"대답하십시오! 저자는 귀신입니까?"

"그보다 흉악한 존재일세."

류노스케가 답하는 사이, 김국도의 목소리가 이어졌다.

"정말로 아무것도 떠올릴 수 없느냐, 야스오! 네가 누군지! 너는 천구(天球)의 기운을 하나로 모을 수 있는 위대한 자의 후예다. 너 자신을 모르고 있어 놈들에게 이용당하는 것이다. 늦지 않았다. 나랑 같이 가자. 그래서 이 무지한 세상과 어리석은 인간들에게 무한대의 힘을 보여주자."

"김국도! 세 치 혀로 어떤 말을 놀린들 아무 소용도 없다. 야스오의 아버지는 너의 헛된 야망 때문에 몸을 피한 것이다. 내가 야스오에게 다 말해줄 것이다!"

류노스케는 손짓으로 무사들에게 공격준비 신호를 보냈다.

"김국도! 너를 살려주려 했지만 이제 마음을 바꾸겠다."

"하하하! 죽는 건 네놈들이야. 나와 함께 시간과 공간을 제패할 야스오는 빼놓고 말이야."

김국도의 일본어 대답에 무사들의 몸이 굳어 버렸다. 그들에게 낯익은 고향의 언어가 곧이어 전율을 가져오는 읊조림으로 바뀌었다. 쇠를 갈아붙이는 낯선 목소리에 무사들은 등골이 오싹했다.

"야스오! 잊지 마라! 꼰 안 꾸이닥 케에에 '쎌쥴자바' …… 마락까오 티마닥코라이 갓샤이궐 꾸이닥 케에에……."

"야, 야, 야스오! 저게 어느 나라 말이야? 남만어야?"

젊은 센자부로가 겁에 질려 물러서다가 백골 무더기 위로 엉덩방아를 찧었다.

석벽 이곳저곳을 옮겨 다니는 녹색 빛이 아까보다 커졌다. 바닥이 진동을 하고 천장에서 돌멩이들이 떨어졌다. 거대한 그림자가 석벽을 지나가면서 육중한 소음이 일었다.

"어느 나라 말이냐니까!"

"나도 몰라, 센자부로! 저런 말은 처음 들어봐!"

야스오가 머리를 흔들었다. 그의 얼굴도 완전한 녹색으로 바뀌어 있었다.

"모두들 정신 차려! 뭔가 온다!" 도쿠베이가 소리쳤다.

김국도의 읊조림은 끊어지지 않았다. 사교의 경문 같은 구절은 북을 치듯 다급해졌다. 지하에서 솟구치는 소음도 점차 격렬해졌다. 생전 처음 경험하는 지독한 악취가 엄습하면서 녹색 빛이 허공으로 치솟았다.

녹색 빛은 하나가 아닌 두 개였다. 차라리 할복자살로 망각의 안도를 찾고 싶을 만큼 무사들이 접한 공포는 절대적이었다. 칼을 떨어트리는 이가 있었고 다리에 힘이 풀려 주저앉는 이도 있었다. 위로 아래로 또 옆으로 빠르게 움직이는 그 빛은 돌이 아니라 눈에서 나오는 것이었기 때문이다.

어둠 속에서 거대한 발이 보였다. 긴 수레를 몇 대나 이어붙인 듯한 몸집을 갖고도 그것은 수많은 발의 힘으로 민첩하게 움직였다. 마디마다 새겨진 징그러운 점박 무늬는 그것이 한 번 지나감에도 당하는 사람은 똑같은 광경을 끝도 없이 보게 되어 혼백을 빼앗길 수밖에 없었다. 이제 백골 무더기의 높이를 더할 잔칫상을 눈앞에 둔 그것은 간만의 먹잇감에 흥분해 집게 이빨 사이로 허연 소화액을 분비하면서 또아리를 틀었다.

"불! 놈에게 불을!"

도쿠베이가 소리쳤다. 도메조가 집채만 한 괴물에게 횃불을 비추려는 순간 어둠 속에서 김국도가 나타났다. 도메조는 김국도가 뻗치는 손가락이 비정상적일 정도로 길다고 여겼는데 그 생각도 눈알이 꿰뚫리면서 끊어지고 말았다. 눈에서 피를 쏟으며 도메조는 횃불과 함께 쓰러졌다. 김국도가 재차 공격을 감행하려 할 때 타츠야의 표창이 날아갔다.

"아아악!"

김국도의 비명이 석벽을 타고 메아리로 돌아왔다. 무사들은 꺼져가는 횃불 옆에 떨어진 김국도의 허연 얼굴을 보았다. 표창이 이마에 박힌 얼굴은 사람의 가죽으로 정교하게 만든 가면이었다.

횃불이 꺼지고 온 사위가 어둠에 잠겼다. 큰 몸집이 움직일 때마다 장애물에 닿는 소음이 전율로 와닿았다. 암흑천지의 중심에 나타난 끈적끈적하고 축축한 괴물과 대치한 무사들은 극도의 공포에 사로잡혔다.

"이게 바로 전설의 지네인가……."

참극이 시작되었다. 무수히 많은 다리가 푸푸푹 살가죽에 박히는 소리가 나더니 더운 피가 사방으로 터졌다. 누군가의 몸이 번쩍하고 공중으로 쳐들렸다. 무사들이 변복한 조선의 흰 옷은 낭자한 피와 살점으로 붉게 변했다. 허공으로부터 반토막 난 사람의 몸이 떨어졌다.

"류세이가 당했다!"

"여기서 나가야 해!"

"검은 돌을 찾아야 한다!"

"모두들 정신 차려! 류노스케 님을 보호해!"

"류노스케 님을 보호하라!"

혼이 빠진 그들이 제각기 고함을 지르는 사이, 그것은 사람들 사이를 마차처럼 지나갔다. 토할 것 같은 악취가 등천했다. 직접 몸이 닿은 자들은 그것이 상상 속의 용보다 더 길고 미꾸라지처럼 빠르게 움직이고 있음을 알았다. 무수히 많은 다리가 바닥을 혹은 벽을 딛는 소리는 정신을 산란케 했다.

도메조가 악착같이 노력해 횃불에 다시 불을 붙이는 데 성공했다. 그러자 흉악한 녹색 눈을 번득이며 또아리를 튼 괴물 지네가 살점과 점액질이 떨어지는 류세이의 상반신을 물고 있는 광경이 불빛 속에 드러났다. 커다란 집게 안에 밤송이 같은 이빨이 가득했다. 김국도의 손가락에 눈을 잃었기에 불을 밝힌 도메조는 정작 이 광경을 보지 못했다. 그것이 차라리 평화일 수도 있었다.

"야스오! 물러서!"

타츠야가 넋이 빠진 야스오를 옆으로 밀쳤다. 이어서 어둠 속을 수놓는 금속 광채의 향연이 현란하게 펼쳐졌다. 훈련받은 무사들이 일제히 퍼붓는 표창 세례에 괴물의 몸이 고슴도치가 되어갔다. 괴물은 요동을 치며 처절하게 몸부림쳤다. 지네 꼬리에 부딪힌 도메조의 몸이 허공을 날았다. 다시 횃불이 꺼지면서 타츠야의 비명소리가 들려왔다. 그 소리는 천장으로 올라갔다가 바닥으로 떨어졌다. 야스오는 시커먼 점이 마디마다 박힌 몸통에 둘둘 말린 타츠야가 추락해 박살 난 모습을 보았다. 지네가 가속도와 집게를 동시에 사용했기에 타츠야의 몸은 이등분되면서 말 그대로 터져 버렸다. 어둠 속에서 비명이 속출했고 칼과 사람이 내던져졌다.

도쿠베이가 손수건을 꺼내 눈을 가렸다. 탄탄한 상반신을 드러낸 그는 양손으로 칼을 쥐고 소리에 집중했다.

"모두 내 곁에서 떨어져!"

"위험해, 도쿠베이! 저 요물에겐 통하지 않아."

"주군께서는 어서 야스오를 데리고 돌을 찾으십시오."

어느새 그는 류노스케를 주군으로 부르고 있었다. 거대한 괴물이 용트림을 해대자 표창이 박힌 몸 곳곳에서 끈적끈적한 점액질이 흘러내렸다. 야스오는 속히 지옥의 동굴을 벗어나고 싶었지만 사가모리 도시로에게 인질로 잡힌 여동생을 잊을 수는 없었다.

"도쿠베이에게 맡기고 안쪽으로 가지요!"

야스오가 류노스케의 팔을 잡아끌었다.

"조심하게, 도쿠베이!"

류노스케와 야스오가 동굴 안쪽으로 달려갔다. 지네 괴수와 무사들의 싸움은 계속되었다.

도쿠베이는 검을 귀 옆에 붙이고 호흡을 가다듬었다.

'보이지 않으면 무서운 건 없다.'

무사들은 도쿠베이가 사가모리 가문 제일의 검객이라는 사실을 알고 있었기에 그가 집중하는 데 방해되지 않도록 거리를 두었다. 그러나 거리를 둔들 지네 괴물은 긴 몸으로 좁디좁은 동굴을 차지해, 동굴 어디든 죽음이 그들을 기다리고 있었다. 도쿠베이는 단 한 번의 일격에 생의 운을 걸기로 했다.

흐릿한 빛이 도쿠베이의 팔에 감각을 일깨웠다. 그것은 눈가리개를 뚫고 녹색으로 은은히 다가왔다. 그 순간 도쿠베이는 또 다른 기척이 앞이 아닌 옆에서도 느껴짐을 알았다. 야스오는 아니었다. 정체를 알아내기엔 늦었다. 같은 편이라면 분명 거리를 두었을 것이다. 적의 암습에 앞서 도쿠베이가 먼저 검을 휘둘렀다.

"으아아악!"

"누구냐!"

도쿠베이가 두건을 벗었다. 일검에 목이 잘린 채 비틀거리는 두루마기 차림의 남자는 김국도였다. 땅바닥에 떨어진 그의 얼굴은 인간의 얼굴이 아니었다. 눈코입이 있었지만 숫자와 위치가 달랐다. 머리칼 대신 촉수가 있었고 달팽이처럼 생긴 기관이 돌출해 있었다. 머리를 잃은 목에서도 지렁이 떼 같은 촉수가 새롭게 솟구쳐 잘린 머리를 찾았다. 도쿠베이가 머리와 몸통이 서로를 찾아 합체하는 광경을 멍한 시선으로 보고 있을 때, 지네 괴물의 꼬리가 가슴을 강타했다. 튕겨 날아간 그는 석벽에 부딪친 후 쓰러져 정신을 잃었다. 지네는 목이 잘린 김국도의 모습에 더욱 광분해 좁은 동굴을 몸으로 부딪치며 무사들을 덮쳤다.

한편 류노스케 일행은 동굴의 가장자리까지 도달했다. 뒤쪽의 파란을 모르는 그들은 구석에 신령스럽게 모셔진 물체를 발견했다.

"야스오! 저것이다. 검은 연기가 나는 신비의 돌이다."

그들의 앞에 갖춰진 것은 제단이었다. 나무 밑동을 잘라 만든 평상 위에 석공이 깎은 것처럼 완전한 직사각형의 검은 돌이 놓여 있었다. 돌은 침입자를 알아보았다. 공기 중에 파동이 생기면서 지상을 초탈한 천체의 관념이 사람들의 머리를 사로잡았다. 골수를 파고드는 통증에 모두가 머리를 감싸 안았지만 야스오는 경탄의 눈길로 돌을 바라볼 뿐이었다. 버섯 모양의 기이한 생명체들이 허공에서 돌을 둘러쌌고, 검은 연기 한 자락이 번짐도 없이 항아리 속의 물고기처럼 돌 주변을 천천히 맴돌았다.

"류노스케 님······, 이런 것은 정말 처음 봅니다."

센자부로가 다가갔다. 풀려 버린 눈은 인간다운 영롱함을 의식 바깥으로 밀어내고 있었다.

"안 돼! 센자부로! 가까이 가면 안 돼."

류노스케가 말렸으나 늦었다. 센자부로의 손은 이미 버섯을 쓰다듬은 후 사각형의 돌로 접근한 후였다. 사악한 흑연(黑煙)이 불경의 손길을 알아챘다. 한 자락의 연기가 폭발하는 화약처럼 확장했다. 야스오는 그 모습에서 위기를 느끼면 몸이 부풀어 오르는 바닷물고기를 떠올렸다. 알에 치명적인 독이 있는 물고기였다. 조화롭던 연기가 돌의 주변을 치밀하게 에워쌌다.

"아름다워······."

센자부로의 눈동자에 허공으로 뜬 돌이 비치었다.

야스오가 나서려 했으나 무슨 이유인지 류노스케가 말렸다.

돌이 허공에서 빛을 발하기 시작했다. 짙은 검은 빛과 옅은 검은 빛을 바꾸는 반복이었다. 빛의 변화 사이를 검은 연기가 파고들었다. 센자부로는 연기에 온몸이 싸여가는 줄도 모르고 환희에 찬 눈으로 허공의 돌을 바라보았다. 센자부로의 몸에 거대한 불길이 치솟았다. 단 한 번에 천장까지 치솟는 맹렬한 녹색 불길이었다. 피부가 녹아내려도 센자부로는 아름다움에 취한 눈길을 거두지 못했다. 둥그런 눈알과 이빨만이 남을 때까지 그는 웃고 또 웃었다. 그 웃음이 무시무시한 비명으로 변하자, 야스오는 물론 류노스케까지 귀를 막았다.

신비의 기운이 사라졌다. 귀에서 손을 뗀 두 사람은 한 줌의 재로 변한 센자부로를 보았다. 돌은 다시 제자리로 돌아가 평온을 찾은 연기를 품고 있었다.

"야스오, 정신 차려! 우린 저걸 가져가야만 해."

"어떻게요?"

"자네가 저 돌을 가져오는 거야."

"센자부로가 저렇게 됐는데요!"

"아냐, 자네는 돌을 취할 수 있어."

"못합니다!"

"나를 믿게. 자네의 조상은 저 돌의 주인이었어. 자네를 알아볼 거야."

"그걸 어떻게 확신합니까?"

"자네도《귀경잡록》을 봤다면……."

엄청난 기세가 두 사람에게로 몰아쳤다. 돌아보았을 때는 이미 늦었다. 강력한 충격을 등으로 느끼며 두 사람은 공중을 날아가 돌이 모셔진 제단 앞에 쓰러졌다. 침입자들이 코앞까지 텅 겨오자 돌은 금세 연기를 험악하게 변형시켰다. 그들을 꼬리로 날려 보냈던 거대 지네가 다가왔다. 곤충의 촉수와 더듬이, 맹수의 눈과 이빨, 그러나 그 무엇과도 닮지 않은 새로운 문양, 헤아릴 수 없는 팔다리. 야스오와 류노스케는 앞에는 돌, 뒤에는 지네 괴물이라는 진퇴양난에 빠졌다.

거대한 머리가 다가오자 류노스케는 넘어진 채로 칼을 휘둘렀다. 지금껏 동굴 안에 들어온 자를 백골로 만든 것들은 분명이 소름 끼치는 괴물이었다. 그리고 겉으로는 근엄한 선비인 척하던 마물은 이 괴물의 지배자였거나 이용자였음에 틀림없었다.

필사적으로 휘두르는 칼을 지네가 집게 입으로 물었다. 손을 놓지 않자 지네는 대가리를 흔들었고 류노스케의 몸이 번쩍 쳐들렸다. 보검을 놓치고 땅에 떨어진 류노스케는 절망적으로 바닥에 쌓인 백골을 집어던졌다. 지네는 꿈쩍도 않고 사람의 살점이 군데군데 끼인 입을 쩍 벌려 눈앞의 적을 두 동강 내려 했다.

그때 야스오가 앞을 막아섰다. 언제 취했는지 그의 품에는 신비의 돌이 안겨 있었다. 눈부신 녹색 광휘가 야스오의 몸을 휘감았다. 센자부로와 달리 야스오는 무서운 일을 당하지 않았다. 오히려 기겁을 한 것은 지네 쪽이었다. 녹색 광휘를 압도하는 검은 연기가 날아오자, 이미 신비석의 무서움을 알았던 지네의 주둥이에서는 단말마의 비명이 터져 나왔던 것이다. 빛이 일시에 확장하여 류노스케는 눈을 뜰 수가 없었다. 거대한 수레를 돌리는 것 같은 소리가 들려왔다. 돌가루가 마구 떨어지면서 눈을 부시게 한 녹색 빛이 사라졌다.

지네는 거대한 검은 석상으로 변해 버렸는데 또아리를 틀다가 몸이 굳어 버려 기이한 취향을 가진 조각가의 작품처럼 보였다. 야스오의 품에 안긴 검은 돌이 미지의 힘을 행사했고, 최후의 순간 도주의 수단으로 활짝 펼친 지네의 날개까지 검은 돌로 굳어 버린 것이다.

"야스오! 자네가 해냈어! 날개 달린 지네를 처치했어!"

류노스케가 탄성을 내질렀다. 그러나 야스오는 바닥에 쓰러진 채 잠든 것처럼 눈을 감고 있었다. 그런 야스오의 가슴 위에는 더없이 안정적인 기세로 검은 연기를 피워 올리고 있는 직사각형의 돌이 놓여 있었다.

류노스케가 저고리를 벗었다. 천장에서 더 많은 돌멩이가 떨어졌다. 동굴이 크게 흔들리고 있었다. 시간이 없었다.

"주군! 주군!"

"아! 도쿠베이. 무사한가?"

"예!"

도쿠베이가 피투성이가 된 채 다가왔다. 그는 난생처음 본 거대 괴물이 석상으로 변해 버린 광경과, 그만큼이나 기이한 모습이 된 야스오를 놀란 눈길로 바라보았다.

"이곳은 어딥니까? 지옥으로 들어가는 문입니까?"

"지옥은 없어! 하지만 이제 우리가 지옥을 만들 수 있지!"

천장이 우르릉거리며 흙먼지가 피어 올랐다. 벽에 금이 갔다.

"동굴이 무너지려나 봅니다."

"야스오가 해냈어. 일단 여기서 나가세, 도쿠베이."

도쿠베이가 야스오를 일으키려 하자 류노스케가 급히 만류했다.

"안 돼! 돌을 만지면 안 돼! 센자부로가 돌에 접근하다가 재가 돼 버렸어."

류노스케가 저고리를 펼쳐 조심스럽게 다가갔다. 그것은 이세룡이 준비한 옷이 아니었다. 류노스케의 아버지 사가모리 도시로가 직접 하사한 옷이었다. 도쿠베이는 저고리 안쪽에 미지의 문자와 기호가 깨알처럼 씌여진 걸 보았다.

"그건 뭐죠?"

"다른 세상의 물질로 만든 천이라고 하셨네."

류노스케는 무릎을 꿇고 조심스럽게 돌을 향해 경애의 말을 올리기 시작했다.

"살아남은 사람들이 더 있는지 알아봐 주게."

"예."

붕괴의 진동이 심해졌다. 도쿠베이가 생존자를 점검하는 사이, 제사의 추도문 같은 류노스케의 낭독은 계속되었다. 돌의 연기는 안정적이었고 야스오는 편하게 눈을 감고 있었다. 주문을 마친 류노스케가 긴장한 얼굴로 돌 위에 옷을 덮었다. 센자부로가 당했던 것처럼 무서운 현상은 일어나지 않았다.

도쿠베이가 부상당한 세이잔과 마쓰헤이를 데려왔다. 두 사람의 머리칼은 하얗게 세어 있었다. 바위가 구르면서 동굴의 진동이 격심했다. 지네 석상도 반토막이 났다. 도쿠베이가 야스오의 어깨를, 마쓰헤이가 다리를 붙잡았다. 젊은 세이잔은 겁에 질려 떨기만 했다.

"자, 이곳을 빠져나간다. 서둘러!"

류노스케가 선두에 섰다. 야스오의 몸이 심하게 흔들거려도 돌은 가슴에 붙은 채 떨어지지 않았다. 그들은 달렸고 동굴의 붕괴가 본격적으로 시작되었다. 죽어 널브러진 동료들과 김국도의 행방을 확인할 여유는 없었다. 죽은 이들의 몸에도 돌이 쏟아져 내렸다.

갑자기 세이잔이 김국도가 저기 있다며 소리쳤다. 류노스케가 세이잔의 목덜미를 잡고 뛰었다. 그의 눈에 비친 김국도의 시체는 머리와 몸이 분리된 채 쏟아지는 돌을 맞고 있을 뿐이었다. 잘못 본 것일 수도, 세이잔이 미쳐가는 것일 수도 있었다. 그럼에도 류노스케는 신비의 검은 돌을 손아귀에 넣은 기쁨으로 가슴이 벅찼다. 마침내 죽음의 구역을 빠져나오자 동굴은 남김없이 무너졌다. 지옥과 이승을 구별할 수 없던 시공간은 이제 영원한 비밀 속에 묻혀 버렸다.

류노스케는 살아남은 도쿠베이, 마쓰헤이, 세이잔, 그리고 의식을 잃은 야스오를 둘러보았다. 하나같이 피로 뒤덮인 끔찍한 몰골이었으나 야스오의 상체를 덮은 천에서는 은은한 광채가 났다. 모든 일은 환상이 아니었던 것이다. 동이 터오고 있었다.

"고향으로 돌아가자."

수장의 말에도 그들은 별로 기뻐하지 않았다. 동굴에서 겪은 악몽은 그들의 삶을 바꿔 놓았다.

7

그들은 휴식도 없이 이동했다. 어둠이 짙게 깔렸음에도 류노스케는 일단 섭주를 벗어나서 쉰다는 고집을 버리지 않았다. 검은 돌, 야스오에게 반응했고 가슴에 붙어 있긴 해도 오랜 기간 김국도의 터전에서 잠자고 있던 돌이 그들 이방인에게 어떤 반응을 보일지 알 수 없었다. 김국도가 살아 있을 수 있다는 예감도 불길함을 더했다.

동굴에서 나온 세이잔은 극도로 불안한 상태였다. 끊임없이 뒤를 돌아보면서 머리가 없는 김국도가 나무 사이로 보고 있다며 헛소리를 했다. 팔다리를 떠는 바람에 옮기던 야스오를 몇 번이나 떨어트릴 뻔했다. 도쿠베이가 뺨을 치고 윽박질러도 세이잔의 신경증은 진정되지 않았다.

"날이 너무 어두워 도저히 길을 못 찾겠습니다."

도쿠베이가 지친 기색으로 말했다. 류노스케는 수하들을 둘러보았다. 세이잔은 말할 것도 없고, 오십 줄의 나이에도 누구보다 용맹함을 자랑하던 마쓰헤이조차 상태가 안 좋아 보였다.

"마쓰헤이, 괜찮나?"

"예, 아무 문제도 없어요."

"자네 숨소리가 가래가 낀 것 같아."

"무슨 말씀이십니까? 어서 가던 길이나 계속 가시지요."

대답은 투지만만했지만 마쓰헤이의 안색은 좋지 않았다. 류노스케는 도쿠베이를 돌아보았다.

"달도 뜨지 않은 밤이라서 산길이 수월치 않군."

"달이 떠도 마찬가집니다. 김국도는 수차례나 길을 꺾었습니다."

"젠장, 어디가 어딘지 알 수가 있어야지."

"이미 우린 섭주를 벗어났을 수도 있습니다."

세이잔이 숲속을 가리키며 웃었다.

"히히히. 우린 같은 길을 빙빙 돌고 있어요. 사람 모양의 저 소나무, 벌써 세 번째에요."

"입 다물어."

"그뿐이 아니에요. 눈이 하나밖에 없는 불가사리를 봤어요. 불타고 있는 것 같았지요. 소용돌이도 봤어요. 당신들은 못 봤어도 나는 봤어요."

"이런 나약한 자식!"

도쿠베이가 세이잔의 멱살을 잡고 흔들었다. 아픈 줄도 모르는 세이잔은 허공을 둘러보다가 동료의 머리에 시선이 닿았다.

"세상에…… 마쓰헤이님 머리가…… 한겨울의 후지산처럼 새하얗게 변했어요!"

"정신 놓지 마라, 세이잔! 우린 함께 있다."

세이잔을 격려하긴 했지만 마쓰헤이 역시 곧 쓰러질 것처럼 보였다. 백발과 뚜렷이 대비되는 그의 얼굴은 시시각각 자줏빛으로 변해가고 있었다. 마침내 류노스케가 말했다.

"여기서 쉬었다 간다. 야영 준비를 하자."

❦

쉬기로 결정하자 상황은 조금 나아졌다. 피로에 아랑곳없이 산을 뒤지던 도쿠베이는 네 사람이 먹기에 충분할 양의 칡뿌리를 캐왔다. 허기를 달래고 나자 세이잔의 헛소리가 줄었고 마쓰헤이의 지친 숨소리도 안정을 찾았다. 조선군이 볼까 봐 불은 피울 수 없었지만 4월 날씨임에도 산속은 따뜻했다. 류노스케는 주인을 만난 검은 연기의 돌이 우리를 지켜주는 게 틀림없다고 힘주어 말했다.

야스오는 아직도 눈을 감고 누워 있었다. 가슴에 얹힌 돌은 미지의 문자가 가득한 천에 씌워진 채 위아래로 오르내리며 그가 살아 있음을 증명했다. 그러나 코와 입에서는 숨기운이 느껴지지 않아, 때로 야스오가 아닌 돌이 숨을 쉬는 것처럼 여겨지기도 했다. 류노스케는 무서운 상황을 겪은 후 정신이 허약해져 그렇게 느끼는 것일 뿐이라고 일소에 붙였다.

칡뿌리를 먹은 그들은 그대로 드러누웠다. 흙바닥 위였지만 긴장이 풀리고 온몸이 노곤해졌다. 도쿠베이는 교대로 파수를 서자고 제안했지만 류노스케는 돌이 우리를 지켜줄 것이니 걱정하지 말라고 했다. 사실 동굴의 사투를 겪은 후 바닥난 체력으로 파수까지 선다는 건 무리였다. 세이잔과 마쓰헤이는 자리에 눕자마자 잠이 들었다.

도쿠베이가 류노스케의 곁으로 다가왔다.

"남쪽으로 이동하긴 했습니다만 조금 걱정입니다."

"이 산은 그렇게 깊지 않아. 길이 나오지 않을 리 없어."

류노스케는 희망이 담긴 눈으로 야스오와 그의 가슴에 얹힌 돌을 보았다.

"날이 밝으면 찾기가 쉬울 거야."

"조선군의 눈에 띄기도 쉽지요."

"검은 연기의 돌이 있으니 문제될 것 없네."

"그러잖아도 야스오를 옮기는 일이 걱정입니다. 깨어나질 않으니."

"힘들지만 지금처럼 옮기는 수밖에. 농가가 나오면 버리고 간 수레가 있는지 살펴보자구. 아니면 우리가 직접 만드는 방법도 생각해 보세."

"시간이 되겠습니까?"

"그새 위험한 일이 생긴대도 아무 걱정할 게 없네. 야스오는 죽은 게 아니야. 아무도 그를, 아니 우리를 건드릴 수 없어."

"어떻게 확신하시죠?"

"나는 야스오의 능력을 똑똑히 보았어. 저 돌을 가진 야스오가 지네를 석상으로 만들어 버렸지. 또한 돌은 아버님이 보내 주신 옷에 반응을 했어.”

“돌을 덮은 저 옷은 대체 뭡니까?”

“박영걸이 갖고 있던 천이라네. 새에게 둥지가 있듯 원래 저 돌을 감싸던 보금자리라고 했어.”

“그걸 어떻게 손에 넣은 거죠?”

“내가 한 게 아니야. 아버님이 하셨지.”

류노스케는 더 이상 얘기하지 않고 잠든 세이잔을 흘끗 쳐다본 후 말머리를 돌렸다.

“부산에 도착할 때까지 세이잔이 미치지 않았으면 좋겠군.”

류노스케는 부산에서 배를 대놓고 기다린다는, 사가모리 도시로가 심은 첩자 이야기로 화제를 옮겼다. 아군이 충주전투에서 승리했을지, 한양으로 진격하고 있을지에 대해서도 이야기를 나누었다. 잠시 후 류노스케가 단호한 음성으로 물었다.

“우리가 겪었던 이 모든 일이 궁금하지 않은가?”

“주군을 무사히 고국까지 모실 일만 신경 쓰일 뿐입니다.”

“현실을 외면한다고 두려움이 줄진 않네. 우리 모두 날개 달린 지네를 봤잖은가.”

도쿠베이는 말없이 류노스케를 응시하다가 결심한 듯 입을 열었다.

“제가 일검으로 날려버린 김국도의 머리는 눈이 여럿에 이상한 더듬이가 붙어 있었습니다. 그 머리도 죽지 않고 다시 움직였습니다."

"그런데도 궁금하지 않다?"

"말씀드렸잖습니까? 가신에게 의문은 필요치 않습니다. 무사는 오직 수행할 임무에만……."

류노스케가 손을 들었다.

"됐네, 도쿠베이. 자네라면 사건의 전말을 알 만한 자격이 되네."

류노스케가 옆에 놓인 보검을 집어들며 "내 사람이 되기 위해서라도……"라고 은밀히 말했다. 도쿠베이의 시선을 무시한 채 그는 양손을 반대 방향으로 돌렸다. 칼집에 꽂힌 보검이 긴 손잡이만 따로 분리되었다.

"독을 넣을 수 있게 고안됐군요. 암습은 사가모리 가의 명성에 어울리지 않습니다."

"적을 위해서가 아닐세. 이 검이 부러질 때의 나를 위한 거지."

류노스케가 손잡이를 털었다. 그 안에서 나온 건 독액이 든 주머니가 아니라 둘둘 말린 종이였다.

"피곤하지 않다면 지금 읽어보게.《귀경잡록》이란 책의 일부분을 옮겨 적은 걸세."

도쿠베이는 잠시 망설이다가 종이를 넘겨받았다. 그 역시도 《귀경잡록》에 관해 들어본 적이 있다. 저자의 고향인 조선의 금서이자, 외국에 은밀히 전해진 사본도 금서 처분을 받은 사악한 서책이며, 혼돈과 죽음을 몰고 오는 마성의 서책이기도 했다. 뱀 껍질의 얼굴을 가진 선비 탁정암이 다른 시간과 공간에서 인간 세상을 찾은 방문자들을 설명한 기록문이요, 그들에 실체에 관한 경고를 잊지 않은 예언서이기도 했다.

세상의 질서와 균형에 위배되는《귀경잡록》에는 미지의 방문자를 불러들이는 술법이 행간에 암시되어 있다. 방문자들은 인간의 상상을 초월하는 힘을 가졌고, 어둠의 목적을 가진 어떤 인간들은 이들과 손을 잡으려 했다. 실제로 반역을 노린 일부 조정 관료는 몰래 군사를 기른 뒤《귀경잡록》의 주술로 이 '방문자들'을 불러냈다. 그러나 서책의 경고를 무시한 성급한 소환 행위는 대부분 목적 달성은커녕 살가죽이 찢기고 뼈다귀가 녹아내리는 끔찍한 결과만을 초래하고 말았다. 원린자(遠麟者)라고 일컬어진 그 방문자들은 인간의 오관이 허용하는 비밀에 부쳐져야 할 존재들이었기 때문이다.

도쿠베이는 애당초 원린자란 존재를 믿지 않았지만 김국도의 불가사의한 변형을 본 기억 때문에 믿음이 흔들렸다.

세종 20년(1438년), 나라를 어지럽히고 사람을 망친다는 이유로 민간에 유포된《귀경잡록》은 모조리 압수당해 불태워졌고 저자 탁정암은 의금부의 고문을 받다가 죽었다. 그가 죽기 직전 사자후로 절규한 후세에의 경고는 사람들 기억에서 잊혀졌다. 그러나 세월이 흐른 지금도 이 책의 불길은 꺼지지 않고 몰래 번지고 있다. 때로는 작은 모닥불로, 때로는 거대한 산불로《귀경잡록》은 세상을 위험에 빠뜨렸다. 욕망을 가진 인간들이 저자의 경고를 따르는 대신, 경고를 악용했기 때문이다.

문득 도쿠베이는 사가모리 부자가 타국까지 사람을 보내 신비의 검은 돌을 강탈한 행위에 의혹을 품었다. 류노스케가 칼속에 숨긴《귀경잡록》까지 보여주는 것은 이렇게 된 이상 벌어진 일에 의문을 제기하지 말고 가담하라는 종용이 아닐까? 그렇다면 그들의 야욕도 어딘가 떳떳지 않다는 것일 터. 대체 도시로 영주의 속셈은 무엇일까. 정말 천하를 제패하는 것이란 말인가? 겨우 돌 하나로?

도쿠베이는 휴식을 취하는 것도 잊고 문서를 읽기 시작했다.

귀경잡록(鬼境雜錄)

제 18장 혹척혹친(或斥或親)편

혹은 멀리하고 혹은 가까이하고

원린자(遠麟者)의 둔갑술은 사람의 겉가죽은 물론 속마음에까지 이른다. 이들은 화(和)하고자 혹은 교(敎)하고자 또 혹은 인(認)하고자 수억만 리 길을 멀다 여기지 않고 왔다 하나,

본 모습을 감추고 밤도둑처럼 나타난 이들의 진심은 다른 것이 아니니, 저들과는 다른 동족인 인간의 세상에 고루 섞임으로써 제각기 목적하는 바를 이루려는 것이다. 실제로 학문으로 상화(相和)하려는 자들도 있어 헤아려 사귐이 마땅하나, 이런 이들은 얼마 되지 않으며 오히려 검은 속을 숨긴 채 얼굴가죽만 밝게 꾸미는 자들이 많으니 삼가 경계할 뿐이다.

一

이수형이 경상도 관찰사로 있을 때 섭주 현령 윤부성으로부터 장계를 받았다. 지난밤 섭주와 안동의 경계가 되는 조릿재 고개에 집채만 한 빛이 떨어져 땅이 한 식경 동안 꿈틀거리고 산짐승들이 울부짖어 이를 조사한다는 내용이었다.

아전들을 대동하고 조릿재에 오른 윤부성은 정상으로 오르는 길의 한가운데가 동그라미 모양으로 새카맣게 타고 나무 수십 그루가 부러진 흔적을 발견했다. 사람의 손으로 자행한 방화라 할지라도 피해현장은 자못 괴이했다. 윤부성은 네 개조로 나누어 산악을 수색했는데, 반나절 만에 화전민의 폐가에서 거동이 수상한 남자 둘을 붙잡을 수 있었다. 발견 당시 옷을 입지 않은 알몸에 눈 색깔이 새파란 이들은 상투를 틀지 않았고 머리카락이 허리까지 닿았다.

두 사람 중 비쩍 마른 자는 어린아이의 몸통만 한 돌을 품에 안고 있었는데 돌의 형태가 벼루처럼 사각형의 형태를 띠었다. 두 사람 중 살이 통통히 오른 자는 아첨하듯 잠시도 웃음을 거두지 않았는데 그 낯가죽이 지나칠 정도로 희었다. 어디서 온 누구냐고 묻자 이들은 서툰 조선말을 더듬거리며 제대로 된 답을 내놓지 못했다. 윤부성은 이들이 이단으로 금하는 사교를 떠받드는 종자들이며, 해괴한 산불은 비밀스런 제사를 치른 결과일 것이라고 추리했다. 지체 없이 섭주 관아로 연행해 신원과 범죄 여부를 조사할 것이라며 윤부성은 장계를 마쳤다.

그로부터 사흘 뒤 관찰사는 또 다시 섭주에서 달려온 급보를 맞이하는데, 파발마를 타고 온 피투성이의 차인꾼은 윤부성의 서찰을 전달하자마자 말에서 굴러떨어져 숨을 거두었다.

보고는 수수께끼의 두 남자를 취조하는 데서부터 시작되었다. 윤부성은 '웃는 낯의 사내'가 조선말을 잘하는데 비해 '돌을 안은 사내'는 우리말에 능통치 못하다고 했다. 웃는 낯의 사내가 말하길, 자기들은 화란국(和蘭國, 네덜란드)에서 배를 타고 온 선교사들이요, 야소교(기독교)를 전파하려는 게 아니라 조선의 유학을 배우러 왔다고 했다. 아울러 방화는 자기들과 전혀 상관없는 일이며, 옷을 입지 않은 까닭은 간밤에 산적들을 만나 노략질당했기 때문이라고 밝혔다.

윤부성은 이를 믿지 않았다. 허옇게 웃는 낯가죽이 마음에 들지 않음이 첫째 이유요, 검은 돌을 가진 사내의 수상한 행태가 둘째 이유였다. 돌을 안은 자는 서툰 조선말로 입을 열기 전에 항상 돌에 귀를 바짝 들이댔다. 마치 생명 없는 돌이 이렇게 저렇게 답변하라 가르쳐 주는 듯했다. 윤부성은 그의 행동이 요사스런 주문을 읊는 주술 행위이며 귀 기울이는 돌은 그가 모시는 신령이라고 믿어 의심치 않았다. 웃는 낯의 사내는 거듭하여 자신들이 선교사임을 주장했으나 윤부성은 형틀을 준비하고 본격적인 신문 준비에 들어갔다.

얼마 후 믿지 못할 일이 일어났다. 돌을 가진 자를 형틀에 엎드리게 해서 묶자 돌이 저절로 날아올라 그의 등짝에 철썩 붙어버린 것이다. 이 모습을 지켜보던 웃는 낯의 사내는 몰살당하기 싫으면 당장 자신들을 석방하라고 소리쳤고 윤부성은 통인을 시켜 가까운 사당으로 달려가 무당을 데려오라고 지시했다.

웃는 낯의 사내는 돌을 써서 모두를 죽이라고 동료에게 소리쳤다. 그러나 돌을 가진 사내는 이를 듣지 않으려는 것처럼 보였다.

윤부성이 "놈을 매우 쳐라" 하고 추상같이 명을 내렸다. 돌이 등허리를 막았기 때문에 집장사령은 돌 가진 자의 넓적다리를 곤장으로 쳤다. 살가죽이 찢어지고 녹색의 피가 솟아나 아전들을 놀라게 했다. 삽시간에 주위가 어수선해졌다. 웃는 낯의 사내는 또 다시 돌의 신통력으로 버릇 없는 것들을 모조리 쳐

죽이라 소리쳤고, 이에 담력이 세기로 소문난 윤부성은 수하들을 다독여 얼굴 허연 놈부터 물고를 내라고 호통쳤다.

웃는 낯의 사내는 얼굴을 종잇장처럼 구기더니 하늘을 가리키며 요상한 주문을 외웠다. 그러자 집채만 한 지네 한 마리가 구름 사이로 날아왔고, 또 다른 두 마리가 담을 넘어와 사람들을 물고 뜯어 던져 죽이니 무수한 이가 희생당하였다. 동헌은 아수라장이 되었고 지네의 이빨에 몸이 잘린 사람들의 피비린내가 십 리밖까지 풍길 지경이었다.

지네의 꼬리에 공격당한 윤부성도 부상을 입었지만 관노들이 도와 피신해서 간신히 목숨을 부지할 수 있었다. 관아를 폐허로 만든 지네들은 파죽지세로 마을로 덮쳐 집을 부수고 가축을 죽였다. 무서움에 발이 얼어붙은 고을 백성들은 도망갈 생각도 못한 채 떼죽음을 당하니 산과 들에 시체가 널리게 되었다.

주변의 만류를 무릅쓰고 윤부성은 관찰사에게 보내는 서찰을 급하게 써 파발마를 띄운 후 사람들을 수습하여 고을을 지키러 나섰다. 서찰의 내용은 거기까지이며 소식을 전한 차인꾼마저 죽어버려 관찰사는 이후의 정황을 알 수 없었다.

이수형은 집채만 한 지네라느니, 돌이 붙은 남자라느니, 이상한 주문이라느니 하나같이 해괴한 소리 일색이라 어리둥절하기만 했다. 그러나 피 묻은 서찰에서 사악한 기운을 물리치려는 의지가 문장마다 매우 절실하여 관찰사는 백여 명의 군사를 무장

시켜 친히 진상을 알아보러 나섰다.

말을 달려 섭주에 당도한 그는 흉흉한 기운이 고을을 뒤덮고 있음을 알았다. 동헌은 복구할 수 없을 만큼 파괴되어 행정기능을 상실했고, 옥사 안은 미처 도망하지 못한 시신들로 피바다를 이루었다. 그들 대부분은 아직 살점이 붙어 있는 백골의 상태였다.

관헌들은 보이지 않았고 바람은 마르지 않은 피비린내를 날려보냈다. 관찰사가 징을 쳐 출현을 알리자, 숨어 있던 백성들이 피난민의 몰골을 한 채 하나둘 나타나 살려달라고 빌었다. 그들이 하나같이 날아다니는 거대한 지네를 증언하자 관찰사는 망령된 소리 그만하라 호통을 쳤다. 그러나 그들이 합심하여 세 마리 중 두 마리를 죽였다고 증언하자 확인을 아니 할 수도 없었다. 과연 마을의 당집 앞에 창칼에 난도질당한 채 악취를 풍기는 지네의 시신을 볼 수 있었다. 그 크기는 불교의 연등행사 때 보던 청룡의 인형만큼 길고도 컸다. 오십 평생 귀신을 믿지 않던 관찰사의 간담은 절로 서늘해졌다.

이수형은 발광하던 지네 한 마리가 조금 전 조릿재 쪽으로 올라갔다는 말에 군사들과 함께 산으로 이동했다. 그들은 조릿재 하늘에서 일곱까지 색깔로 변화하는 빛을 보고 심상찮은 일이 일어나고 있음을 예감했다. 윤부성과 군졸들의 시신이 발견되었지만 아직 이들을 묻어줄 여유는 없었다. 속도를 더해 고개를 오른 이수형은 윤부성의 장계가 거짓이 아님을 알 수 있었다. 고갯

머리 가까이에 동그라미 형태로 불에 탄 흔적이 있었던 것이다. 그리고 그 안에는 몸에서 빛이 나는 남자 둘이 있었는데, 군사들을 보자마자 그중 하나는 허연 얼굴에 활짝 웃음꽃을 그렸고, 또 하나는 품에 안은 돌을 빼앗기지 않으려는 것처럼 꼭 끌어안았다. 지네는 보이지 않았다.

칼을 뽑아 든 이수형이 신원확인을 요구하고 고을의 참사에 대한 책임을 묻자 웃는 낯의 남자가 걸어 나왔다. 그때 돌을 가진 자가 나서더니 동료의 어깨를 붙잡아 앉히면서 자신들의 죄를 순순히 시인했다. 그리고 말하길, 자기들은 인간이 아니며 이곳의 학문을 연구하려고 아주 먼 데서 날아왔다, 먼저 우리에게 해를 가한 것은 인간이지만 사태가 이렇게까지 된 데 죄스러움이 없지 않으며 방법을 알려 준다면 어떻게든 보상을 하고 싶다고 했다.

이수형은 그를 보며 놀란 표정을 감추지 못했다.

그는 떨리는 손으로 명을 내렸고 군사들 또한 벌벌 떨면서 일제히 화살을 퍼부었다.

검은 돌을 가진 자는 화살이 날아오자 본 모습을 드러냈다. 그날 구사일생으로 살아남은 형방 정효탁이 증언하길, 탈바꿈한 그자는 두 발로 걸었지만 사람보다는 검은 갑옷 같은 껍질을 갖춘 '하늘소'와 훨씬 유사하게 생긴 괴물이라고 말했다. 하지만 10년 후 병으로 죽기 직전에 그는 집채만 한 지네 때문에 헛것을 본 게 분명하다고 말을 바꾸었다.

돌 가진 자가 탈바꿈을 마치자마자 돌이 공중으로 솟아오르더니 하늘을 집어삼킬 만큼 시커먼 연기를 내뿜었다. 날아오던 화살들은 검은 연기를 뚫지 못하고 부러져 떨어졌다. 정효탁은 웃는 낯의 남자가 돌 가진 남자에게 말하는 것을 똑똑히 들었다고 한다.

"저것이 바로 인간이다. 나약한 상대가 있으면 원하는 대로 괴롭히려 하고 강하게 보이는 상대라면 어떤 방법을 써서라도 서둘러 해쳐 스스로의 안전을 꾀한다. 그대가 아무리 진심을 보인들 저들은 그대를 죽여 의학(醫學)하는 것들에게 넘긴 후 초록색 피를 발본색원하려 할지언정, 그대와 동등한 입장에서 교류를 맺지는 않을 터이다."

움직임을 얻은 돌이 공포에 휩싸인 군졸들 사이를 저절로 날아다녔다. 그날 가까스로 살아남은 사람 몇몇은 남은 인생을 극악무도한 악몽에 시달려야만 했고, 밝은 대낮이 아니면 혼자 있는 것을 꺼리게 되었다. 돌이 그들 사이를 한 바퀴 돌 때까지 그들은 꿈에 취한 듯 멍한 표정을 거두지 못했다고 한다.

돌이 주인에게 돌아오고 나서 곧 사상 초유의 무서운 일이 벌어졌다. 군졸들이 서로에게 달려들었다. 손에 잡히는 대로 상대의 눈알을 뽑고 목을 물어뜯고 팔다리를 잘라 마구 죽였다. 그들은 극도의 공포에 사로잡혀 자기 앞에 있는 사람을 살려두려 하지 않았다. 그 모습은 구석까지 몰린 쥐가 죽기 살기로 고양이에게 달려드는 형국을 연상시켰다고 한다.

이처럼 집단적인 발광사태에 군졸들 대부분은 끔찍한 모습으로 죽고, 눈이 풀려 버린 이수형 역시도 땅에 세워진 창에 목을 겨냥하고 말에서 뛰어내렸다. 벌판에 시체들이 즐비해지자 돌은 주인의 품으로 떨어졌다. 연기도 광채도 이미 사라지고 없었다. 돌의 주인은 자신이 얻은 승리에 별로 기뻐하는 것 같지 않았다. 게다가 이 같은 술법을 부리느라 보통 이상의 기력이 들어갔는지 곧 쓰러져 죽을 것처럼 보였다.

웃는 낯의 남자가 얼굴이 떨어져 나가도록 웃기 시작했다. 돌 가진 자는 이 음험한 가가대소에 놀라 돌아보다가 군졸들이 왜 자신에게 화살을 퍼부었는지 알아차렸다. 그의 뒤에는 언제 거기 왔는지도 모를, 날개 달린 지네 한 마리가 흉악하게 또아리를 틀고 있었던 것이다. 화살 소나기가 향한 곳은 자신이 아니라 바로 이 괴수였다.

앞뒤 정황도 가리지 않고 인간들을 학살했다는 자책이 겹쳤는지 돌 가진 자는 정신을 잃고 쓰러졌다. 이 틈에 웃는 낯의 사내는 검은 돌을 훔쳐 지네를 타고 사라졌다.

二

검은 돌은 아직 세상 어딘가에 있을 것이다. 웃는 낯의 원린자가 사람들 눈에 띄었다는 소문이 간간이 귀에 들어오기 때문이다. 그자가 아직 고향으로 돌아가지 않았음은 분명하다. 하늘에서 온 지네 천백족(天百足)은 그들의 삼두(三頭)가 하나로 합쳐져야 시간의 동굴을 통과할 수 있지만, 윤부성이 목숨 바쳐 두 마리를 죽였으니 남은 한 마리인 웃는 낯의 원린자는 자기가 왔던 곳으로 돌아가지 못한다. 아마도 그는 둔갑술을 활용해 인간세상 어딘가에서 본 모습을 감춘 채 숨어 지낼 것이다. 그러는 와중에 천지개벽의 힘을 터득하고자 돌의 사용법을 알아내려 부지런을 떨 것이다.

그러나 아직까지 세상에 조릿재의 난리와 비슷한 소식이 귀에 들어오지 않는 것은 다행히도 그가 돌의 사용법을 터득하지 못했다는 것을 알려주고 있다. 천하제일의 병기를 얻어도 쓰는 법을 모른다면 고철에 불과한 법, 만약 이자를 쥐잡듯이 찾아내 즉석에서 처치해 세월을 끄는 일이 없으면 천년만년 지속될 인간세계의 후환을 방지해 만사가 명쾌할 것이다.

　돌 가진 원린자 역시도 행방이 묘연하다. 잃은 물건을 되찾기 위해 모습을 드러냈다는 소식이 없는 걸로 보아 객사했거나 아니면 웃는 낯의 원린자가 무서워 어딘가로 도망쳤을 수도 있다. 후자가 더 그럴듯하다면, 역시 그 돌은 음흉한 심성을 지닌 원린자에겐 흉기가 될 수 있지만 원래의 주인에겐 수양하는 선비의 서책과도 같은 대수롭지 않은 물건인가 보다.

　대동강 인근에서 초록색의 피를 흘리는 자가 나타났다는 희귀한 소식은 여러모로 흥미를 준다. 왜냐하면 그 박영걸이란 사람은 산적을 때려잡아 백성들을 보호하는 일에 몸을 바쳤다는 소문이 들려오기 때문이다. 도둑이 누구인지 알면서도 돌을 되찾을 생각도 없고, 고향으로 돌아가지도 않고, 선행을 일삼고 살아가는 건 그가 착륙했던 조선 땅에 미련이 있기 때문이 아닐까? 그것이 애초의 목적이었던 학문 습득이든, 본의 아닌 죄책감이든 간에 말이다.

　그의 수명은 수백 살이라고 하니 자기가 아는 지식을 누군가에게 전수했을 수도 있다. 혹은 언젠가 돌을 찾아오기 위해 강한 힘을 보유한 후손을 남겼을 수도 있다. 이로 말미암아 신비의 검은 돌을 다룰 능력을 터득한 인간이 새롭게 세상에 나타난다는 가능성 또한 부정할 수 없다.

그러나 명심해야 할 사실이 있으니, 이 우주 전체에서 가장 믿을 수 없는 존재는 바로 우리네 인간이라는 것이다. 이게 세상의 진귀한 물건을 다룰 능력이 주어지면 사람은 평정심을 잃게 되고 이로써 다른 사람들이 위험해질 것은 불을 보듯 뻔한 일이다. 어떤 사람이라도 한계를 넘어서는 능력이 생기면, 저절로 변화를 거듭할 '마음'을 속이지 않는 것이 어렵기 때문이다.

도쿠베이가 종이를 내려놓았다.

"검은 돌의 주인이 야스오의 아버지 박영걸입니까?"

"그와 함께 왔던 웃는 낯의 남자는 바로 김국도야."

"이들의 정체는 무엇입니까?"

"원린자(遠麟者)일세."

"원린자라!"

"이 세상의 바깥에서 온 존재들이지. 말 그대로 저 하늘의 바깥을 말하는 거야. 우리가 눈으로 볼 수 있는 하늘 저편으로 까마득한 우주가 펼쳐져 있다네. 어설픈 학자들의 수다처럼 인간은 만물의 중심이 아닐세. 우주의 별천지에는 우리가 모르는 수많은 종족들이 살고 있고 그들만의 세상이 있지. 김국도도 박영걸도 다 미지의 종족들 중 하나야. 무서운 사실은 인간들에게는 신이나 다름없을 존재인 그 두 놈이 자기 별로 돌아가면 그저 그런 백성에 불과하단 거지. 수천만 명의 김국도가 백성을 이루고 있을 나라를 생각해보게.《귀경잡록》의 저자는 바로 그런 놈들이 이 세상을 노린다고 알려주고 있는 걸세."

도쿠베이는 충격을 받은 듯 잠시 말이 없다가 조심스럽게 물었다.

"아직도 믿기지 않습니다만 직접 보고 겪은 게 있으니……. 저, 그럼 대영주께서는 그 검은 돌을 손에 넣어 태합전하의 위치를 노리시는 겁니까?"

"어디 도요토미 히데요시뿐인가? 아버님의 야심은 장차 온 천하를 발밑에 두시려는 걸세."

도쿠베이는 나라를 엎을 반역에 움찔했고 천하를 호령하겠다는 망상에 불안해했지만 내색하지는 않았다.

"왜 박영걸은 돌을 찾을 생각을 안 하고 우리나라에 숨어 살았을까요? 그렇게 막강한 힘을 갖춘 자의 아들은 쫓겨 다니는 도둑에 불과했습니다."

"웃는 낯의 남자와 달리 그는 호전적인 종족이 아니었어. 박영걸이 이 땅에 온 이유는 학문을 위해서였네. 하지만 조선의 관리는 낯선 원린자를 배척했고 김국도는 그런 박영걸에게 부채질을 한 거야. 결국 검은 돌로 조선 사람들을 죽이게 된 박영걸은 마음이 괴로웠지. 고향에 돌아갈 생각조차 잊고 이 세상 어딘가에서 숨어 살려고 했던 거야. 하지만 조선은 위험했어. 김국도가 있으니까. 놈들은 인간과 달리 수명이 길어. 백 년이 넘은 세월 동안 김국도는 박영걸을 찾아 헤맸을 것이고 박영걸은 김국도의 추격 때문에 불안 속에서 살아야 했을 거야."

"빼앗긴 돌을 포기하면서까지요?"

"웃는 낯의 김국도는 능구렁이지만 잠룡(潛龍)이기도 해. 만만히 볼 상대가 아니라네."

"돌을 되찾기만 하면 김국도 따위는 쉽게 물리칠 텐데요."

"박영걸이 원하는 건 평화였어. 복수가 아니라."

류노스케가 밤하늘로 시선을 돌렸다.

"김국도는 꾀가 많은 위험한 자야. 웃는 낯의 남자라는 칭호처럼 그의 가장 큰 재주는 지네 괴수를 부리는 목축이 아니라 다른 이를 살살 꾀어내는 머리였다네. 박영걸이 조선까지 동행한 것도 놈의 의중을 몰랐기 때문일 거야. 여우 같은 꾀로 뒤통수를 친 후 돌을 빼앗는 것이 김국도의 본심이었지. 그걸 알게 된 박영걸은 놈에게서 벗어나려고 했네. 김국도가 돌을 손아귀에 넣고 도망쳤기에 문제는 저절로 해결됐지. 하지만 돌을 사용할 방법을 몰랐기에 김국도는 다시 박영걸을 수소문하기 시작했어. 그 사실을 알게 된 박영걸은 조선에 남아 있으면 언젠간 잡힐 거라는 생각에 우리나라까지 도망쳐 온 거지."

"그 돌을 갖고 있으면 김국도도 위험하긴 마찬가지 아닙니까?"

"김국도는 인간을 초월하는 능력을 가진 원린자야. 놈이 부닥친 문제는 손에 넣은 보물의 이용 방법이지, 인간들처럼 위험한 물건을 알아보지 못하는 무지는 아니라네. 그런 목적과 의지가 아니고서야 그 오랜 세월을 끈기 있게 기다려 왔겠나?"

"으음, 박영걸은 포기를 해서라도 싸움을 피했다……. 애당초 둘은 한패인 줄 알았는데요."

"아냐. 《귀경잡록》의 저자는 다른 장에서 이들을 또 한 번 언급하는데, 목적도 종족도 다르다고 알려주고 있어. 아마 이 둘은 각자의 영역에서 나와 인간 세상을 탐사하는 공동 사절단 같은 자리에 있었을 거야. 박영걸은 학문 교류를 위해서 이 땅을 시찰하려 했지만, 음흉한 김국도는 처음부터 박영걸의 돌을 노렸다고 보면 맞아."

"김국도는 그 돌을 갖고 뭘 하려 했습니까?"

"우리를 정복하거나 아니면 다른 원린자들을 정복하려 했겠지. 《귀경잡록》을 상세히 읽어 보면 이계 별천지의 종족들은 대부분 서로 나뉘어 영토싸움을 한다고 했어. 그들을 다스리던 천구의 제왕 육십오능음양군자가 3천 년 동안이나 재기풍운하지 않고 있기 때문이지. 내가 아는 바로 박영걸은 전쟁을 싫어한 예외적인 종족이고, 실제로는 많은 종족이 서로 죽이려 안간힘을 쓴다고 했네. 죽은 시체를 되살려 무기로 쓰는 종족도 있고 남의 생각을 훔쳐서 자멸하게 하는 종족도 있지."

도쿠베이의 의문은 끝이 없었다.

"대영주께선 어떻게 박영걸과 알고 계셨던 거지요?"

"해적들에게 조난당한 박영걸을 살려 준 분이 아버님이셨네. 원래 아버님의 목적은 조선의 포로를 이용해 그 나라의 정황을 알아내고자 하는 것이었네. 매질과 고문을 하는 대신 집을 주고 귀한 대접을 해서 첩자로 키우고자 했지.

그런데 조선에서 도망 다니고 해적들에게 호되게 당했던 박영걸이 처음으로 따뜻한 대접을 받게 되자 그만 아버님한테 정체를 드러내고 만 거야. 인간의 학문을 연구하려던 원래의 정신이 살아난 거지. 모든 인간이 희망 없는 건 아니다, 선한 마음을 가진 권력자도 있다…… . 아버님은 그의 정체를 알자마자 귀동냥으로 들었던 《귀경잡록》을 구해 읽으셨고 한층 더 정이 많은 인간의 탈을 쓰셨지. 박영걸은 백제시대의 아직기 박사만큼이나 우리나라 사람들의 존경을 받았나 봐. 그래서 새 정착 생활에 서서히 감동된 나머지 어느 날 검은 돌에 관한 사실까지 털어놓게 된 거야. 야스오의 가슴을 덮은 천도 아버님이 그에게서 직접 선물받은 것이지."

류노스케의 설명은 열기를 더했지만 도쿠베이의 표정은 갈수록 어두워졌다.

"백성들에게 선정을 베푸시던 대영주께서 어느 날 갑자기 변한 이유가 박영걸 때문이었군요. 저는 그자에게 믿음이 가지 않습니다."

"믿음이 안 가다니?"

"검은 돌의 이야기로 대영주께 쓸데없는 야심을 불어넣은 것 같습니다."

"도쿠베이! 그 무슨 망발인가? 쓸데없는 야심이라니!"

"지금까지 이야기를 합쳐 보면 저 돌은 죽음을 몰고 다닙니다. 대영주께서 스스로의 팔을 자르신 것도 저 돌 때문이라면 그 박영걸이란 작자는 대단히 위험합니다. 김국도 따위와는 비교도 안 될 정도로 말입니다."

"사가모리 가의 충신이라면 불손한 말은 그만하게. 위험을 감수하지 않고 천하를 얻을 순 없어."

"저 돌을 갖고 간들 원린자가 아닌 우리들이 어떻게 다루겠습니까?"

"야스오가 있으니 문제될 게 없어."

"의식을 잃고 정신을 못 차리고 있는데요?"

"그의 몸에는 아직 조상의 녹색 피가 흐르고 있어. 인간 생활을 오래 해온 그가 처음부터 신비의 힘을 행사할 수는 없지. 그럼에도 날개 달린 지네를 돌덩이로 만들어 버렸잖아? 야스오가 우리를 구해 주었단 말일세. 저 숨소리를 들어봐. 그는 원기왕성해."

도쿠베이는 흥분에 겨운 주인의 눈에서 광적인 기미를 얼핏 보았다. 검증되지 않은 희망에 류노스케는 집요하게 의지하고 있었다.

"박영걸은 왜 시골에서 어렵게 살았습니까? 대영주께서 뒤를 봐주셨다면 후손이 도둑이 될 일도 없었잖습니까?"

류노스케는 선뜻 대답하지 않았다.

"혹시 대영주께서 돌을 찾아오라고 그를……."

"박영걸은 서서히 커져가는 아버님의 돌에 대한 집착을 견디지 못하고 몰래 도망쳤어. 많은 시간을 들인 끝에 그가 일본을 떠나지 않았다는 걸 알아냈어. 그래서 후손인 야스오를 찾을 수 있었던 거야."

도쿠베이가 또 다른 뭔가를 물으려 했으나 류노스케가 손을 들어 막았다.

"이제 좀 쉬도록 하세, 도쿠베이. 일어나면 또 먼 길을 걸어야 하잖아?"

그는 갓으로 얼굴을 가리고 누웠다.

"자네만은 나를 도와줘야 해, 도쿠베이. 자네는 내가 신뢰하는 유일한 사람이야. 저 야스오보다도."

도쿠베이는 답하지 않았다.

8

류노스케는 마쓰헤이의 신음소리에 잠을 깼다. 아직도 어두운 밤이었다. 도쿠베이는 이미 일어나 있었다.

"마쓰헤이, 자네 왜 이러나?"

류노스케는 마쓰헤이의 얼굴이 붉은 반점으로 뒤덮였고 눈알은 누렇게 변한 모습에 깜짝 놀랐다. 온몸이 불덩어리 같아 떨어져 앉아도 열기가 번졌다. 마쓰헤이는 실눈을 뜬 채 헛소리를 지껄였는데 고향에 두고 온 처자식의 이름을 부르고 있었다.

"동굴에서 다리를 물렸답니다."

도쿠베이가 말했다.

류노스케는 야스오에게 시선을 던졌다. 의식을 회복하지 못한 야스오는 호흡만 크게 반복했다. 위아래로 오르내리는 게 가슴인지 돌인지 분간하기 어려웠다.

"세이잔은?"

류노스케가 묻자마자 숲속에서 명랑한 목소리가 들려왔다.

"여깁니다!"

수풀을 헤치고 세이잔이 모습을 드러냈다. 그의 앞에는 잔뜩 겁먹은 표정의 중이 칼에 거눠진 채로 걸어오고 있었다.

"이놈이 염탐을 해서 우리가 잠을 깬 겁니다."

"세이잔, 너 이제 괜찮은 것이냐?" 도쿠베이가 소리쳤다.

"예, 형님! 자고 일어나니 훨씬 좋아졌습니다."

"훌륭하다, 세이잔. 자네의 늑대 같은 기백이 돌아와서 더없이 기쁘이."

류노스케는 한바탕 칭찬을 던지고 나서 중을 쳐다보았다. 누더기나 다름없는 승복을 걸친 노승은 곧 쓰러질 것처럼 나이가 많아 조선군의 첩자 같진 않았다.

"너는 누구냐? 왜 여기 있는 거지?"

중은 조선어로 말하며 손을 이리저리 휘저었는데 뭐라고 말하는 건지 하나도 알아들을 수 없었다. 도쿠베이가 바닥에 한자로 절(寺)을 쓰면서 중의 어깨를 잡아 흔들었다. 노승이 겁에 질려 손가락으로 어딘가를 가리켰다. 세이잔이 칼을 들이대자 그는 한자와 길을 번갈아 가리키며 머리를 조아렸다.

"저쪽으로 가면 절이 있는 모양입니다."

"함정이 있는 건 아니겠지?"

노승은 손을 입으로 가져가며 세이잔을 가리켰다.

"먹을 것을 구하러 나오다 우리와 맞닥뜨린 것 같습니다."

세이잔이 노승에게서 빼앗은 무를 손으로 던졌다 받았다. 악몽에 시달리던 그는 사람을 만난 것이 더없이 반가운 기색이었다. 류노스케가 고개를 끄덕였다.

"좋아, 세이잔. 자네는 도쿠베이와 함께 야스오를 옮기게. 이놈을 따라 절에 가 보는 거야. 우리한테 필요한 게 있을지도 몰라."

류노스케는 노승에게 마쓰헤이를 업으라고 윽박질렀다. 노승은 손을 모아 빌기도 하고 땅에 절을 하기도 했지만 젊은 악당들이 겁박하자 어쩔 도리가 없었다. 비쩍 마른 늙은 중은 덩치가 큰 적국의 무사를 가까스로 일으켜 부축해 걸음을 옮겼다. 몇 걸음 디디지도 못해 마쓰헤이가 우웨엑 하고 검은 토사물을 쏟았다. 노승은 겁에 질려 온몸을 떨었다.

　　　　　　　　　　　　❧

첩첩산중에 지어진 절치고 규모가 컸다. 7층짜리 석탑이 어둠 속에서도 대사찰의 위용을 뽐냈고 누각 안의 범종은 아무리 봐도 황금으로 제조된 것 같았다. 대웅전은 3층 건물이었는데 꼭대기에 안치된 불상은 그들이 동굴에서 보았던 지네보다 거대했다. 불이 켜지지 않은 석등이 수십 개에 달렸고 부속 건물만도 열 채가 넘었다. 그러나 사람의 기척은 어디에도 없었다.

"산속에 이런 절이 있었다니 상상도 못했는걸." 류노스케가 감탄했다.

"조선 임금이 다니는 절이라 해도 손색이 없겠습니다."

류노스케는 잠시 법당에 내걸린 벽화를 감상했다. 한 동자가 도망가려는 소의 목을 잡아당기고 있고 구름 탄 관세음보살이 이를 내려다보는 그림이었다.

"흠……. 집착을 버리라는 가르침인가? 똑같은 불교 양식이라도 조선의 미는 또 색다르군."

마쓰헤이를 내려놓은 노승이 기진맥진해 주저앉았다. 마쓰헤이는 그대로 쓰러지듯 누웠다. 얼굴에 자라난 반점은 더욱 심해졌다. 문둥병 환자보다도 끔찍스런 몰골이었다.

도쿠베이는 절을 가리키며 사람이 없냐고 물었지만 알아듣지 못하는지 대답할 기운이 없는지 노승은 가쁜 숨만 몰아쉬었다. 류노스케가 노승의 멱살을 잡아 일으켜 눈을 부라렸다. 노승은 고개를 젓더니 등짐을 메고 피난 가는 시늉을 했다. 류노스케가 손을 놓자 노승은 털썩 주저앉았다. 그의 곁에는 야스오가 깊은 잠에 빠진 모습으로 누워 있었다.

"사찰 표지가 없다. 절 이름은 무엇인가?"

노승은 대답하지 못했다.

"대답 안 해?"

류노스케의 표정에 분노의 기색이 스쳐지나가자 도쿠베이가 만류했다.

"그만하시지요."

"이놈은 숨기는 게 있어. 절이 이렇게 으리으리한데도 거지 꼴을 하고 있잖아."

"지금은 마쓰헤이를 돌보는 일이 우선입니다."

도쿠베이가 마쓰헤이의 옷고름을 풀었다. 검은 반점이 피부를 장악한 몸통에서도 악취가 풍겼다. 온몸에서 나는 신열은 한겨울의 눈이라도 녹일 기세였다.

"세이잔, 마쓰헤이를 방으로 옮기자."

세이잔은 언제 그리로 갔는지 도쿠베이한테서 떨어져 사찰의 당간 기둥에 어깨를 기대고 서있었다. 갑자기 한 줄기 바람이 일어 그에게로 몰아쳤다. 긴 머리를 휘날리며 세이잔은 도쿠베이를 바라보았다. 어둠 속에서 도쿠베이는 그가 웃고 있는 걸 보았다.

"이리 와서 나를 도우라니까!"

"히히히히."

세이잔은 도쿠베이에게 등을 보이며 어딘가로 걸어갔다.

"저놈이 또!"

"잠시 내버려 두세. 동굴에서 나온 후로 정신이 오락가락하는 것 같아."

류노스케는 다시 노승의 멱살을 쥐고 마쓰헤이를 가리켰다. 얼굴을 닦는 시늉을 하면서 물을 가져오라고 했다. 겁먹은 노승이 어딘가로 비틀거리며 걸어갔다. 도쿠베이가 즉시 중을 따라 갔다.

"저 범종을 어떻게든 가져갔으면 좋겠는데."

눈이 부시는 황금범종에 감탄하던 류노스케는 다시 벽화로 시선을 두었다.

"아얏!"

"왜 그러십니까!"

도쿠베이가 주군의 비명에 급히 돌아보았다.

"저걸 보게, 도쿠베이!"

"무엇을요?"

도쿠베이가 류노스케에게 달려왔다. 그는 벽화에서 눈을 떼지 못하고 있었다.

"동자 놈이 황소가 아닌 지네를 끌고 가잖아!"

"예?"

도쿠베이가 바라보니 벽화 속의 동자는 조금 전처럼 황소의 목에 건 줄을 끌고 있을 뿐이었다.

"주군, 정신 차리십시오."

"이런……. 나까지 왜 이러지?"

류노스케가 얼빠진 표정으로 고개를 흔들었다. 도쿠베이는 노승이 사라진 걸 알고 아차 싶었으나 쓸데없는 걱정이었다. 어둠 속에서 허리를 구부린 노승이 물은 담은 바가지를 들고 걸어왔다. 도쿠베이는 저 중만큼은 죽이지 않겠다고 마음속으로 다짐했다. 그러나 절반도 안 되는 바가지의 물을 본 류노스케는 크게 분노했다.

"이 늙은 놈아! 사람을 놀릴 작정이냐! 어디다 숨겨두고 한 모금도 안 되는 물을 가져왔느냐?"

류노스케가 윽박지르자 도쿠베이가 나섰다.

"주군! 이러시면 안 됩니다."

"놓게! 이놈은 이런 금은보화를 잔뜩 감춰두고 일부러 거지 행색으로 탁발승 흉내를 낸 걸세. 법당으로 가자 이 늙은 놈아. 당장 먹을 것을 내놓지 않으면 후회하게 될 거다."

"주군, 갑자기 왜 이러십니까? 평정심을 찾으십시오."

"아아악!"

류노스케가 또 비명을 질렀다. 튀어나올 듯한 주군의 눈알을 도쿠베이는 보았다.

"왜 그러십니까!"

"바가지 안에……. 바가지 안에……."

"바가지 안에는 물이 있을 뿐인데요?"

"자네까지 왜 이러나! 저건 피가 아닌가……. 피가 철철 넘치고 있어……. 온통 피바다야……. 아! 이제 알았다……. 이 모든 게 눈속임에 불과해. 이런 절은 수도 번화가나 어울리지, 산속이라니 당치도 않아……. 당장 저 요승을 죽이게, 도쿠베이!"

"주군……. 정신을 차리십시오! 대체 왜 이러십니까!"

"왜냐고? 말해주지! 저놈이 바로 김국도야!"

류노스케의 열기에 찬 눈이 겁먹은 노승을 노려보았다.

"이자는 김국도가 아닙니다!"

"자네가 안 한다면 내가 하지!"

류노스케가 검을 꺼내들자 노승이 비명을 지르며 달아났다. 미처 말릴 새도 없었다. 류노스케의 일검이 힘없는 노인을 어깨에서 허리까지 갈라버렸다. 노승은 크어어억 하는 비명과 함께 죽어 넘어졌다. 류노스케가 던진 바가지의 물이 노승의 몸에서 흘러나온 피와 뒤섞였다.

"주군!"

류노스케와 도쿠베이는 가쁜 숨을 몰아쉬며 죽은 이의 모습을 바라보았다. 노승의 몸에서 나온 피가 점점 반경을 넓혀 갔다.

"주군……."

"아냐, 도쿠베이. 나는 미치지 않았어."

"으하하하하하!"

웃음소리가 들려왔다. 두 사람이 동시에 위를 올려보았다. 소리는 7층 석탑 꼭대기에서 나왔다. 뾰족 지붕 위에 음침한 얼굴을 한 세이잔이 서있었다. 바람이 일지 않음에도 그의 옷은 펄럭였다.

"세이잔, 이놈! 이 무슨 요사스런 짓이냐!" 도쿠베이가 소리쳤다.

"너희들은 절대로 이곳을 빠져나가지 못한다."

세이잔이 웃기 시작했다. 웃는 사이 눈알이 제멋대로 굴렀고 코가 뭉개졌는데 입도 귀밑까지 찢어졌다. 세이잔은 그래도 고개를 젖히고 웃어댔다. 지지지직 하고 살이 찢어지는 소리가 들려오더니 머리가 떨어져나가 등 뒤에 대롱대롱 매달렸다. 류노스케와 도쿠베이가 경악했다. 머리를 잃은 세이잔의 목으로부터 누렇고 끈적거리는 물이 폭포수처럼 솟구쳤다.

깜깜한 밤하늘에 서서히 붉은 달이 나타나더니 나무들이 사라지고 범종각이 사라졌다. 햇살에 녹는 눈처럼 법당이 희미해지고 건물들도 자취를 감추었다. 사찰 구석구석이 사라지고 마지막으로 당간 기둥까지 투명해지자 유일하게 남은 건 여기저기 솟은 석등뿐이었다. 그 석등이 서서히 본래 모습을 찾았다. 묘지였다. 도쿠베이와 류노스케는 감았던 눈을 뜨고서야 알았다. 그곳은 군데군데 들짐승이 파헤친 흔적이 현저한 공동묘지였던 것이다!

죽었던 노승이 천천히 자리에서 일어났다. 그는 눈을 뜨지 않았는데 감았다기보다는 새 살이 눈과 입을 뒤덮어 버렸다는 표현이 적절했다. 그것은 인공적인 가짜 얼굴이었다. 허리를 편 노승이 옷을 찢어발기자 가슴팍에 올빼미를 닮은 눈과 맹수의 입이 나타났다. 커다랗게 찢어진 입이 정확한 일본말을 건넸다.

"돌을 원래 있던 곳에다 가져다 놓으라."

무덤 곳곳에서 징그러운 털과 더듬이들이 움직거리며 등장했다. 엄청나게 많은 다리를 가진 지네들은 죽은 자들이 묻힌 원형의 탑을 굴곡 있게 기어가며 대가리를 까딱거렸다. 노승의 몸속에서도 지네들이 쏟아졌다. 등에서 뚝 떨어져 바닥에 추락한 세이잔의 머리통은 머리카락이 무한정으로 길어지고 피부는 눈처럼 새하얘졌다. 머리카락을 다리 삼아 머리통은 움직이기 시작했다. 거꾸로 된 눈알과 피를 머금은 이빨이 류노스케를 향했다. 움직일수록 웃음소리도 커졌다.

어른 팔뚝만 한 지네들이 맨 먼저 노린 것은 의식을 잃고 쓰러져 있는 마쓰헤이였다. 온몸을 뒤덮은 지네 때문에 마쓰헤이는 스스로 움직이는 것처럼 보였다. 마쓰헤이의 살이 벌레들에게 먹히면서 시뻘건 살점과 둥그런 눈알 그리고 이빨만이 남았다. 그것도 잠시, 벌레들이 더 빠르게 움직일수록 그는 백골의 형상이 되어갔다.

류노스케의 절규에 광기가 묻어났다.

"김국도야! 그놈이 죽지 않았던 거야!"

"아닙니다, 주군! 이건 환각이에요! 검은 돌이 우리에게 보여주는 겁니다."

"돌은 우리 편인데 그 무슨 황당한 소린가?"

"누가 우리 편이랍니까? 돌이 경고를 보낸 거란 말입니다!"

"자네만은 정신을 놓으면 안 돼! 도쿠베이! 자네만은!"

"내 말 들으십시오! 저걸 그냥 두고 가야만 합니다."

류노스케가 검을 도로 집어넣고는 비장한 표정을 지었다.

"그럼 확인해 보세. 저 돌이 내 편이 맞는지 아닌지."

지네떼가 온 천지를 뒤덮도록 늘어났다. 그 위를 둥둥 떠다니는 마쓰헤이의 백골이 점점 이쪽으로 다가왔다. 세이잔의 머리도 빠르게 기어왔다. 류노스케는 지옥의 한복판에서도 여전히 규칙적인 호흡만을 거듭하는 야스오 앞에 무릎을 꿇었다.

"천지 지배자의 옥좌를 보듬어 지키는 검은 연기의 돌이여! 그대의 원래 주인을 데려오느라 요물의 동굴과 묘지의 지옥을 무릅쓰는 우리를 굽어살피소서! 순결한 청록혈의 주인에게 돌아가야 할 보배를 보잘것없는 귀신잡배가 낯가죽을 꾸미고 요술을 부려 강탈하려 하고 있나이다! 동굴에서도 그렇게 하셨듯이 그대를 지키고 보호할 수행 무사들의 정성을 가긍히 여기신다면 부디 신력을 발휘하셔서 이 난을 피하게 해주소서."

그 순간, 호흡에 따라 움직거리던 돌이 멈추어 더 이상 움직이지 않았다. 여태 정신을 회복하지 못한 야스오의 입에서 굵은 목소리가 흘러나왔다.

"그대의 입으로 약속하라. 검은 연기가 감도는 귀석(貴石)을 반드시 주인에게 돌려주겠다고."

"약속하겠습니다."

류노스케가 서슴없이 답했다. 그러자 야스오의 입으로부터 익숙한 구절이 흘러나왔다.

"꼰 안 꾸이닥 케에에 '쎌쥴자바' …… 마락까 오 티마닥코라이 갓 샤이걸 꾸이닥 케에에……."

"아! 저것은 김국도가 외우던 말이 아닙니까!"

도쿠베이가 소리쳤다. 엄청난 소리가 거기 있던 모두를 덮쳐 도쿠베이의 음성은 흡수되어 버렸다. 그것은 화산이 분출할 때와도 같은 폭음이었다. 돌을 덮었던 박영걸의 옷을 뚫고 은은한 빛이 파생되었다. 점차 빛은 세력을 넓혀가더니 온 사위가 대낮처럼 밝아졌다. 세이잔의 머리가 바닥을 구르며 퍼덕거렸고, 노승은 신체 곳곳으로 촉수 같은 팔다리를 내보내면서 고통스럽게 몸을 꼬았다. 머리 없이 허우적거리던 세이잔의 몸이 거품 나는 점액질로 변해갔다. 그와 동시에 류노스케와 도쿠베이, 그리고 야스오의 몸은 공중으로 솟았다. 밤하늘은 사라지고 생전 보지 못한 빛깔이 그들을 감쌌다. 도쿠베이는 허공에 엎드린 채 지상을 가득 메운 지네들이 열을 지어 후퇴하는 신기한 영상을 보았다.

강렬한 빛의 폭발에 류노스케와 도쿠베이는 찢어진 소매로 얼굴을 막았다. 꽃이 개화하는 심상과 온 하늘의 별이 떨어지는 광경이 차례로 스쳐 지나갔다. 수십 개의 빛이 변화하며 세 사람을 물들였다. 극도의 혼란 속에서 셋은 허공을 회전했다. 야스오는 그래도 눈을 뜨지 않았다.

토할 것 같은 어지럼증이 찾아왔다. 달콤한 향기가 번지며 빛 속에 서 있는 거대한 존재가 얼핏 눈에 들어왔다. 그 존재의 머리는 사자처럼 컸고 사슴과 비슷한 뿔이 달렸으며 팔이 여러 개였다. 류노스케가 손을 뻗쳤지만 도쿠베이는 눈을 감아버렸다.

"아름답구나……. 참으로……."

"보지 마십시오, 주군!"

심야의 암흑과 한낮의 일광이 번갈아 파열했다. 눈앞이 번쩍 번쩍해 정신을 차릴 수가 없었다. 류노스케의 감탄은 계속되었지만 도쿠베이는 눈을 뜨지 않았다.

차가운 기운이 몰아쳤다. 익숙한 냄새가 코로 밀려들었다. 모든 미지의 영상이 사라졌다. 이상한 존재도, 빛도 사라졌다. 두 사람이 들을 수 있는 건 익숙한 물소리였다. 그 소리가 너무나도 반가웠다.

먼저 눈을 뜬 사람은 도쿠베이였다. 볕이 환한 대낮이었다. 그들은 썰물이 빠지는 해안가에 누워 있었다. 아직도 눈을 뜨지 못한 야스오는 저 멀리 백사장까지 밀려나 있었다. 천으로 뒤덮인 가슴이 규칙적으로 오르내리는 광경이 여전히 뚜렷했다.

"이곳은 어디지? 부산인가?" 류노스케가 눈을 비볐다.

"아닙니다."

도쿠베이가 공포에 사로잡힌 눈을 크게 떴다.

"홋카이도에요. 우린 고향에 돌아온 겁니다……."

9

영주 사가모리 도시로는 귀환자들의 모습에 크게 놀랐다. 야
스오와 함께 보낸 9명의 가신들은 2명으로 줄어 있었다. 그들은
최고의 실력을 갖춘 닌자 특작대(忍者 特作隊)였지만, 일기당천
의 기백은 사라지고 없었다. 영주는 미지의 거대한 손이 그들의
몸통을 사로잡아 혼백이 삐져나올 때까지 쥐어짠 것 같은 인상
을 받았다. 야스오는 정신을 잃은 채 돌을 가슴 위에 얹은 모습
으로 돌아왔다.

"돌이 너희들을 이리로 데려왔다고?"

"그렇습니다, 아버님."

"너의 기원을 들어주었단 말이지?"

"그렇습니다."

"오오……."

도시로 영주의 주름살이 펴지는 가운데, 퀭한 눈에는 젊음의
총기가 돌았다. 도쿠베이는 영주의 얼굴을 변화시킨 것이 감동
인지 탐욕인지 알 수 없었다. 영주가 손을 내밀자 기다리고 있
던 가신 하나가 오래된 산짐승의 가죽을 건넸다.

"박영걸이 내게 알려준 금단의 비법이 여기에 적혀 있단다. 주
문을 외우면 검은 연기의 돌은 나를 주인으로 모시게 되어 있어."

도쿠베이는 아버지를 향한 류노스케의 이글거리는 눈을 보았

다. 지옥이나 다름없던 섭주에서 위기를 넘길 수도 있었을 주문을 아버지는 아들에게조차 숨겼던 것이다.

영주가 주문을 읊조리기 시작했다. 사악한 기운이 느껴지는 이계의 언어에 가신들은 본능적으로 몸을 떨었다. 주문에 반응해 야스오의 가슴 위로 무지개와도 같은 다양한 색채가 파생되었다. 어떤 이들은 탄성을 내질렀고 어떤 이들은 겁이 나 몇 걸음 물러섰다. 영주가 야스오를 향해 한 걸음 내딛자 류노스케가 빠르게 말했다.

"조심하십시오, 아버님! 그 돌은 사람을 살상하는 힘을 가지고 있습니다."

"나도 알고 있다. 허나 너를 안전하게 데려오지 않았느냐?"

그때 도쿠베이가 나섰다.

"주군! 잠시만 기다려 주십시오! 검은 연기가 감도는 귀석은 반드시 주인에게 돌려줘야 한다고 약속했습니다."

"약속? 누구와?"

"야스오입니다. 그래서 류노스케 님과 소인은 죽지 않고 돌아온 것입니다."

영주의 표정이 차갑게 변했다.

"야스오! 이 돌의 원래 주인은 네 아버지였지만 그의 생명의 은인은 바로 나 사가모리 도시로다. 그렇지 않느냐?"

야스오는 죽어버린 듯 미동도 없었다. 도쿠베이는 천에 덮인 채 규칙적으로 오르내리는 의지의 화신은 야스오가 아니라 돌 자체라고 생각하고 있었다.

류노스게가 다가섰다.

"아버님. 저 돌에 손대던 센자부로는 순식간에 한 줌의 재가 되었습니다. 차라리 소자가 먼저 시험해 보겠습니다."

류노스케가 야스오의 가슴에 손을 대려고 하자 영주의 수하들이 막아섰다. 부자는 잠시 동안 맹렬한 눈싸움을 했다. 아버지는 아들의 속마음을 읽으려 했고 아들은 아버지의 눈길을 읽으려 했다. 이상한 감정의 연기가 검은색으로 솟구치는 느낌이었다.

"류노스케! 네가 다른 마음을 가지고 있구나."

"그게 무슨 말씀이십니까! 소자는 단지 아버님 신변에 위험이 닥칠까 봐 말씀드린 것뿐입니다."

"이 돌의 색깔보다 더 시커먼 마음이 생긴 거야."

"소자는 맹세코 그런 불효지심을 가진 적이 없습니다!"

"아냐. 이 돌의 신통력을 직접 겪고 나자 의무감으로 차 있던 너의 마음에 욕심이 새로 들어앉았어. 너의 야망은 천하의 패권도 모자라 장차 아비인 나까지도 밀어낼 작정이야!"

"무슨 망발이십니까! 아버님도 센자부로처럼 불꽃에 타죽길 원하십니까?"

"뭣이라고!"

두 사람의 다툼이 일촉즉발로 치닫는 사이, 천을 뚫고 나온 검은 연기가 물고기처럼 부유하고 있음을 처음으로 알아차린 이는 도쿠베이였다. 숨을 쉬지 않는 야스오의 얼굴에서 음침한 미소를 느낀 사람도 도쿠베이 하나였다.

"돌이다……. 돌이 사람의 마음을 조종하는 거야."

"뭐라고?"

영주가 도쿠베이를 쳐다보았다. 류노스케는 앞을 가로막는 무사를 밀치고 야스오에게 다가섰다. 도쿠베이는 사태가 위험하게 돌아가고 있음을 직감하고 류노스케에게 말했다.

"주군! 공동묘지의 암습은 김국도가 아니었어요. 그는 동굴에서 죽어 없어졌어요! 돌입니다! 바로 돌이 우리를 시험에 빠지게 했고 지금 또 시험을 겪게 하는 겁니다! 여기서 포기해야만 해요! 주인에게 돌려주면 모든 게 원래대로 돌아갈 겁니다!"

도시로 영주는 노한 기색을 감추지 않았다.

"뭣이! 주군? 도쿠베이, 내가 여기 서 있는데 너는 벌써부터 류노스케를 주군으로 모신단 말이더냐? 아하, 사냥개가 주인을 무는 법을 배웠구나! 여봐라, 뭣들 하느냐. 이 두 놈을 당장 묶어라!"

장원을 둘러싼 무사들 사이에서 웅성거리는 기색이 완연했다. 아버지 편도 있었고 아들 편도 있었다. 허리에 칼 한 자루 이상씩을 차고 있던 그들은 사태가 아슬아슬하게 돌아가자 잔뜩 긴장했다. 폭탄을 가득 실은 배는 작은 불꽃 하나로도 대폭

발을 겪는 법이다. 위험한 사태를 우려한 류노스케가 마침내 뒤로 물러섰다.

"소자 돌을 건드리지 않겠습니다! 아버님 마음대로 하십시오!"

"뭣들 하느냐! 놈들을 묶으라는데!"

영주의 분노는 가라앉지 않았다. 무사들이 우왕좌왕했다. 그 순간 도쿠베이는 류노스케의 입술에 차가운 미소가 번지는 걸 보았다. 갑자기 류노스케가 돌을 향하여 손을 모은 채 무릎을 꿇었다. 뭔가 이상함을 깨달은 도시로 영주도 이에 질세라 무릎을 꿇었다. 그는 하녀들에게 몰래 손짓을 하면서 의심 가득한 눈길을 아들에게로 두었다. 류노스케는 돌에 대고 뭐라고 중얼거렸는데 그런 아들을 노려보는 아비의 표정은 험악하게 일그러졌다. 그 역시도 빠른 입놀림으로 돌을 향한 기원을 올리기 시작했다. 그때 하녀들이 고급스런 기모노를 입은 여자 하나를 데려왔다. 영주가 두 팔을 번쩍 들어 올리며 몸을 떨었다.

"검은 연기가 감도는 이계의 귀석이여! 그대 주인의 따님을 알아보시겠나이까? 한때 조선에서 박영걸이라는 이름으로, 그리고 여기 일본에서 고바야시 다이스케라고 불렸던 그대의 주인은 나의 절친한 벗이요, 나는 그의 생명의 은인이었습니다. 그 딸이 장성하여 이제 나와 정혼을 함으로써 내 붉은 피와 그녀의 녹색 피가 하나가 될 것입니다. 그대 아래에 누워 있는 야스오는 선조의 거룩한 의무를 잊지 않고 그대가 마땅히 모셔져야 할 자리로 돌아오게 하기 위해 한 몸을 바쳤습니다. 위대한 대의를 이제 나의 아내와 그대 주인의 사위인 내가 이어갈 것입니다. 부디 우리에게 힘과 지혜를 빌려 주시어 그대가 인간 세상을 처음 찾았을 때 그랬던 것처럼 우주의 지식을 교환해 새로운 세상을 열게 해주십시오."

시체의 몰골을 하고 있던 야스오가 처음으로 누런 눈을 떴다. 모여 있던 가신들이 일제히 앗 하고 소리쳤다. 야스오는 다시 눈을 감았는데 그의 입으로부터 나온 것은 이전의 야스오와는 전혀 다른 이질적인 목소리였다.

"사가모리 도시로……. 그대의 목적은 지혜의 교류가 아닐 텐데."

"그렇지 않습니다. 나는 그대의 고향을 알고 싶고 우주의 기운이 어떤 비밀로 이뤄져 있는지 알기를 원합니다. 우리의 지식과 힘은 천하의 모든 인간을 하나로 통일하여 더 이상 분쟁도 없고 말썽 없는 새로운 세상을 만들게 될 것입니다. 그러면 나는 그들 모두와 공평하게 우주의 지식을 나누겠습니다."

"그건 네가 세상 모두를 가지겠다는 말이 아니냐?"

이질적인 음성은 변함이 없었지만, 뜻밖에도 목소리는 엎드려 있던 류노스케의 입에서 나오는 것 같았다. 영주는 경악한 나머지 잠시 주춤했다. 류노스케의 눈에서 광채가 뿜어져 나왔다. 백전노장인 도쿠베이조차 이 새로운 사태에 어쩔 줄을 몰랐다. 류노스케는 야스오의 여동생을 바라보면서 물었다.

"나츠코! 너는 너의 의지로 사가모리 도시로와 혼인하였느냐?"

모두의 시선이 기모노 차림의 여자에게로 집중되었다. 잠시 머뭇거리던 나츠코는 누워 있는 야스오를 향해 당당한 어조로 말했다.

"외팔이 노인의 야심 때문에 강제로 혼인했어요."

"역시 그랬군! 사가모리 도시로! 결국 너도 똑같은 놈이다! 나는 너희를 죽이지 않는다! 나는 너희를 죽이지 않아! 너희 스스로 자멸할 뿐이다!"

류노스케가 허리를 펴고 웃기 시작했다. 웃을 때마다 그의 몸에서는 살가죽이 흙먼지가 되어 추르르 떨어졌다. 눈알이 빠지고 피부가 쪼그라들자 사람들이 비명을 질렀고 무사들은 떨면서 칼을 뽑아 들었다. 도쿠베이도 칼의 포위를 받았다.

'류노스케 님도 결국 욕망을 포기하지 않았어! 그래서 저 꼴이 된 거야!'

도쿠베이는 서둘러 도망칠 문을 찾았지만 장원의 출입구는 굳게 폐쇄된 후였다. 바람이 불지 않았는데도 불이 꺼졌다.

"이런 고이얀……. 너는 내 아들이 아니로구나!"

사가모리 도시로는 격노하여 야스오의 가슴 위에 올려져 있던 이계의 천을 확 잡아당겼다. 도쿠베이는 그가 센자부로처럼 타 버릴까 봐 한 걸음 뒤로 물러섰다. 천이 걷히고 나자 돌이 있어야 할 자리에 긴 머리칼을 산발한 세이잔의 머리통이 나타났다.

"으아아아악!"

영주가 손을 가슴에 댄 채 쓰러졌다.

"꼰 안 꾸이닥 케에에 '쎌쥴자바' …… 마락까 오 티마닥코라이 갓
샤이귈 꾸이닥 케에에……."

세이잔의 붉은 입이 도쿠베이의 귀에 익숙한 주문을 늘어놓
았다. 말을 마친 그는 크게 웃었다. 얼굴이 검게 굳어가던 야스
오도 웃었고 끈적끈적한 물질로 녹아내리는 류노스케도 웃었
다. 웃음은 모두의 귀청을 찢어놓아 듣는 사람마다 귀에서 피를
흘리지 않는 자가 없었다.

쓰러진 영주가 경련을 일으켰다. 얼굴에 난 구멍마다 녹색 불
꽃이 솟아올랐고 팔다리는 사람이 할 수 있는 범위를 넘어 기형
적으로 휘어지고 꺾였다.

세이잔과 류노스케의 모습이 증발해 버렸다. 영주의 얼굴가
죽은 부식되어 녹아 내렸다. 몸에 붙은 살갗도 거품을 내며 누
런 물로 바뀌어 흘러내렸고, 몸을 지탱하던 뼈다귀는 가루가 되
어 바닥의 먼지와 섞여 버렸다. 커다란 녹색 불길과 함께 영주
의 몸은 흔적도 없이 사라졌다.

사람들은 스멀스멀 피어나는 빛의 소용돌이 속에서 야스오
가 누워 있던 자리에 거대한 사각형의 돌이 놓인 광경을 보았
다. 그것은 평범한 돌과는 달라 인간 세상에서 볼 수 없는 우주

의 신비로 가득했다.

"아름답다……."

장원에 모인 사람들은 홀린 듯 돌을 바라보았다. 도쿠베이를 겨누던 자들도 돌 가까이로 걸어갔다. 그들은 처음 보는 외계의 물질에 자아를 망각했다.

도쿠베이는 모든 걸 깨달았다. 실제로 살아서 돌아온 사람은 자기 혼자뿐이었다. 다른 무사들도, 눈을 감으라던 경고를 무시한 류노스케조차도 이미 조선 땅에서 죽음을 맞았던 것이다. 그와 함께 온 류노스케는 일종의 허상으로 최후의 시험을 인간에게 던지기 위해서 임시로 파견된 돌의 일부였다. 사가모리 도시로는 시험에 통과하지 못했고 미증유의 지혜로 가득한 위대한 존재 앞에 인간의 영역을 넘어서는 객기를 부렸다. 이제 그 결과는 끔찍할 것이었다.

"눈을 감아! 모두 눈을 감아!"

도쿠베이가 외쳤지만 이미 늦었다. 한 줄기 거대한 빛의 파동이 그들을 뚫고 지나갔다. 정작 그들이 눈으로 본 것은 사람과 사람 사이를 날아다니는 수많은 검은 돌이었다. 그것이야말로 돌의 형태로서 구현되는, 녹색 피를 가진 자의 '쎌줄자바'였다. 경상도 관찰사 이수형과 군졸들을 파멸로 몰아넣은 것도 바로 이 초능력이었다.

영주의 사람들은 빛이 사라지고 돌도 자취를 감추자 어리둥절한 표정으로 서로를 쳐다보았다. 잠시 후 무사 하나가 칼을 뽑아 옆 사람을 공격했다. 칼은 목구멍을 간단히 꿰뚫어 나무 기둥에 깊숙이 박혔다. 당한 사람은 전혀 고통을 느끼지 못하는 듯 자기 칼을 뽑아 상대방의 이마를 잘라 버린 후에야 죽었다.

일대 혼란이 벌어졌다. 수백 개의 칼 뽑는 소리는 듣기에도 끔찍했다. 굳게 잠겨진 성채 안에서 사람들이 서로를 죽이려고 아우성을 쳤다. 여자들도 어린아이도 예외 없었다. 살아남은 사람이 없을 때까지 생각해 낼 수 있는 가장 끔찍한 방식으로 그들은 앞을 가리는 자를 죽이고 또 죽였다. 공포에 질린 표정으로 살인했고 평안한 표정으로 죽음을 받아들였다.

호시노 성채는 이들이 흘린 피로 붉게 물들지 않은 곳이 없었다. 뜨거운 피비린내에 가축들까지도 먹었던 풀을 토해낼 정도였다. 짚단 사이에 숨어 있던 아이 하나는 평소에 자기를 귀여워하던 하급무사 다치바나가 칼로 하녀의 배를 가르는 광경을 보았다. 텅 빈 표정으로 내장을 뽑아내던 그는 뒤에서 날아온 칼에 정수리를 난도질당했다. 아이는 그걸 보자니 자기도 살인하고 싶은 마음이 생겨 짚단을 나온 후 바닥에 널려 있던 칼을 주워 들려고 했다. 도쿠베이가 달려와 칼을 걷어차고 아이의 뺨을 때렸다.

"얘야, 정신 차려라!"

아이는 도쿠베이의 손을 깨물고 다른 칼을 주워 들었다. 그리

곤 단도를 도쿠베이의 어깨에 손잡이째 박아 넣었다. 도쿠베이가 아이를 떠밀었다. 아이가 비틀거리며 난간에 매달리자 도쿠베이가 달려갔다. 그러나 손을 붙잡기 직전에 아이는 떨어졌다.

도쿠베이는 눈 아래 펼쳐진 지옥을 보았다. 모든 것이 피로 뒤덮였다. 서로가 서로에게 달려들어 이유도 없이 죽이는 살육의 현장은 도쿠베이에게 심각한 깨달음을 주었다. 눈을 감으라 충고했던 그 역시도 이 모든 현실을 자신의 눈으로 보고야 만 것이다. 돌을 가져온 것은 자기였고 모든 것은 되돌리기에 늦었다.

이계의 무서운 영향력을 견디지 못한 도쿠베이는 열 손가락을 이용해 스스로의 눈알을 뽑아냈다. 보이는 것은 사라졌지만 비명소리는 더욱 처절했다. 그는 아이가 어깨에 박은 단도를 뽑아내어 귀마저 잘라냈다.

점차 소음이 사라지고 평온이 찾아왔다. 고통이 느껴지지도 않았다. 도쿠베이는 앞을 더듬으며 걸어갔다. 서로가 서로를 죽이는 아수라장이지만 그에게 닿는 것은 아무것도 없었다. 눈과 귀를 잃은 그의 앞엔 무한한 어둠뿐이었다.

그러나 그는 똑똑히 볼 수 있었다!

어둠 속에 우뚝 선 두 사람은 두 발로 걸었지만 사람과 하늘소가 합쳐진 형상을 띠고 있었다. 한 명은 누더기가 된 조선 옷을, 한 명은 고국의 기모노를 입고 있었다. 비늘로 뒤덮인 커다란 눈이 도쿠베이를 돌아보았다. 죽음을 예감한 도쿠베이가 당신들은 누구냐는 최후의 질문을 던졌으나, 두 사람은 "아버지를 찾으러 가자"라는 자기들만의 대화로 눈과 귀를 잃은 한 인간을 간단히 무시해 버렸다.

허공에 뜬 채 그들을 연처럼 따라가는 직사각형의 돌도 있었다. 두 사람의 몸 사이로 장막 같은 검은 연기를 회전시키는 돌은 그 어느 때보다도 자유롭고 유연하게 움직였다. 도쿠베이는 눈이 없는 자신이 이런 광경을 볼 리 없다며 부정했지만, 뒤돌아본 두 명은 그런 그를 비웃듯 긴 더듬이를 움직였다. 모든 것이 꿈이 아닌 현실이었다. 도쿠베이는 몇 번이나 인간을 포기하지 않았던 '돌을 지닌 자들'이 결국 인간에게 완전히 실망했음을 깨달을 수 있었다.

어둠의 한가운데로 보이지 않는 폭풍이 휘몰아쳤다. 두 사람과 검은 돌의 형체가 서서히 지워졌다. 또 다시 몸이 솟구쳐 올라 요동을 치는 대 회전이 있었다. 그러나 빛은 더 이상 남지 않았다. 도쿠베이의 존재도 거기서 끝이었다. 의식은 꺼지고 무한한 어둠보다 더 깊은 허(虛)만이 남았다.